岩 波 文 庫

37-520-1

モ イ ラ

ジュリアン・グリーン作
石井洋二郎訳

岩 波 書 店

目　次

モイラ

第一部

I

少し前から、二人はたがいのすぐ近くにたたずんだまま、じっと動かなかった。ミセス・デアは相手が差し出した手紙を読むふりをしていたが、中身はすぐに目を通してもうわかっていたので、いまは横目で新参者を観察していた。なぜかはよくわからなかったが、正面から彼を見るのがなんとなく憚（はばか）られたのだ。〈なにはともあれ、まじめな子なのはまちがいなさそうね〉と、心の中で安堵した。

彼女は彼の横顔を見ていた。その顔は、樹々の葉むらを通して部屋に射し込む太陽の光に照らされている。赤毛ではあるけれど[1]、美少年だと思わずにはいられなかった。彼女を当惑させたのは、この燃えあがるような髪の毛と、乳のように白い顔の色なのだ。一種の嫌悪感を覚えているのを気取（けど）られまいと、夫人は自制して顔に出さないようにした。彼が黒い目をしていることに、すぐには気づかなかった。彼は大柄で、少し細身の体を身の丈に合っていないように思われる黒っぽい衣服に包み、胸のところで腕組みして挑むような様子で外の通りを見ていた。足元にはところどころ革にひびが入った黄色の鞄が置かれ、中身がぎゅう詰めでほとんど球形になっている。一瞬ののち、彼は姿勢を変えると、大きな手を鞄のほうへ伸ばして音もなく数センチ移動させた。それからふたたび身を起こし、遠くに目をやりながら上着のポケットに指先を突っ込んだ。

たぶん、彼は見られているのを知っていたのだろう。一、二分そのままにしてから、まだ手紙を読んでいるミセス・デアのほうへ思い切って横目で一瞥を投げかけた。そして長い時間待ったあげくようやく許可を得たかのように、もっと大胆な視線を周囲にめぐらした。

部屋は天井が低く、壁は色がはげて黄ばんだ壁紙に覆われている。窓の近くには二脚のロッキングチェアが向かい合わせになっていて、あいだにはチェーンステッチの小さなカーペットが敷かれていたが、青と薄紫のウール地は色あせていた。彩色され

（1）西洋において、赤毛が動物的な情欲や頽廃のしるしとされ、伝統的に差別と偏見の対象になってきたことが、本編では重要なモチーフとなっている。

た円いテーブルの上には光沢のある力強い葉をつけた大きな植物が置かれ、この狭いサロンの主たる装飾になっている。部屋の隅にはアップライトピアノがあり、譜面台の上には流行歌の楽譜が開かれていた。太い活字で記された曲名が、下品な笑いを誘いそうだ。少年は顔をそむけた。〈これが大学町なんだ〉と、彼は思った。〈大学町ではこうなんだ〉。しかし彼の家、両親の家では、ピアノは日曜日に、賛美歌を歌うときにしか弾かれない。平日はずっと、オリーヴ色の長い羅紗のカバーがかけられて鍵盤を保護しているのだった。

さらに時間がたったが、ミセス・デアが手紙を読み終えた様子はいっこうに見られなかった。細い指でずっと紙をつまんだまま、動かずにいたからだ。〈赤毛だからといって、この子を追い返すわけにはいかないわね〉と、彼女は思った。少年の靴が埃まみれなのを見て、節約のために駅から歩いてきたのだろうと考えた。そしてあらためて思った。〈この子はにおうかしら。赤毛は時々きついにおいがするから。だとしたらとても我慢できないわ。でも、ここからだと何もにおわないわね〉

突然、夫人は手紙を畳んで封筒に戻した。

「デイさん、この手紙に何が書いてあるかはご存じ?」

「はい、父の口述でぼくが書きましたから」

その声は少し聞き取りにくく、しゃがれていたが柔らかかった。彼は説明した。

「父は目が不自由なので」

ミセス・デアは眉を上げた。若くもなく年寄りでもなく、白い花模様のついたグレーの服に身を包んだ彼女は、痩せぎすで背筋がまっすぐ伸び、のっぺりした頬には薔薇色の紅が塗られ、黒髪が後方にひっつめられている。口が横に長く、鼻がとがりすぎていて、お世辞にも綺麗とは言えなかったが、それでも自分が美人だと思うからこんなふうに化粧しているのだろうと、少年は判断した。ある種の厚かましさで自分をじろじろ見回し、頭蓋骨を突き通しそうにも思えるその明るい目が、彼は気に入らなかった。空色の虹彩の中心にあって、それ自体が小さな眼球のように見える意地悪そうな黒い瞳が、まるで彼を壁に釘付けにするような気がしたからだ。

「目が不自由」と、夫人は鸚鵡返し(おうむがえ)しにつぶやいた。

そして突然、突き動かされたように踵(きびす)を返した。

「ついていらっしゃい、お部屋をお見せするわ」

二人は階段をのぼった。足の下で踏板がきしみ、そのうちの一段がぴしっと鞭のしなるような音をたてた。

そしていま、彼らは明るくて何もない部屋に立っている。少年は室内を見回した。勉強机が、壁に平らにはめ込まれた暖炉とカーテンのない窓のあいだに置かれ、奇妙なことに斜めに据えられている銅製のベッドのせいで、ドアが全開にならなかった。片隅には座面を藁で編んだ椅子があって、向き合ったロッキングチェアと対話しているかのようだ。ロッキングチェアの肘掛には板が載せられていて、書見台になっている。カーペットはどこにも敷かれておらず、床の黒いペンキがところどころ剝げ落ちて、ドアから窓のあたりまで筋のような跡を描いていた。しかし室内装飾がいかに貧相であっても、樹々の合間を縫って射し込んでくる陽光が壁や天井を薔薇色に染めていて、豊かな感じがする。アメリカの秋は、外の通りに立ち並ぶシカモア(2)の樹々を、暗い紫色から赤、そして黄褐色にいたるまで、力強い色彩で染めあげていた。

「すばらしい」と、少年はこの黄金色にすっかり目を奪われてつぶやいた。

ミセス・デアは何秒かそのままにしてから、内緒話めいた口調で言った。

「お手洗いは廊下の突き当たり、右側よ」

少年は慎ましく黙っていた。そしていかにも不器用なしぐさでスーツケースを足元に下ろすと、両腕をもてあまして、また腕組みをした。

「どこからいらしたのか聞いていなかったわね」と、ミセス・デアが尋ねる。

彼は隣の州の小さな町の名前を挙げた。

「ああ」と、夫人は少し微笑んで言った。「山あいの町ね」

「ええ、山あいの町です」

これらの言葉はさらにそっけなく口にされたので、下宿の女主人は眉を上げた。

「確か、あなたは十八歳だったわね」

「十八歳です、ええ」と、少年は言った。

夫人はベッドに歩み寄ると、シーツにさっと目を走らせた。

「何か必要なものがあったら、女中を通して言ってちょうだい。おや、モイラがシガレットケースを忘れていったみたいね」

長い手を伸ばして枕の上にあった金属の小さな箱を取りあげると、彼女はすぐにそ

(2)　原語は sycomore で、ヨーロッパではカエデ科の広葉樹である「セイヨウカジカエデ」を指すが、北米種は形状がスズカケノキ属のプラタナスに似ていることから、「アメリカスズカケノキ」とも言う。本書では以下、「シカモア」と記す。

れを開けた。

「マッチは持ってない?」 煙草を一本口にくわえながら彼女は言った。

両肩をつかまれでもしたかのように、少年はさっと彼女のほうを向いた。額には急に赤みがさしている。

「どうしたの? あなたがいたところでは、女は煙草を喫(す)わないとでも言うんじゃないでしょうね」

彼はすぐには答えなかった。

「マッチは持っていません」と、彼はようやく言った。「煙草は喫いませんので」

「で、たぶん、いけないことだと言いたいのね?」

夫人はいまやすぐそばにいたので、彼の眉をひそめさせていた紅白粉(べにおしろい)の下から、肌のざらつきが目に入った。そして、なぜかわからなかったが、彼女が鼻孔をふくらませて空気を吸いながら、そっと顔を寄せてくるのに気づいた。

「いけません」と、彼は身を起こして言った。

夫人ははじけるように笑い出した。まるで叫び声の連続のようだった。

「ねえ、坊や」と、ドアのほうへ戻って彼女は言った。「山あいの町で何を教わってきたのか知らないけれど、あなたはここでたくさん学ばなきゃいけないことがあるわよ」

少年の顔はふたたび真っ赤になったが、彼は身じろぎもしなかった。やがてミセス・デアの靴のヒールがいかにも尊大そうに階段のステップを踏んで行くのが耳に入り、階段を下りたところで、いましがた午後のけだるい空気をかき乱したのと同じ笑い声が聞こえた。

II

一人になると、彼はスーツケースを開けて、衣類を取り出して衣装戸棚に掛け、何冊かの傷んだ本を暖炉の上に並べた。両親の写真は机の上に置く。下着類はどこにしまえばいいのかわからなかったので、スーツケースに入れたままベッドの下に滑り込ませた。

いまのところ、すべては順調だ。彼の心は落ち着きを取り戻し、ほとんど幸福だった。両親に手紙を書いて、旅のことや部屋の様子を知らせようと思い立った。革のフレームの中で彼を見つめている二つの顔にちらりと目をやると、便箋の上部に何行か鉛筆を走らせたが、すぐに手を止めた。自分の受けた応対について何と言えばいいんだろう？　ミセス・デアと煙草のことは書かないほうがいいんじゃないだろうか？　両親には理解できないだろうし、きっと心配するだろう。ミセス・デアが紅を差していたなんて知ったら……。彼は鉛筆を置いた。すべては言えない、何かを隠さなければいけないなんて、困ったことだ。だって何かを、真実の一部を隠すことになるのだから。あの女はどうしてあんな話し方をしたのだろう？　どうして笑ったのだろう？　こちらはもっと愛想よく振舞うこともできただろうけれど、化粧したあの顔がおぞましく思えたのだった。郷里では、まじめな男の子は化粧した女に話しかけたりはしない。でもあの女はイゼベル(3)みたいに化粧していた。

手持ちぶさたになって、彼は机を離れてベッドに向かい、それから窓のほうへ戻った。黄金と深紅の広い葉をそよがせる風ひとつとてなかった。重く湿った空気が肌にまとわりつくようだ。少年は上着を脱ぎ、ネクタイを外して、シャツの胸元を開いた。

重々しいまなざしで狭い通りを見つめると、年老いた黒人がスイカを積んだ荷車を引き、物憂げな声で商品を売っている。〈たぶん彼女がぼくの前に現れたのは、ぼくが彼女を救うためなんだ〉と、ジョゼフはふと考えた。

そのとき、開いたままのドアから誰かが入ってきて、彼のそばにやってきた。

「ずいぶん色がごちゃごちゃした景色ですねえ。水色の襤褸をまとった黒人の年寄り、七宝でできてるみたいな濃い緑色の大きな果物、そして火事みたいに燃えあがる樹々の色……。いやというほど聞かされてきた、昔ながらの南部風景ってやつかな」

小声でこう言ったのは、でっぷり太った、髪も肌も黒っぽい十八、九歳の少年だった。縮れ髪で、すばしこい目は物から物へと絶えず視線を動かしている。彼はすぐに

(3)「あなたは、あのイゼベルと言う女をなすがままにさせている。この女は、自ら預言者と称して、私の僕たちを教え、また惑わして、淫らなことを行わせ、偶像に献げた肉を食べさせている。私は悔い改める時を与えたが、この女は淫らな行いを悔い改めようとしない」(新約聖書「ヨハネの黙示録」第二章二〇―二一節、『聖書 聖書協会共同訳』日本聖書協会、二〇一八年、(新)四四二頁)。以下、聖書からの引用はすべてこの訳により、(旧)(新)の区別と頁数のみ記す(ただし、ルビは基本的に省略)。また、旧約聖書「列王記」には同名の女が、イスラエル国王アハブの妻であるフェニキア人の女性として何度か登場する。

こう付け加えた。

「隣り部屋の者です。この下宿には学生が四人いましてね。ぼくはサイモン・デマス。君は？」

「ジョゼフ・デイです」

「はじめまして、ジョー」と言いながら、サイモン・デマスはジョゼフ・デイの白い大きな手に自分のふっくらした湿っぽい手をあずけた。「さっき格子戸を開けて君が入ってきたのを目にしました。ドアが開いていたので、君の部屋を見ようと思って来たんですよ。あとの二人はまだ着いていないけど、明日か、今晩にも来るでしょう。ミセス・デアが電話で誰かにそう話しているのを耳にしました」

サイモンはいったん言葉を止めて息をつぐと、また話し出した。

「ところで、さっき君が夫人と話しているのも聞きましたよ……いや、聞こえちゃったんですよ、ドアが開けっ放しだったのでね。ねえ、ジョー、あの女(ひと)って、年寄りのインディアンみたいに手ごわいですよね。もしぼくが君だったら……」

ジョゼフはほんのわずかに身を引いた。

「ミセス・デアと知り合いなんですか？」と、彼は尋ねた。

「ぼくが？　いえいえ。今日の午後着いたばかりだから。でも、人を見る目はあるんですよ。それにたまたま、彼女の歳を知ったので。生年月日は家庭用の大判聖書に書いてあるんです、ほら、一階の小さなテーブルの上に置いてあるのに気がついたでしょう？」

「いや」と、ジョゼフは暗い顔をしてポケットに両手を突っ込みながら言った。サイモンは心配そうな目で彼のほうを見上げた。

「しゃべりすぎだと思われたかな」と、彼は悲しそうに言った。「気持ちが抑えられないんですよ、本当に気の許せそうな相手を見ると。それで、君は山あいの町の出身なんですね、バラードなんかよく歌うっていう。バラードは大好きなんです」

ジョゼフが苛立ったようなしぐさをしたので、これはまずい、という表情がサイモン・デマスの丸い顔に広がった。

「ああ、いらいらしてますね！」と、彼は大声で言った。「どうしてかな、ぼくは誰でもいらいらさせてしまう」

「とんでもない、別にいらいらなんかしていませんよ」と、ジョゼフはすぐに態度を和らげて言った。

サイモンは子どものようにその場で跳び上がった。

「ぼくたちは友だちになれますね、まちがいなく！　ねえ、ぼくはこのあたりの人間じゃないんです。北部の出身なんですよ。ここに勉強しに来たのも、ロマンチックな気持ちからかな。そう、谷間に眠る南部の小さな町、白い柱の立ち並ぶ家々、土地の伝統、さまざまな偏見……。気を悪くしてない？」

「いやいや。ぼくもこの辺の人間じゃないから」

「そうでしたね。ぼくの言葉、北部訛りがあると思います？」

「そうね、少し」

「困ったなあ。この地方では北部の人間はあまり好かれないから……。父親は洋服の仕立て屋なんだけど、ぼくは大学を出たら画家になるつもりなんです。ほら、これ」

サイモンはポケットから小さなデッサン帳を取り出すと、適当に開いて何ページか見せた。ジョゼフは男女の顔や、煙のように見える樹々のある風景の断片、そして何枚もの手のデッサンを見た。

「ぼくの左手です」と、サイモンは説明した。「ニューヨークのある画家は、ぼくには才能があると言ってくれました。いずれ彼の話もしますよ、もっと親しくなったらね。ぼくの作品、どう思います？」

目を伏せて、ジョゼフは指を髪の毛に差し入れたが、そのしぐさを相手は見逃さなかった。彼にはサイモンのことが滑稽に思えたし、こんな会話は気詰まりだった。そわそわと体を動かし、時々びっくりするような甲高い声を出すこの小柄な男が、なんだか恥ずかしく思えてならなかったのだ。

「わからないな」と、ようやく彼は言った。「絵のことはあまり詳しくないので」

そのとき鈴が鳴って、夕食の準備ができたことを知らせた。

III

ジョゼフは、サイモンがまるでこの下宿の主人であるかのように指定した席に座った。白いテーブルクロスの上には銀の燭台が二つ置かれていて、家具がほとんどないこの部屋に見せかけの豪華な雰囲気を添えている。夕陽の残光が壁の幅木（はばき）の下部にまだ照り映えていた。暖炉の上方には黒い額縁に入った版画があり、壁の飾り気のなさを際立たせている。灰色の壁紙は、壁面上部の蛇腹の下あたりが珈琲色をした何本かの長い染みで覆われていた。

「ずいぶん特徴的ですよね」と、サイモンはそれらの黴（かび）の跡を、次いで銀の燭台を指差して言った。「飢え死にしそうでも、一家の思い出の品には愛着があるわけだ」

ジョゼフは返事をしなかった。この同居人は、口を開けば必ず、同意できない、いらいらする意見ばかり言うような気がしたからだ。食事のたびにこんな厄介な人物と隣り合わせになるのかと思って、ぎゅっと唇を嚙みしめたが、誰も傷つけてはならないという気遣いから、愛想よく振舞おうと思い直すのが常だった。時にはそれを後悔することもあったけれど、そのあとには、自分の人生に関わってくる人々はみんな神によって遣わされたのだという考えが、折に触れてよみがえってくるのだった。しかもその晩は、サイモンのおしゃべりでさえ、自分はいま知らない町にいるのだという喜びを損なうことはできず、ジョゼフは狭い上げ下げ窓から外光が射し込んでくるだけのこの殺風景な小部屋を、おおらかな気持ちで見つめていた。夜になればたぶん、燭台の赤い蠟燭に火が灯されるのだろう。彼は子どものように、デザートの前には完全に暗くなりますようにと願った。郷里では、食事はキッチンでとっていたし、蠟燭はクリスマスのときしか灯されなかったが、大きな町の人たちは独特な考えを持っているようだ。いい考えもあるけれど、そうでないものもある。たとえば、ミセス・デアは化粧をしていた。またしても、この記憶が彼を動揺させた。〈助けてあげなくては〉と、彼は思った。〈そう、彼女が救われるよう助けてあげなくては〉。そして不意の情熱にとらわれて、彼は自分がこの女性に恥の涙を流させ、約束をさせ、心から悔い改めさせ、さらにはかつて行われていたように自らの過ちを公の場で告白させる姿を思い描いた。なんという勝利だろう！

こんな想像上の場面がありありと浮かんできたので、彼にはもう隣人の言葉など聞こえていなかった。そのとき突然ドアが開き、彼はびくっとした。黄昏(たそがれ)どきの薄暗がりの中に、背の高い少年のシルエットが見えた。その少年は部屋に入ってくると、まるで自分と二人の会食者のあいだにできるだけ距離を置きたがっているかのように、食卓の反対側に腰を下ろした。数分後、強い汗のにおいをまき散らす若い黒人の女中がスープを満たした皿を新参者の前に置くと、蠟燭に火を灯した。ジョゼフが待っていた瞬間だ。最初のうちは、芯にきちんと火がつかず、暗がりの中で小さな炎が二つの赤い点になっただけで、部屋は明るくならなかったが、やがて急に炎が長く伸び、ぱっと開き、みんなの目、テーブルクロスの上に置かれた手、水差し、女中の白いエプロンなど、光に照らされたすべてのものが夜の闇から浮かび上がってきた。

短い沈黙があった。それからサイモンは、自分が芸術家なのだということを知らせようとしてつまらないことをあれこれ口にしたが、そのあいだに見知らぬ少年は周囲をぐるりと見回し、ジョゼフの顔に視線を走らせると、ようやく額を下げて自分の皿をじっと見つめた。薔薇色の頬をした彼の顔には、眉毛がまるで炭で描いたように黒い二本の長いラインを引いており、頭には艶のある豊かな髪のうねりに沿って、湾曲した大きな光沢の筋が流れている。ジョゼフが目にしたのはそれだけだった。この新しい会食者の控え目な態度に倣って、暖炉の上方に掲げられた版画に目を凝らしていたからだ。それでもできれば歓迎の言葉を口にしたかったのだが、唇が開きかけてはそのつど止まってしまうのだった。相手に聞こえるように話すためには、まず隣人を黙らせなければならなかっただろう。ジョゼフは心の中で、自分とサイモンは親しいわけではないんだ、サイモンのささやくような声を聞いていると、まるで自分たちのあいだに秘密があるように思えるかもしれないけれど、そんなものは全然ないんだ、ついさっき知り合ったばかりなんだと、この見知らぬ少年にわからせたいという欲求を感じてはいたものの、そうすればこのおしゃべり男の自尊心をどうしても残酷に傷つけざるをえないので、できなかった。〈仕方ないな〉と、彼は思った。〈待つことにしよう。この少年が立ち上がって出て行こうとするときに近づいてみよう〉。そのとき、内なる声が〈どうして?〉と尋ねた。そしてこんなにも単純な問いに何と答えていいかわからず、彼は呆然とするのだった。明らかに、この未知の少年はそっとしておいてほしそうだ。顔も上げずに、さっさと食事を終えてこの部屋から立ち去ろうとするかのように、急いで食べている。じっさい、彼はデザートを呑み込むように済ませるとすぐに立ち上がり、サイモンとジョゼフのどちらにともなくちょっと微笑んでみせると、部屋から出て行った。彼の足音が控えの間に、それから玄関ポーチに響き、格子戸が銃のように乾いた音をたてて、ぱたんと閉められた。

サイモンはそのとき、ジョゼフがあえてしなかった質問に答えた。

「サウスカロライナから来た学生ですよ。確かブルース・プレーローという名前で、二年目かな。どこに住んでいるのかまだ知らないんだけど、そのうちわかるでしょう。いずれにしても、ミセス・デアと話をつけて、食事をここでとれるようにしてもらったんです。プライドが高そうな感じだよね、そう思いませんか？」

ジョゼフは返事をためらった。

「そうは思いません」と、けっきょく言った。そして自分も立ち上がると、控えの間に入った。

サイモンは走ってついてきた。

「ちょっと散歩しませんか、ジョー？　月明かりが大学の芝生に映えてきっとすばらしいですよ」

しかしジョゼフはサイモンと月明かりの下を散歩する気になれなかったので、この小柄な男の気を悪くさせないような口実を探した。すでに彼の唇の両端が下がって、落胆の表情が見えていたからだ。

「母に手紙を書かなくちゃ。約束したので」

部屋に戻って一人になると、彼は思った。〈手紙を書くと言った以上、書かなくては〉。そしてすぐに机の前に座ると、少し考え、それから手紙を書き始めた。彼の手はゆっくりと、完璧に均整のとれた文字を連ねていく。彼はすべてを語った、旅行のこと、ミセス・デアとのやりとり、紅を塗って化粧したその顔のことも書いておいた。それからサイモンとの会話、夕食のこと。ブルース・プレーローのことも話すべきだろうか？　この点について考えてみた。そんな話にどんな興味があるだろう？　しかしほかのことと同じく、自分の一日の一部ではあったので、奇妙な響きのするこの名前を手紙の最後の部分に書いておくのもおもしろいと思った。

書き終えると、彼は聖書を開き、両のこぶしで頭を押さえながら、一心不乱に数ページ読んだ。そして三十分後、まず明かりを消してから、服を脱いでベッドに入った。

IV

それからの二、三日は、特にやることもなく過ぎていった。学生はそれぞれ選択した講義を指定して登録しなければならなかったが、まだ勉強が始まったわけではない。到着の翌日、ジョゼフは大学の慣習に従って彼の履修指導教員になるはずの教授の名前を知り、その日のうちに面会に行った。タック先生という数学の教授が彼を迎えてくれた小さな研究室には、薄紫色の重そうな房をつけたフジの蔓(つる)で飾られた窓があり、そこから射し込む光の向こうに樹木の生い茂った丘の連なりが見えた。丘の頂は、空の下に灰青色の長いラインを描いている。ジョゼフは太った陽気な男を見た。教授は気取らない様子で回転式の肘掛椅子に腰かけ、せわしなく左右にくるくると椅子を回していた。そうすれば、脂肪のせいで体の動作がのろいことを忘れられるとでも思っているかのように。

「座りたまえ、デイ君」と、教授は言った。「高校の調査書は読みましたよ。数学はあまり得意じゃないのかな？　私としては残念だが。それでも、仲良くはなれるでしょう。どうやらギリシア語を選択したみたいですね。古典の勉強に関心が？」

ジョゼフは赤くなった。

「原語で新約聖書を読みたいんです(4)」と、ローマ総督の前に出た信仰公言者のように力をこめて言った。

「すばらしい」と言って、タック先生は椅子を四分の一ほど回転させて窓のほうを向き、ジョゼフが普通の顔色に戻れるように、外の風景を眺めるふりをした。

「でも」と、彼は言葉を継いだ。「ギリシア語のクラスではもう新約聖書を勉強しないことは知ってますね。二学期になればクセノフォンを楽しむし、二年生ではずっと『イーリアス』を読むことになる。そのあと、まだ続ける気があれば、三年生ではプラトンの対話篇を二つ読まされるでしょう。確か君は、古代史も選択していましたね」

「はい」

「ギリシア語、古代史、アメリカ史、英文学と聖書文学。これでいいですか？」

少年はうなずき、微笑まずにはいられなかった。相手の人の好さがとても嬉しかったのだ。もっと偉そうな堅苦しい態度で、素っ気なく軽蔑されるのではないかと思っていたのに、まるで友だちみたいに話しかけてくれる。新約聖書の話はいかにも気取って聞こえただろうなと、いまは悔やんでいたけれど、この種の話題は口に出すまいと思っても、内側からこみあげてくる衝動に駆られてつい口走ってしまうのが常だった。タック先生はぼくを純朴な人間だと思ったにちがいない。数分後、ジョゼフは研究室を出た。

（4）旧約聖書はヘブライ語で書かれているが、新約聖書は「コイネー」と呼ばれるギリシア語が原語である。

戸外では樹木に囲まれて長く続く芝生に陽射しがあふれ、学生たちが急ぐでもなく行き交っている。その特別にのんびりした様子を、少年は少しでも真似ようとした。というのも、大学ではすべてがちゃんとしているように思われたので、みんなと同じように振舞い、心の中で「ほかの連中」と呼んでいる面々と同じようになりたいと思ったからだ。たとえば学生たちはたがいに呼びかけ合い、冗談を言い合っている。それは彼にはできないことだったし、あえてしようとも思わなかったけれど、それでも何人かの見知らぬ学生たちに微笑みかけてみた。すると周りは驚いて、彼をじっと見つめるのだった。たぶん彼の顔の色と髪の毛がそうさせたのだろう。郷里では誰も彼に注意を払わなかったが、列車の中では何人もの男女が彼を見つめたものだった。そしてここでもまさしく、ほとんど全員の目に、彼がよく知っているあの奇妙な表情が読み取れる。それは苛立ちと同時に驚きから出てくる表情だった。彼は帽子をかぶらずに外出するのはもうやめようと心に決め、ほかのことを考えようとした。

いま彼のいるところからは、ドーリア式の太い円柱がスイカズラの葉鞘（ようしょう）に覆われている図書館が見えた。その先には、マグノリアで半分隠れたほかの白い石造りの建物が半円形に並んでいる。あてずっぽう気味に、彼はツゲの庭園を望むテラスに歩を進めた。透明なもやを通して和らいだ陽射しが砂地の小道を金色に染め、傷口のように赤い色をした鳥たちが鳴き声をあげながら、庭園の町に面した側を通る長い並木道の樹々の中を飛び交っていた。

両手をポケットに突っ込んで、ジョゼフは遠くを通る車を眺めていた。そのとき、背後から声が聞こえた。とてもはっきり発音されたせりふが彼の耳に届き、思わずびくっとした。

「みなさーん」と間延びした、からかうような声が言った。「どなたかこの地区の消防署がどこにあるのかご存じありませんか？　危ないから知らせたほうがいいんじゃないかなあ」

ジョゼフは身動きできなかった。こんなたわいない冗談はこれまでも何度となく聞かされてきたので驚きはしなかったけれど、やはり耳にするたびに苛立たされた。時には「火事だ！」と叫ばれたこともある。喉元にこみあげてきた怒りを抑えるために一、二秒やり過ごすと、彼はぱっと振り返った。優雅な装いをした四人の若者が、嘲るような薄ら笑いを浮かべて彼を見つめている。けれどもジョゼフはその中で、片手のこぶしを腰に当て、両脚を広げて少し前に立っている一人にしか目が行かなかった。

ブルース・プレーローだった。ジョゼフは彼のほうに一歩踏み出した。

「いまの言葉を口にしたのは君ですか?」と、彼は尋ねた。

プレーローは自分の相手の顔をまず見つめ、それから肩に、そして最後に足に目をやり、品定めを済ませると冷たい口調で言い放った。

「いいや。でも、責任は引き受けてもいいよ。なかなかいいせりふだからね」

一種の耳鳴りに襲われながらジョゼフはこの言葉を聞いたが、意味がよくわからなかった。少し前から彼にはもう何も見えず、降り注ぐ太陽の下で、この男たちの小グループは影に包まれているようだった。誰も動かなかった。ついに、大きな穴の底から発せられたかのように、プレーローの声がまた聞こえてきた。

「ぼくに会いたい諸君に告げる。住所は東回廊の四十四号室」

〈どうしてぼくにこんなことを言うんだろう〉と、ジョゼフは思った。〈彼に向かって手を上げたら、きっと殺してしまうだろう〉

急に踵(きびす)を返すと、彼は庭園を横切り、並木道にたどり着いた。背後ではひとことも発せられず、完全な沈黙がついてきたので、まるで一人きりのような気がするほどだったが、この沈黙は高笑い以上に重くのしかかってくるのだった。

いま、彼は並木大通りを歩いていた。両足が枯葉の中に埋まって、水を踏んでいるようにざわざわと音をたて、しばらくのあいだはこのおしゃべりなざわめきのせいで物を考えることができなかった。ようやく考えを整理することができたのは、自分の部屋に戻ってからだった。記憶をよみがえらせ、さっきの光景をあらためて容赦のない正確さで目に浮かべてみる。プレーローは赤みがかった栗色のスーツを着ていて、白いワイシャツの上に締めた黒ネクタイがいかにも高慢な印象を引き立たせていた。どうして高慢そうに見えたんだろう？　プレーローという人物のすべてが、もっぱら高慢さを発散しているからだ。サイモンの言っていたことは正しい。この少年は頭のてっぺんから足の先まで自信満々なんだ。赤い頬をした顔の中では、力強い曲線を描く眉毛の下でインクのように黒い目が輝いている。そして、命令する人間みたいにふんぞり返っている。それをジョゼフは一瞬のうちに見て取り、この態度にむかつく気持ちがこみあげてきたのだが、やがて霧のようなものが頭に広がって、この挑発的な顔を掻き消してしまった。

一日中、彼は怒りを反芻し、食欲もなくなって自室に閉じこもり、聖書の何章かを読もうと努めたが、いつもなら心を鎮めてくれる文章も彼の注意を引き留めはしなかった。両のこぶしをこめかみに当て、狭く組まれた段にぎっしり詰まったこれらの言葉を理解できぬままじっと見つめていたが、この古風な英語の荘重な響きを唇に浮かべてみても無駄だった。敬虔なつぶやきを、ひとつの声が覆ってしまう。その声はプレーローのものだった。冷徹で落ち着き払ったその声は、絶えずこう繰り返すのだった。「ぼくに会いたい諸君……。ぼくに会いたい諸君に告げる……」。〈もし今朝、おまえに殴りかかっていたら、きっと殴り殺していただろうさ〉と、ジョゼフは心の中で言い返した。〈ぼくはおまえの二倍も強いんだからな〉。不意に、彼は大声で言った。「どうしてぼくにあんなことを言ったんだ？　どうして？　どうして？　ぼくがいったい何をしたというんだ？」

憤怒に駆られて彼は聖書を閉じ、突然立ち上がったので、危うく机をひっくり返しそうになり、積み上げていた本が床に落ちた。〈物も食べられないし、本を読むことも、祈ることもできない〉と、彼は思った。〈まるでこわがっているみたいな態度をしてしまった、主は臆病者がお嫌いだというのに〉

そのときドアが開き、サイモンが、まるで獣が何かを探し回るような目で部屋に滑り込んできた。

「どうしたんだい、ジョー？　物音が聞こえたけど。どうして昼食をとらなかったの？　病気じゃないだろうね？」

「いいや、放っといてくれよ」

「何か悪い知らせでも？」

ジョゼフは我慢ならない様子でかぶりを振った。そのときサイモンが片方の手で彼をつかんだが、すぐに振りほどかれた。

「ぼくにはわかってる」と、小柄な男は馬鹿丸出しの顔で言った。「違うとは言わせないぞ。君は恋してるんだ！」

「ああ、もう出て行ってくれ！」とジョゼフは叫んで、サイモンを外に押し出した。


午後の終わりごろ、サイモンが予告していた通り、ミセス・デアの下宿に住むことになっているほかの二人の学生が到着した。一人目はひ弱な、貧しくて勤勉な感じの少年で、金属フレームの眼鏡を掛け、ほとんど聞き取れないような小声でジョン・スチュアートと名乗ると、彼のために用意された小さな部屋に姿を消した。二人目は彼より大きくもなく強そうでもなかったが、若鶏のように自信たっぷりの様子で現れた。

金髪で、大きな口でよくしゃべり、灰色の目が絶えず笑っているこの少年は、よく通る声で、ジョージア州から来たこと、フランク・マック・アリスターという名前であることを告げた。彼はまずサイモンの部屋に入ると、すぐに偉そうに相手の腹をぽんと叩いてみせ、それから同じ無遠慮さで隣の部屋に入って行ったが、そこでふと立ち止まった。数秒のあいだ、笑いが顔の上で凍りつき、彼は入口のところでじっとたたずんでいた。

「どうぞ」と、ジョゼフは陰気な口調で言った。

落ち着きを取り戻すと、訪問者は机の前に座っている少年と自分を隔てる空間を乗り越えた。この新参者が顔を拭おうとするかのように袖口から緑色の絹のハンカチを取り出すのを見て、部屋の主は眉をひそめた。

「さっき名前は聞きました」と、ジョゼフは早口で言った。「フランク・マック・アリスター君ですね。ぼくの名前はジョゼフ・デイ。これで紹介は済みました。勉強に戻りましょう」

「勉強に戻るだって!」と、マック・アリスターは大声で言った。「四頭の暴れ馬に引っ張られても、勉強なんてしませんよ。ここには自分の意思と無関係な事情があって来たんでね。毎晩、酒で悲しみを紛らせるつもりです。何を読んでるんですか？　聖書か！」

「言っておくけれど、気をつけたほうが身のためですよ」と、ジョゼフは開いた本を手で覆いながら言った。

「どうしたっていうのかな？」と、マック・アリスターは尋ねた。

彼は指を天井に向け、低音で暗唱した。

「六日の間、働きなさい。しかし安息日は、これを守って聖別しなさい。私が、あなたの永遠なる神がそう命じるのだから[5]」

ジョゼフはぱっと立ち上がった。

「マック・アリスターさん」と、彼は叫んだ。「あなたがいまいるこの部屋には二つの出口があります。ドアと窓です。どちらをお選びですか？」

「おお！　こわいこと言わないでくださいよ」と、マック・アリスターは挑発する

（5）「安息日を守ってこれを聖別し、あなたの神、主があなたに命じられたとおりに行いなさい。六日間は働いて、あなたのすべての仕事をしなさい。しかし、七日目はあなたの神、主の安息日であるから、どのような仕事もしてはならない」（「申命記」第五章一二―一四節、（旧）二七四頁）。

ようにハンカチを振りながら言った。「殴り合いがしたければ、殴り合ってもいいんだけどね」

彼は握りこぶしを腰に当てながら身構えた。

「さあ」と、ジョゼフは不意に穏やかな口調で言った。「出口までお送りしましょう」

彼は相手に近寄ると、片腕をその体に回し、床から持ち上げ、踊り場のところまで運んでから手を放した。部屋に戻ると、ドアを閉めて鍵をかけた。屋敷の中に完全な沈黙が広がったが、数分後、少年の耳にはサイモンの部屋でマック・アリスターがシェイクスピアの一節を朗読する甲高い声が聞こえてきた。「ローマ市民、わが同胞、愛する友人諸君！　私の話を聞いていただきたい。私はシーザーを葬りに来た……」(6)

〈少なくとも〉と、ジョゼフは思った。〈ぼくに逆らおうとしたんだ、あいつは〉

その晩、食卓で、サイモンが必死に小声で話しかけて何度か肘でつついたりしたにもかかわらず、ジョゼフはほとんどしゃべらなかった。席はすべて埋まっていて、大声のざわめきが小さな食堂を満たしていた。内気なジョン・スチュアートは机の端、ちょうど前の晩にブルース・プレーローが食事をしていた席に座っていた。このひ弱で小柄な少年はずっとうつむいていたが、それは視線がジョゼフのそれと交わらないように、けっして目を上げようとしなかったからで、ジョゼフの視線は彼には耐えられないのだった。

新たに食卓についた四人の新参者のうち、一人は見るからに田舎の出だった。背が高く、痩せていて、赤ら顔で、長い黒髪の房が両目にかかっているこの少年は、巨大な握りこぶしでフォークをつかみ、人が見ていないと思うと、肉の切れ端を指でつまんですばやく口に運んでいた。いったい何を勘違いして彼は大学なんかに紛れ込んだのか、サイモンはできればそれが知りたかったようで、彼はジョゼフの耳に、そのうち調べてみるつもりだとささやいた。

「ほらね」と、彼はちょっと腹立たしそうに付け加えた。「ブルース・プレーローは来なかったでしょう。あんな良家のお坊っちゃんには、この場所はきっと地味すぎる

（6）　シェイクスピア『ジュリアス・シーザー』第三幕第二場（『シェイクスピア全集Ⅲ』小田島雄志訳、白水社、一九八六年、二六五頁）。ブルータスの演説からの引用だが、「私はシーザーを葬りに来た」という一節は原文には存在しない。

んだ」

「あんな良家の……」と、プレーローの名前を聞いてかっとしたジョゼフは繰り返した。

「先祖代々の邸宅でいずれ飢え死にするたぐいの家系ですよ。お高くとまって、銀の食器なんか見せびらかして、本当に癇に障るんだな、ああした南部の連中は」と、さらに声をひそめてサイモンは言った。「君だって、時々いらいらしませんか？」

ジョゼフは返事をしなかったが、彼の目はジョン・スチュアートが眼鏡の奥でふと視線を揺らすのをとらえていた。

そのあいだ、食事の初めからずっと、マック・アリスターは大げさな身振りで長広舌をふるっていた。しゃべりながら左右の隣席に体を向けてはいたけれど、彼の言葉が向けられていたのは、名指すことはしなかったものの、どう見てもジョゼフでしかありえなかった。

「ベン」と、薔薇色の頬が黄色い産毛に覆われた穏やかそうな太った少年に話しかけながら、彼は言った。「もし決闘を挑まれたら、武器は何にしますか？　剣を選んで、相手の顔面を切り刻み、胸を抉って切っ先で心臓を突き破ってやりますかね、もしそいつに心臓があればの話だけど」

ベンは食いしん坊の口を開いて、グリーンピースを頬張った。

頭と肩が自分よりも上にある左隣の少年のほうを向くと、マック・アリスターは彼に関心を示して大声で言った。

「君だったら、ピストルでしょうね。汚らしい血なんか流さなくて済むから。頭蓋骨に穴ひとつだけ、朝、明け方に。ねえ、ジョージ？　こいつにはいい教訓になるでしょうよ、この大男には。暴君は常にかくのごとし！(7)」

「静かにしてくれよ」と、ジョージは自分のコップに水を注ぎながら言った。

彼はのっぺりとした青白い顔をしていて、中央にあるまっすぐな小さい鼻はそばかすに覆われていた。その薄い唇がもう一度開いた。

「ぼくの出身地ではね、殴り合いで決着をつけるんだ」

(7)　原文はラテン語で、《*Sic semper tyrannis!*》一七七六年にイギリスの支配から脱したことを祝してヴァージニア州の印章に刻まれ、州の標語となった。一八六五年に劇場でリンカーン大統領を暗殺したジョン・ウィルクス・ブースが観客に向かって叫んだことでも知られる。もとはシーザーを暗殺したブルータスの言葉とされる。

この言葉が終わるか終わらぬかのうちに、ジョゼフはナプキンを畳んで食堂を出た。ポーチで深呼吸をした。涼しくなった空気は埃のにおいをまだ残していて、通りの反対側では家々の白い列柱が薄闇の中で輝いている。彼は歩道まで下りていき、何歩か進んだ。食堂では急な不快感に襲われたが、それはなくなっていた。いまはもう、気分がよくなっている。無造作なふうを装ってポケットに両手を入れると、駅から来る途中で耳にした歌を口笛で吹き始めた。ここではほとんどすべての学生たちがポケットに両手を入れて歩いていたので、彼も同じようにしてみたかったのだ。けれども数秒後、彼は口笛をやめると、上着から小さな紙切れを取り出し、街灯の明かりで眺めた。事務局で渡された大学の地図だった。

まちがえようがなかった。道路が湾曲した長い腕のように庭園をぐるりと囲んでいて、図書館のところで果てると、回廊に囲まれた広い芝地に行き当たる。ここだ。彼は地図をポケットに入れると、歩みを速め、道の端まで行き、右に曲がって並木道を渡った。

庭園の境界になっている低い小さな塀に、煉瓦で舗装された小道に出る開口部があるのに気づいた。その道は図書館に向かって斜めにのぼっていたが、彼は漠然とした禁止のにおいを嗅ぎ取って、その道に入るのをためらった。それから、一人きりなので安心し、塀を通り抜けて樹々の下を進んで行った。この時間には、このあたりには誰も見当たらない。大半の学生たちはまだ夕食の最中だったし、食事を終えた連中は町に繰り出していた。ジョゼフは図書館のほうへのぼって行った。大理石の太い列柱が暗い空を背景にくっきりと浮かんでいたが、ふと、樹々が彼の目からそれらを遮った。そのまま歩き続け、小道を離れて階段をのぼって行くと、屋根のある通路の入口に出た。引き返そうという考えが、頭をかすめた。こんな近道をするよりも、地図の指示通りに進んだほうがきっとよかったのだ。しかし一瞬考えてから、彼は左に曲がり、煉瓦の壁に沿って進むと、さらに階段を数段のぼって行った。

V

ひどく驚いたことに、彼は地図で探していたまさにその場所にいた。彼の目は、長く続く芝生の両側に遠くまで連なる二列の回廊を端まで見渡した。車道の部分が草で覆われた道路の、二列の歩道のようだった。白い列柱が回廊の円屋根を支えていて、小さくなるにつれてたがいに接近し、遠くでくっついて柵壁になっている。この修道院みたいな場所では、暗緑色に塗られた二列のドアが煉瓦の薄い薔薇色の上に黒く浮かび上がっていて、それぞれのドアの上部には銅製の部屋番号と、鋲(びょう)でとめられた名札が見えた。

ジョゼフはサイモンから聞いて、広い芝生に面したこれらの部屋が学生用の寮であることをすでに知っていた。たいへん評判が高く、「東または西回廊の何号室に住んでいる」と言えることはある種の名誉でもあったので、場合によっては何年も前から予約する者もいるという。彼は反射的にポケットから両手を出し、忍び足で四十四号室のところまで歩いて行った。名札を見ると、どうやらまちがってはいないらしい。なぜだかわからないが、そこに記された名前を読んで少し赤くなった。サイモンがその名前を口にするのは耳にしたことがあったし、彼自身も母親への手紙にそれを書いたのだったが、自分の敵を示す名前がこの白いカードに飾り文字で刷られているのを目にすると、頭が混乱した。〈なんて思い上がってるんだ！〉と、彼は思った。そして彼は心の中で何度かこの感嘆文を繰り返し、一瞬ためらってから、ドアをばんばんとノックした。

初めは応答がなかった。ようやく近くのドアのひとつが突然開き、シャツ姿の少年が黄色い明かりが作る大きな長方形の戸口に現れた。

「プレーローはいませんよ」と、彼は言った。

「何時ごろだったらいるでしょうか？」と、ジョゼフは尋ねた。

肩をすくめたのが少年の答えで、ドアは閉められた。ギターを調弦する音が聞こえた。

どうしようか？　回廊を離れると、彼は数分間芝生の上をさまよい、それから草の上に腰を下ろすと、両手を交差させて膝を抱え、星を見上げた。星たちは黒い空の底ですばらしい輝きを放ち、いくつかは軽くまたたいている。子どものころからの習慣で、彼は大熊座を探してみた。以前、自分の生まれた家がこの星座の真下にあると聞いたことがあったからだ。少ししてから、彼は仰向けに寝転がった。こうして見ると、空は幾千もの光をたたえて流れる巨大な河のようだった。草を一本抜き取り、口にくわえると、ブルース・プレーローの部屋のドアのほうを向いて、〈必要ならひと晩中でも待とう〉と彼は思った。
ひと晩中。つまりぼくは、プレーローのことが嫌いなんだろうか？　だが、問題はそれほど単純ではない。あいつのことが嫌いなんじゃなくて、あいつと闘いたいんだ――こんな見方をして、彼は思わず微笑した。プレーローの無礼な態度は赦（ゆる）していた。本当に赦していた。もし赦していないのだったら、福音書を読んでも何にもならないではないか？　しかし時折、怒りの発作で頭がかっとするのだった。意地悪な連中を非難し、必要とあれば彼らのためを思って殴りつけてやることが、義務のようにも思われた。腹を立てたとしても、罪を犯さずにいることはできる。福音書に曰く、「きょうだいにたいして理由もなく腹を立てる者は……」[8]。急に彼は眠り込んだ。

歌いながら芝生を横切って行く学生たちが、彼を眠りから引き出した。その一人が彼に気づかずにすぐ近くを通ったので、横たわった体に危うくつまずきそうになった。酔っ払っていて、何かつかまるものはないかと虚空を探りながら歩いていたからだ。ジョゼフは嫌悪を覚えながら、そのぼんやりしたシルエットが闇の中に遠ざかって行くのを見つめ、それからさっと立ち上がると、回廊のところまで歩いて行った。細い光の筋がドアの下から漏れていて、室内で誰かが鼻歌を歌っているのが聞こえてくる。

「あいつに何て言おう?」と、ジョゼフは考えた。突然、汗が額を流れるのに気がついて、両のこぶしでそれを拭うと、ドアを叩いた。歌はぴたっと止まり、すぐにドアが開いた。

「ああ、君でしたか」と、プレーローは言った。「どうぞ」

部屋はさほど広くなく、細かい格子状に区切られた大きな窓と、彩色された棚板を載せた煉瓦の暖炉がある。鉄製のベッドの上には、何枚かの毛布が重ねて投げ出されていた。こんななま暖かい夜には、上掛けシーツ一枚でじゅうぶんということだろう。あとはお決まりのロッキングチェアと椅子と小さな勉強机が、五人の学生たちが次々に暮らしてきたこの飾り気のない部屋の家具のすべてだった。まるで修道僧の個室か、囚人の独房みたいだ。

「君が来るかどうかと考えていたんだけど」と、プレーローは言った。「来ないと思っていましたよ」

彼は上着を脱いでいて、シャツの白さが肉色とも褐色ともつかない熱気を帯びた顔

(8)「きょうだいに腹を立てる者は誰でも裁きを受ける」(「マタイによる福音書」第五章二二節、(新)七頁)。

色をいっそう輝かせていた。黒いシルクのネクタイが、彼の服装にうかがえるかもしれないいだらしなさを幾分か補っている。まるでもっと上を見るのを避けるかのように、ジョゼフが視線を向けたのもこのネクタイだった。人を見下すような落ち着き払った相手の顔を見ると、かっとしてしまうからだ。

「それで?」と、何秒かしてからプレーローは言った。

不意に手を伸ばし、ジョゼフは黒ネクタイをつかんだ。

「今朝、君が言ったことが気に入らないんだ」と、声を詰まらせて彼はつぶやいた。

「そうですか」と、プレーローは答えた。「でも、放してくれないかな。ここで殴り合うわけにはいかないでしょう」

ジョゼフの手が開き、下ろされた。

まったく落ち着き払って、プレーローはネクタイを少し緩めると、椅子の上に投げ出してあった上着を羽織った。その表情には、読み取ろうとしても怒りの色はまったくうかがえず、浮かんでいたのはむしろ軽い疲労だった。ジョゼフは心ならずも、自分自身の興奮ぶりとはまったく異なるその自制心に感嘆した。

とはいえ、少ししてから二人が部屋を出て、プレーローがドアを引き寄せ、鍵を二度回して閉めようとしたとき、彼の手元がいかにもおぼつかないのをジョゼフは目にした。もっと近寄って覗き込んでみると、驚いたことに、プレーローの手はかなり大きく震えている。それに気づくと、思わず恥ずかしくなり、何か見てはいけないものを見てしまったような気がして後ずさりした。

「墓地のほうに行こうか」と、鍵をポケットに入れながらプレーローは言った。「医学部長の家を過ぎたところに、誰にも邪魔されない場所があるのを知ってるから」

二人は芝生を斜めに横切り、西回廊に沿って進むと、斜面を下りてツゲの庭園に出た。プレーローはゆっくりと歩き、ジョゼフはその歩みに合わせてついて行ったが、二人とも口を開くことはないまま、野原が広がるあたりまでやってきた。医学部長の家は古い邸宅で、白くて細い列柱が道路から奥まったところにぼんやり見分けられたが、ちょうどその前を通り過ぎたところで、プレーローの声が暗闇から聞こえてきた。

「君はぼくの名前を知ってますね。ドアにあるのを見て来たんだから。でも、ぼくは君の名前を知らない」

「ジョゼフ・デイ」

一瞬の沈黙があった。彼らの歩みは道路の埃の中で柔らかくかすかな音をたてている。樹々の空洞からは、アマガエルたちが澄んだ音色のか細い小さな鳴き声をあげているのが聞こえた。ジョゼフは暗がりに乗じて、連れのほうに目を向けてその顔を見ようとしたが、見分けることができたのは黒く縁どられた額と、点のような光が奥底できらりと輝いている眼窩だけだった。この高慢ちきな顔を殴りつけて、その顔が口にしたこと、ひそかに考えていることを罰してやりたいという気持ちが、不意に二、三度こみあげてきたが、そうかと思うと、こうした心中の暴力は、急に湧き上がってくるうっとりするような優しさに取って代わられるのだった。それはあらゆる人間を愛さなければという奇妙な欲求であり、彼の中ではそれが宗教的本能と入り混じっていた。だから黙ったまま彼が並んで歩いているこの少年についても、どれほどの喜びをもって今朝の侮辱を赦してやれることだろう！　もう少しで、彼は不意に、何も言わずに相手の手を握りそうになった。しかしそんなことをしてもプレーローには理解できなかっただろうし、相手が恐怖のあまりこんな振舞いに及んだと思ったことだろう。彼の唇からは、どんなにひどい侮蔑の言葉が出てくることか！　そう考えただけで、ジョゼフはまたしても、彼をしばしば逆上させてきたあの怒りの発作に襲われるのだった。

「ここだよ」と、プレーローは立ち止まって言った。「そこに見える塀は、墓地の塀。ぼくたちの背後には、みんなが水浴びしに来る池がある。邪魔者はいない」

道路から離れると、二人は樹々に覆われた草地に数歩踏み込んで行った。

「上着を脱いで」と、プレーローは命令した。「そのほうが君のことがよく見えるから」

彼自身も上着を脱いで、足元に投げ捨てた。心中では怒り狂いながら、ジョゼフは従った。彼を激昂させたのは、プレーローの声だった。まるで「おれのほうがおまえより上の人間なんだぞ」とでも言わぬばかりの口ぶりではないか。というのも、プレーローの口調そのものが、きっと彼が誇っているにちがいない出自を露わにしていたからだ。そして命令するときの、この屈託のない態度ときたら……。

突然、ジョゼフは相手に飛びかかった。抗うことのできない何かが彼を奮い立たせ、見境のない力が彼を前方に突き動かしたのだ。唐突な衝撃を受けてプレーローはバランスを失い、相手と一緒にばったりと倒れた。数分のあいだ、彼らは猛り狂った二匹の獣のように闇の中であえぎながら転げまわり、激しくもみ合ったが、体重もあり、体格も少しまさっているジョゼフが優位に立った。不意に、自分はこんなに強いのだと感じて彼は狂おしい喜びに満たされ、不思議な飢えが満たされるような気がした。敵は彼の両腕の中で、必死の形相で左右に体を振ってもがいているが、どうにもならない。いまやジョゼフは相手を両脚で万力のように締めつけて組み敷き、両肩を地面に押さえつけていた。プレーローはぜいぜい息を切らし、身動きできなかった。ジョゼフは握りこぶしで相手の頭を押さえると、格闘のせいで途切れ途切れになったしゃがれ声で叫んだ。

「その気になれば、おまえの頭なんて、卵を割るみたいに簡単にかち割ってやれるぞ！」

息を吐きながら返事が返ってきた。

「できるもんか。こわいくせに」

このやりとりに続く短い沈黙の中で、ジョゼフは二人が呼吸する音を耳にした。いっぽう、周囲ではアマガエルの鳴き声が音のそろった清澄な調べで夜の闇を満たし、途絶えることがない。そして、これら二つの音は奇妙な仕方で入り混じっていた。ジョゼフは笑おうとした。

「誰のことがこわいっていうんだ？」

「もしこわくなかったら」と、敗者のゆったりとした声が言った。「ぼくを不意打ちになんかしなかっただろう。君はぼくがこわいんだ」

「そんなことはない」

「ルールに従ってぼくと闘うのでなきゃ信じないね」

この言葉を聞いて、ジョゼフの両手はプレーローの頭からさっと離れ、どうすべきか迷ったように震えながら、今度は相手の首に回った。

「やめろ！」と、プレーローは怒鳴った。「縛り首になるぞ！」

不意に腰をひねると、彼は相手をうまく横倒しにし、片腕を振り上げて手のひらで顔を殴った。

「起きろ！」と、プレーローは命じた。

ジョゼフは闘うのをあきらめ、呆然として起き上がった。いっぽうプレーローは立ち上がったかと思うと、さっと後ろに飛びのいた。そして両手を使って肌に張りついていたシャツを剥ぎ取ると、汗で光る上半身がむき出しになった。本能的に、ジョゼフは目をそらした。

「君も脱げよ」と、プレーローは言った。

「いやだ」と、ジョゼフは小声で言った。

「じゃあ好きにしろ。君はぼくの両肩を地面に押さえつけた。今度はぼくが君を足元にのばしてやる。でも、ぼくのやり方は君とは違うぞ。覚悟はいいか?」

ジョゼフは身構えて一歩前に出た。その瞬間、この上なく正確な一撃が彼の顎を襲い、草の上に彼を転がした。驚きのあまり、彼は身動きできぬまま、プレーローの声が冷静にこう言うのを聞いた。

「何度でもやってやるぜ、お望みならね」

このせりふは、まるでもやを通したようにジョゼフの耳に届いた。そして彼は、悪い夢からゆっくり覚めていくような気がした。力をふるって、彼は膝立ちになり、それから立ち上がった。

「わかったよ」と、彼はようやく言った。「これでおあいこだ。握手しよう」

「まず君に言わなくちゃいけないことを聞いてくれ」と、プレーローは言った。「その後で、まだ握手したいかどうか考えればいい。ぼくがミセス・デアの下宿では もう食事をしていないことは気がついてるだろう」

「ああ、気がついた」

「君のせいなんだ」

「でも、どうして?」と、ジョゼフは言った。

「たぶんそのうちわかるさ。とにかく、ぼくはもう君に会いたくないんだ。たまたますれちがっても、口をきかないことにしよう」

「ぼくの何が気に入らないんだ?」

「何も。でも、話はまだ終わりじゃない」

彼はシャツを拾い上げると、それで両腕と胸をゆっくり拭った。

「そう、別のことがある」と、さらに声をひそめて彼は言った。「君は人殺しだ」

「何を言ってるんだ?」と、ジョゼフは怒って相手に挑みかかるように言った。

プレーローは身動きしなかったが、シャツを持つ手は胸のところでふと止まった。

「君はさっき、ぼくを殺そうとした」と、彼は言葉を継いだ。「実行はしなかったけど、でも君の中には人殺しがいる」

ジョゼフの口からはひとことも出てこなかった。彼はブルース・プレーローのすぐ近くに立っていたので、その体の熱気が感じられた。それでも身じろぎひとつしなかった。

少ししてから、間延びした声が続けた。

「それでもまだ握手したいと思うかい、ジョゼフ・デイ？　するならいましかないぞ」

「わからない」と、ジョゼフはつぶやいた。

「では、ノーということか」と、プレーローはちょっと残念そうに言った。「たぶんそのほうがいいんだろうな。いずれにせよ、もう口をきくこともないだろうし。さあ、下宿に帰りたまえ。ぼくはここに残る。池で水浴びするよ」

一、二秒のあいだ、ジョゼフはためらうような手つきをして何かを言おうとするかに見えたが、すぐに考え直した。プレーローは数歩遠ざかり、樹々の下まで来ると、ズボンのボタンを外してするりと脱いだ。そこでジョゼフは急に踵(きびす)を返し、道路に戻ったが、突然回れ右をすると、暗闇に向かって叫んだ。

「君が言ったことは全部赦すよ、プレーロー！」

からかうような大笑いが遠くから返ってきた。

「本当に大馬鹿者だなあ、ジョゼフ・デイ！　誰も君の赦しなんか必要としちゃいないさ」

同時に、ジョゼフは人が水に飛び込み、静かにリズムをとって泳ぐ音を耳にした。アマガエルたちの騒がしい透明な鳴き声にかき消されそうなこの穏やかで物静かな音に、彼はどうしても聞き入らずにはいられず、やっとのことでようやくまた歩き出した。

小さな林に沿って歩いていたので、彼は道路からそれて樹々の下に入り込み、両手を広げて枝をかき分けながら進んで行った。足元ではこれまで夏が終わるたびに積もった枯葉が流水のようにざわざわと音をたて、植物の腐敗した苦いにおいが鼻孔までたちのぼってくるのが感じられる。さらに濃くなってきた闇にも目が慣れ、彼はやがて半円形の空き地を見つけて立ち止まった。

こうして樹々のただ中にいると、大学からも、ブルース・プレーローからも、すべてのものから遠くにいるような気がした。この世の誰一人、彼がここにいることなど知りはしない。突然、彼は叫び出した。どうにも抑えきれなかった。恐ろしいほどの激情が彼を揺さぶった。彼は震え、暗がりの中へ何歩か進み、地面に落ちていた太い枝につまずき、それをすぐに拾い上げると両手に握ってへし折ろうとしたが、枝は丈夫でなかなか折れなかった。膝に載せて両腕で曲げてみたが、それでも折れない。そこで枝を棍棒のように振りかざし、少し前に進んで樹の幹に叩きつけると、幹は鈍い音をたてた。それはシカモアの若木だった。ジョゼフがもう一度叩きつけると、葉むらに軽いざわめきが起こり、さらにこれまでの打撃よりもっと強烈な一撃を加えると、一枚の葉が舞い落ちてきて、人間の手のように頰をかすめるのを少年は感じた。いまや自分の両腕が、勝手に持ち上がったり斜めに大きく動いて振り下ろされたり、まるで他人の腕のように動いていている気がする。彼は枝が空気を切り裂いてひゅうひゅう鳴る音を聞いていた。

数分間、柔らかい地面に足を踏ん張り、頭を後ろに反らして、彼は力の限りシカモアの木を叩き続けた。そして突然、眩暈に襲われた。彼は一、二歩後ずさり、酔っ払いのようにくるくる回転すると、両手はまだ木切れをしっかり握ったまま、仰向けに倒れ込んだ。不意に枝から手を放したので、それが額にぶつかり、痛みで小さな叫び声をあげたが、ほとんどすぐに深い眠りに落ち込んだ。

VI

真夜中を少し過ぎたころ、彼は下宿に戻った。控えの間の明かりがついていて、ドアを開くと、ミセス・デアが近づいてきた。煙草を指にはさみ、きちんと服を着ている。

「あなたには鍵をひとつ渡しておくわ」と、彼女は小声で言った。「今晩はあなたのために鍵をかけずにいたのよ」

彼女は冷たい目で彼を見つめ、煙草の煙のせいで何度かまばたきした。

「怪我をしたのね」と、彼女は同じ口調で付け加えた。「髪の毛に血がついてるわ」

「ええ」と、ジョゼフは言った。

頭をもたげて、彼女は煙草を喫った。

「喧嘩したんでしょう？」

ためらってから、少年は答えた。

「喧嘩しました、確かに」

〈当然よね〉と彼女は思った。〈赤毛なんだから……〉

「こんな遅い時間まで起きていなくちゃいけなかったのが、ぼくのせいじゃないといいんですが」

少年の純朴さがミセス・デアを微笑ませた。

「違うわよ。私はいつも一時前に寝ることはないの。いずれにしても、あなたのせいで睡眠時間を短くしたりはしないわ。手紙を書いていたの」

彼女は口をつぐんだ。電灯の下では、この女性の顔に塗られた紅白粉が昼間よりもいっそう赤くて不自然に見えることにジョゼフは気づいた。それでも彼女の印象は良くなったし、少し態度が和らいだようにも思えた。

「おやすみなさい、マダム」と、階段のステップに足をかけながら彼は言った。

少し驚いて、ミセス・デアは眉を上げた。彼女はできればもう少し会話を続けたかったようだったが、少年はそんな時分ではないと判断し、まっすぐ部屋に上がって行った。

玄関のドアに鍵をかけると、ミセス・デアは自室に戻り、いらいらした様子で少しのあいだ室内を見つめた。薔薇色のシェードをつけた小さなランプがこの部屋の一隅を照らしていたが、あとの四分の三は薄闇に包まれている。それでも、銅のフレームの上に何枚かの毛布が投げ出されているベッドのシーツと、薄緑色のクッションが置かれたロッキングチェアは見分けられた。簞笥(たんす)の上に置かれた扇風機が単調な音で静寂を満たし、一定の間隔で、レースのカーテンの裾をなま温かい風で持ち上げている。時折、シャクガが飛んできて、開いた窓に据え付けられた網戸に小さな物音をたててぶつかっていた。

数分のあいだ、ミセス・デアは自室の真上の部屋、ジョゼフの部屋で行ったり来たりする足音に耳を傾けた。全然寝ないつもりなのだろうか？　彼女はしばらく待ち、それから机に向かって座ると、手紙を書き継いだ。

おまえが言ってきたこの新しい厄介ごとは、きっとこれで最後なんでしょうね。でなければ、もう私のことをけっしてあてにしないようにしてもらわないと。

煙草の先端を灰皿に押しつけて消すと、彼女は後を続けた。

私たちのあいだには、おまえのせいで言わざるをえないからもう一度言っておくけれど、はっきりした血のつながりはありません。おまえがどこから来たのかは誰にもわからないの。おまえを引き取ったのは、親切心からなのよ……。

彼女は一九〇二年の冬の夜のことを目に浮かべた。赤ん坊が新聞紙にくるまれて、ポーチに放置されていたのだ。

おまえは私に報いてはくれなかった。おまえの悪い性格は十五年間にわたって、私の十字架でした。それでもおまえを娘として育ててきて、不自由な思いひとつさせなかったけれど、おまえのために私が生活を切り詰めてきたことなんか、ちっともわかろうとはしてくれなかった。おまえにしかるべき教育を受けさせるために、私はまだ若かった日々の残りを退屈さと窮屈さの中で送ってきたのよ。おまえは私を恨んだ。何もかも恨んだ。私に反抗した。要するに、私のことが嫌いなのよ。部屋の大鏡を割ったのもわざとでしょう。ルビーのブローチを盗んだのもおまえね。おまえにはあらゆる悪い本性が宿っている。おまけに、下品ときてる。おまえのことが恥ずかしい。小さいころから、おまえがけっしてちゃんとした女性になれないだろうということはわかっていたわ。どこの馬の骨かもわからない。お日様の下で両手を人に見せたりなんかしないことね。どんな人間かわかるから。特に爪ね。(9) 私なりの見方があるのよ。おまえがアームストロングさんの息子とした不始末は言語道断だわ。ポーチにいたおまえたちの声を私が聞いていなかったとでも思ってるのかしら……。本当に思ってるのかしら……。

突然肩をすくめると、彼女はペンを放り出して手紙を破った。叫んだり涙を流したりするのと同じように、こうした文章を書いたことで少し気が軽くなったのだが、この種の手紙を封筒に入れることはできなかった。最初のうちは、彼女も不満なそぶりは見せたくなかったのだ。モイラはどこにでもいる普通の女の子だった。新世代なん

(9)　白人と黒人の混血児は爪が黄色がかっており、差別の対象となるので手を広げて見せてはならないという俗説が踏まえられている。

て何の価値もないと、誰もがそう言っていた。たぶん戦争のせいなのだ。大学町では、昔だったらとてもありえなかったと思われるようなことが起こっていた。(10)

心を奪われたようなまなざしで、彼女は羽根が軸を中心に回転している小さな扇風機を凝視した。それはゆっくりと右に回り、一瞬止まってから、またゆっくりと左に回っていく。あまり見つめすぎたので、ミセス・デアはとうとう扇風機が人間の感情を持っているような気がしてきた。じっさい、まるで大きな黒い目が誰かを探してこっちを見てもあっちを見ても見つからないかのようだった。右には誰もいない、左にも誰もいない。そしてこの唸るような音は、あるときは苛立ちを、あるときは悲しみを表しているかのようだった。

思いを振り払うと、彼女はペンを執り直し、怒ったような手つきで、真っ黒な字でまっすぐに何行か書き記した。

かわいい天使ちゃん、わかりました。勘定書を送ってちょうだい。でも、これで最後にしてね。おまえはあんまり勉強していないと、校長先生からの手紙にありました。おまえにその気がないのだったら、誰も勉強しろと強制することはできません。でも、きっと後悔するでしょう。それから、おまえは飲み過ぎね。違うとは言わせないわ。わかっているのよ、本当だってこと。おまえの年頃には、私だって毎週日曜日の朝にはジュレップ(11)を、平日は安物のカクテルを二、三杯飲んでいました。父親には頬を叩かれたものよ。彼が自分で作ったジュレップ（もちろん、初めにミントの葉をつぶして入れるのよ、誰だって普通はそうするわ）だったらいいのだけれど、ジンのにおいをさせていると、ひっぱたかれたの。カクテルを飲むたびに、水差しいっぱいの水を飲んで、口を大きく開けて外を走り回ったけど、だませなかった。父親の鼻先で「駈け足やめ！」と大声をあげさせられて、ジンのにおいがすると平手打ち。でも、愚痴はこれくらいにしておきましょう。本当に必要だったら手紙をちょうだい。メアリー・デア。

それから彼女は、まるで息もつがずに一文を投げ出すように、さっと書き加えた。

(10)　第一次世界大戦のこと。
(11)　ミントの葉をつぶして砂糖と水（またはソーダ水）と混ぜ、バーボンウィスキーを注いで作るアルコール飲料。ケンタッキーダービーのオフィシャルドリンク。

追伸――クリスマス休暇より前に帰ってきてはだめよ、おまえの部屋には赤毛の学生が入っているから。

赤毛の学生。なんておかしな言い方なんだろう！　もし髪の毛が違う色だったら、モイラは帰ってきてもいいと言いたいみたいではないか。しかしもうそのように書いてしまったし、消そうともしなかった。

「仕方ないわね」と、封筒に宛名を書きながら彼女はつぶやいた。

少ししてから、服を脱いだ。濃紺のドレスが痩せた体に沿って滑り落ち、溜め息のような軽い音をたてた。

「馬鹿女！」と、この罵り言葉が誰に向けられたものであるかは言わないまま、彼女は突然叫んだ。

それからシュミーズを脱いだ。平らな胸と丸みを帯びた腹部が、箪笥の上の鏡に映っている。それを見まいとするかのように、両手で髪の毛をくしゃくしゃにした。

いま、彼女はベッドの脚元に体を二つ折りにしてひざまずき、ぶつぶつと祈りの言葉をつぶやきながら、白いシーツの上で頭を左右に揺らしている。時間が過ぎると、ふたたび立ち上がり、少女のような身軽さでベッドの上に横たわった。痩せこけた長い腕がランプのほうに伸び、明かりを消した。アマガエルたちが樹々の中で鳴いていて、その絶え間ない鳴き声は闇の中でさらに高まっていった。

上の階では、足音がやんでいた。赤毛の学生はたぶん寝たのだろう。たまたま初めて気がついたのだが、二人のベッドは部屋の同じ位置に、つまり一方が他方の真下に置かれていたので、もし目が暗闇と物の厚みを貫くことができたら、彼女は眠っている少年の体を、乳のように白い大柄な体を見ることができただろう。

〈眠りなさい、年増の馬鹿女〉と、彼女は心の中で言った。

しかし眠ることはできなかった。

VII

翌日、授業が始まった。七時四十五分にはもう、ジョゼフは一番乗りで、開いた窓から野原が見渡せる大教室にいた。町を取り囲む森の向こうには、煙のように青い丘の長い連なりが見える。その方角を一瞥すると、少年は自分の実家に行くにはこちらのほうへずっと進みさえすればいいのだと考えたが、いつまでもそんな思いにふけってはいなかった。ここにいること、壁が書物に覆われたこの部屋にいることは気持ちが良かった。こんなにたくさんの本は見たことがない。白木の書棚の上方には黒い額縁に収められた版画が何枚か掛けられていて、消えてしまった都市の廃墟や、時を経て傷んだ凱旋門や、砂漠に立つ三本の円柱などを表していた。これらの壁の内側では、すべてがひたすら勉強を、まじめな学習を物語っていて、自分の周りを見回してみただけで、学ぼうという意欲が湧いてくるのだった。

彼は本に近づき、適当に一冊のタイトルを読んだ。《*Titi Livii ab Urbe Condita, Libri I-X*》[12]――それから、まるでその意味を尋ねられでもしたかのように、こわくなって後ずさりした。彼のいる場所からは、窓のひとつを囲んでいるスイカズラの香りを嗅ぐことができる。甘くて強いそのにおいが、彼を喜びで微笑ませた。しかしながら、彼はもはや初日の呑気な気分ではなかった。漠然とした不安がこみあげてきて、部屋の一隅を占めている大きな机の周りを行ったり来たりせずにはいられなかった。そして、八時の鐘はついに鳴らないのではないかと思った。机の上には分厚い辞書が開いたまま置かれていて、その向こうには誰か学生が忘れていった紙切れがある。彼は書棚のほうへ戻り、聖書を目で探したが、目に入ってくるのは理解できないタイトルばかりだった。

そのとき、すぐ近くで声がして、こう言った。

「何かお手伝いしましょうか。この図書室のことなら少しは知っているので」

ジョゼフは振り返り、真っ黒な髪の毛を丁寧に撫でつけた少年を見た。最初に驚いたのはそのことで、次に太い弓形の眉毛の下にある深い青色の目に驚いた。

(12)『ローマ建国史 第一―十巻』。紀元前一世紀の歴史家、ティトゥス・リウィウスの著作。

「ぼくはデイヴィッド・レアード」と、未知の少年はジョゼフの手を取りながら言った。

今度はジョゼフが、少しためらいながら名乗った。

「ジョゼフ君」と、デイヴィッド・レアードは真っ白な歯をのぞかせて微笑みながら言った。「ぼくのことはデイヴィッドと呼んでください」

ジョゼフより少し小柄だが、肩幅はジョゼフより広いこの少年は、兵士みたいに彼の前に立ち、その視線は相手の視線をじっと見据えて離れなかった。青い瞳の奥には、何か大胆な、問いかけるようなものがあり、ジョゼフは用心して身構えた。

「友だちになってくれますか?」と、デイヴィッドは突然尋ねた。

「もちろん!」と、ジョゼフは答えた。

こんなふうに話しかけられて、先入観は一気に消え去った。彼はいつでも人を好きになる用意があるのだった。

「何の本を探していたんですか?」

ジョゼフはまた答えるのをためらった。自分がどう思われるか不安だったからだが、そんな弱気をすぐに恥じた。

「聖書を」と、彼はきっぱり答えた。

「ここにはね、ラテン語版かギリシア語版しかないんですよ。この図書室の本は、全部どちらかの言葉で書かれているんです」

デイヴィッド・レアードがこう話しているうちに八時の鐘が鳴り出して、五、六人の学生が部屋に入ってきた。その中にはサイモン・デマスもいて、ジョゼフのほうに駆け寄ってきた。

「ミセス・デアの下宿で待ってたんですよ」と、彼は非難がましい口調で言った。「先に行っちゃうなんて」

ほとんど無意識に、ジョゼフは肩をすくめた。このサイモンってやつは本当に気の利かないやつだ！　そのとき、先生が彼らの前を通り過ぎてひとつのドアを開いた。みんなはあとについて行った。

「あのね」と、サイモンはジョゼフの耳元でささやいた。「ここでとても興味深い本を何冊か見つけたんですよ。対訳つきのマルティアリス[13]とか。見せてあげましょう。おもしろい箇所があってね！……」

(13)　古代ローマの詩人(四〇?—一〇二?)。全十二巻のエピグラム(警句)集で知られる。

しかしジョゼフは聞いていなかった。教室では、生徒たちが自分の席を選ぶようになっていて、いろいろな理由で先生のできるだけ近くに座る者もいれば、できるだけ遠くに座る者もいた。デイヴィッド・レアードはたった一人で、最後列に座った。ジョゼフは最初、彼の隣に行こうとしたが、そんなことをすると厚かましいと思われそうなので、意に反して最前列に陣取った。すぐに誰かが、もう少し詰めて座らせてくれと言ってきた。サイモン・デマスで、彼はまた耳元に寄ってきてささやいた。

「最後の段階で、とる授業を変えたんですよ。ドイツ語をやめて、ギリシア語にしたんです。こうすれば一緒になれるでしょう」

そして彼は、先生が一生懸命カードを探しているのを見て付け加えた。

「でも、ぼくたちはもう少し後ろの席に座らないと。作文の授業の日は、そのほうが便利なんですよ。説明してあげられるから」

けれどもサイモンが言っていることは、何もジョゼフの耳には届いていないようだった。彼はできるだけ隣人から遠ざかろうとするかのように、全身で体を浮かせていた。あまりに多くのことが頭の中で渦巻いていて、彼は教授が、魔術師のように自分の想念から彼自身を引き離してくれるのを辛抱強く待っていた。どうしてデイヴィッドは自分の隣に座るように言ってくれなかったのだろう？　彼はいま、とても冷淡で、物思いにふけっているように見える、さっきはあんなに友好的だったのに……。肩越しに、ジョゼフは彼に視線を投げかけた。感じのいい、まじめな顔をしている。プレーローのそれとは全然違う。デイヴィッドの目には、あいつの目に燃えていたあの傲慢さは見られない。ジョゼフは心ならずも、前日のつらい場面を思い出した。鞭みたいにこちらの顔を切り裂いてくるようなあの声――「君はこわいんだ……。君を足元にのばしてやる……」。抑えきれない怒りが突然こみあげてきた。胸のあたりで血管が膨れあがり、血がどくどくと脈打つのを感じた。目を覚ましてから、このことだけは考えないようにしていたのに。特にプレーローのいちばん無礼な言葉のことは。「君は人殺しだ……」。人殺し！　お祈りを唱えて聖書を読むために、今朝は早起きして「詩編」と福音書の中に心の平安を求めたのだったが、突然、この激しい感情の波が彼を揺さぶった。

彼の名前が発音された。点呼だ。落ち着きを取り戻して「はい！」と言ったが、周囲の壁が動いているみたいな感じがして、両手が冷たくなった。教室全体が、大しけの海に浮かぶ船のデッキのようにゆっくりと左右に揺れ、目の前でひっくり返った。

彼は必死に注意を集中させて、眼鏡をかけた小柄な男がギリシア語のアルファベットの文字を最初から黒板に書いていくのを見つめた。チョークが一、二度キーッと甲高い音をたて、その叫び声のような音はほんのかすかなものではあったけれど、耳をつんざいた。ジョゼフはサイモンを手で押して立ち上がり、サイモンはびくっと震えた。

「ちょっと出てもいいですか?」と、ジョゼフは大声で尋ねた。

彼の口から出たこの言葉は、自分でも常軌を逸したものに思えた。一種の暗い霧の中で、彼は白い顔が自分のほうを向くのを目にした。そして答える声がした。

「もちろんいいですよ」

もうジョゼフはドアの前に立っていて、それを開けた。同じ教授の声が、誰かについて行ってもらったほうがいいかと尋ねてきたが、彼は頭を横に振った。

「いえ結構です、先生」

一人で図書室に戻ると、彼は背後でドアが閉まる音を耳にした。開いた辞書が置かれている大きな机……。これを迂回して、もうひとつのドアまで行かなくては。小声で彼はつぶやいた。「できない……」。ドアのほうへ向かいながらも、眩暈の感覚に襲われて、書棚に手をつかずにはいられなかった。やっとドアにたどり着くと、複製の彫像で飾られた広いホールに出た。地下に下りる数段の階段があったはずだ。右に曲がって、壁に沿って行けばいい。

一歩下りるたびに、階段は足元で柔らかく歪んでいくような気がした。壁面に体をぴったりつけ、額も頬も青白く汗びっしょりで、彼はようやく、もっと露骨で正確な用語を使うのが憚られて頭の中で「あそこ」としか呼んだことがない場所にたどり着いた。そしてよろよろとふらつき、うめきながらそこにいた。地下の薄暗がりの中で、天窓と、肘がつけるくらいの高さに設けられた一列のドアが見て取れる。ここだ。彼はさらに数歩進むと、体を二つに折り、冷え切ったこめかみを抱え、口を開いて嘔吐した。内臓がむかついて一気に反乱を起こしたのだ。彼はよろめき、足を滑らせかけて危うくドアにつかまった。もう一度、胃の中のおぞましい内容物が歯のあいだにこみあげてくる。なんとか抑えようとして圧迫された胃袋がぴくぴくと痙攣し、それから緩んだ。

ハンカチで唇を拭うと、初めは目に入らなかった洗面台へと彼は歩いて行った。顔を冷水につけてようやく元気を取り戻したが、まだ息切れは止まらず、彼は小声で言った。

「おお、神様！　神様！」

壁にはめ込まれた鏡が彼を映し出していたが、ほとんど自分だとはわからなかった。隈ができて大きく見える両目には、ぞっとするような表情がうかがえる。激しい怒りのせいで病気になったのだ。彼は頭髪に指を突っ込み、昨晩の傷を隠すように前髪を垂らすと、微笑もうとしてみた。上に戻って授業が終わるのをホールで待ったほうがいい。いずれにしても、自分の身に起こったことは何も言うまい。酒を飲んでいたと思われるだろうから。そう考えると気が重かった。朝の八時に酔っ払っているはずがないということは頭に浮かばなかった。特に、デイヴィッドが自分のことをどう思うかがこわかった。「聖書を探しているんです」――さっき口にしたこの言葉が頭によみがえってきて、両手で隠した顔が恥ずかしさで真っ赤になったが、じつは二十四時間前から何もかもが恥ずかしかったのだ。恥ずかしさのあまり嘔吐することがありえるなら、彼が吐いたのは死ぬほどの恥ずかしさのせいだった。

また階段をのぼって、ホールに戻った。入口の両側には二つの大きな石膏像が置かれていたが、裸像だったので見るのを避け、彼の視線は開いた窓から、長く続く芝生に向けられた。その上に、トネリコとシカモアの樹々が朝の陽光の中で薄い影を落としている。左右には、屋根に覆われた回廊に並ぶ白い小さな円柱が銀のように輝いていた。そしてその向こうに、図書館が堂々たる正面の破風(はふ)と重厚な大理石の柱を見せて、この穏やかな風景の視界を締めくくっている。

ギリシア語の授業に戻るべきかどうか、ジョゼフは自問した。戻ればおそらく、この体調不良について質問されるだろう。嘘はつきたくなかったので、答えるのはむずかしい。彼はギリシア語の授業が終わるまでここにいようと決め、その後で、同じ建物でおこなわれる英語の授業に出ることにした。自分でそうしようとしたわけではないのに、彼の頭は右側の列柱のほうを向き、目は昨晩ブルース・プレーローの帰りを待っていた場所を探していた。確か、中心の枝が弓のように円くたわんでいるあの樹の下あたりだった。あそこで彼は苦しんだのだ。

二日前から、何ひとつ以前のようにはいかなくなっているように思えた。これまでは、重い心という言い方が何を意味しているのか、彼にはまったくわかっていなかった。いまではよくわかる。胸の中に錘(おもり)があって、呼吸を苦しくさせているのだ。彼は全力で息を吸い込み、大きく溜め息をついた。こんなことを考えても苦しくなるだけのこと。いちばん簡単で、いちばんキリスト教的なのは、恨みをすっかり忘れ、もうプレーローのことなどいっさい悪く思わないことだ。言葉がひとりでに唇に浮かんできた。「もう恨んでいないよ、ブルース」と、彼は穏やかにつぶやいた。

そのとき、どっと笑う声がドアの向こうで聞こえた。たぶん教授のジョークで学生たちが喜んだのだろう。少年の顔が真っ赤になった。プレーローが彼に返事をしたときのことを思い出したのだ。あいつも、まるでぼくの赦しの言葉を顔面に投げ返そうとするみたいに笑っていた。あの場面全体がジョゼフの記憶によみがえってきた。それは一種の強迫観念になっていた。

不意に身をひるがえすと、彼は急いで彫像の前を通って小さなギリシア・ラテン語図書室に戻り、机上に置かれた開いたままの辞書をめくってみた。この世にこれらの言葉すべての意味を知っている人間がいるなんてことがありえるのだろうか？　ドア越しに教授のくぐもった声が聞こえてきたので、彼は爪先立ちになって近寄り、耳を澄ました。有気音と無気音のことが問題になっている一文が彼には奇妙なものに思われ、教授の言葉をもっとちゃんと聞き取ろうとして耳をそばだてた。いまは長母音と短母音のことや、細かい規則に従って音節のあちこちに移動するアクセントの話になっている。どういう意味なんだろう？　第二尾音節とか第三尾音節といった用語が、彼の混乱に拍車をかけた。最初の授業内容がそっくり理解できなかったら、この授業にどうやってついていけばいいのだろう？　数日前から、自分は頭が悪くてとても学業を修められないのではないかという、口に出せない不安が彼自身の内部でくすぶっていた。彼の出身地、生まれ故郷の小さな町では、同年代の男子の平均よりは教養があると思われていた。聖書を熟知していて、どの一節を引用されても、出典を難なく言い当てられたからだ。しかも、牧師と同じくらいちゃんと自分の考えを表現することもできた。ところが大学で足を踏み入れたのはまったく違う世界で、ジョゼフには周りの学生たちがみんな自分より知識を備えているように思われた。彼らがたがいに話しているのを聞くと、思考のスピードが自分より速く、答えもすぐに返ってくるのに、自分はいつも考えるのに時間がかかり、しょっちゅう言葉に詰まってしまう。何度か、自分は少し頭が弱いと思われているのではないか、みんなに笑われているのではないかという考えが、彼の頭をかすめた。

窓のところに行ってもたれかかり、連なる丘を眺めた。かすんだ稜線が、光り輝くもやの中に消えていくみたいだ。「詩編」の言葉が抑えきれずに口元にのぼってきて、彼は自分を勇気づけるためにそれをつぶやいた。「私は山々に向かって目を上げる……。あなたを守る方（かた）はまどろむことがない……。あなたの足がよろめくことがその方には耐えられない……。その方はあなたをとこしえに守ってくださる」(14)。手がスイカズラの花を摘み取り、彼はその香りを嗅いでまた微笑んだ。困難なときには、なぜだかわからないが、盲目的な自信が不意に訪れるのだった。時には神のことを考えるだけで、嫌で嫌でどうしようもない問題も不思議な仕方ですっとほぐれることがあった。

十五分後、鐘が鳴ったのでびくっと震え、彼はホールに戻った。すべてのドアが一斉に開き、学生たちががやがやと話しながら出てくる。ある学生たちは次の授業に向かった。次の時限に何もすることがない別の学生たちは、芝生の上に散らばった。太陽の下で伸びをしたりあくびをしたりするのが見えた。ぞんざいな態度だとジョゼフは思ったが、長いこと彼らを観察している余裕はなかった。誰かに腕をつかまれて、くるりと振り向かされたからだ。

「ここにいたんだね！」と、サイモンが鼻にかかった声で言った。「探しちゃったよ。いったいどうしたの？」

ジョゼフはできるだけこうした質問を避けようとした。

「気分が悪くなったんだ。でも、もう大丈夫」

サイモンは彼の腕を握りしめた。

「英文学の授業はここであるんだよ」と、ホールの奥のドアを示しながら彼は言った。「でも、鐘が鳴るまでまだ二分ある。彫像の複製は見た?」

両目が不意に輝き、彼はひと息ついてから続けて感嘆の声をあげようとするかのように、大きく口を開けた。

「ぼくは好きじゃないな」と、ジョゼフはきっぱり言った。

「何だって? だって、ちゃんと見てないじゃないか!」と、サイモンは叫んだ。「右側がペイディアスのアポロン像。左側がプラクシテレスのヘルメス像だよ。[15]すばらしいよね、ヘルメスは。見てごらん、あの巻き毛と首、首筋のライン。ちょっと君の首みたいな感じだな……。それから肩……」

ひとことも言わずに、ジョゼフは遠ざかった。サイモンは走ってついてきた。

「また何か言っちゃったかな?」と、懇願するような口調で彼は言った。「理解できないの? 古代ギリシアの神々だよ。ヘルメスは子どものディオニュソスを腕に抱え

(14)「詩編」第一二二章一―八節、(旧)九五一―九五二頁(ただし正確な引用ではない)。
(15)ペイディアスは紀元前五世紀、プラクシテレスは紀元前四世紀のギリシアの彫刻家。

てるんだ」

「偶像は嫌いなんだ」と、ジョゼフは英語の教室に向かいながら言った。

「でも、ぼくたちにとっては偶像じゃないよ」と、サイモンはほとんど叫ぶような声で説明する。

周りの連中が見ているのに気づいて、彼は声をひそめ、

「ただ、とても美しい人間というだけさ」と付け加えた。

ジョゼフは恐ろしい目で彼をにらみつけた。

「美しいだって?」と、息を吐きながら言う。「あいつら、素っ裸じゃないか!」

九時の鐘がサイモンの返事をぷっつり遮ったので、彼は大仰な身振りをしてみせるしかなかった。

VIII

午後は授業がなかった。自由時間ができたので、多くの学生たちは部屋を離れて町へ遊びに行った。ジョゼフはといえば、図書館でいちばん静かと思われる一角を選び、何冊かの書物を持ってそこに身を落ち着けた。新古典様式のこの巨大な建物はローマのパンテオンを模したものだが、内部の壁沿いには区切られた勉強用ブースがぐるりと設けられているので、その分手狭な感じがする。各ブースには大きな窓があって光を採り入れ、設備としては机がひとつと肘掛椅子が二脚置かれているだけだった。三層の回廊で書物に接することができるようになっているが、書物の存在は視覚よりも嗅覚によって感じられた。薄暗がりで目には見えにくかったが、濃紺に塗られて金をちりばめた大きな円天井の下に、古い装丁と古紙の饐(す)えたにおいが漂っていたからだ。

　自分の席から、ジョゼフは大学の正門へと続く薔薇色の煉瓦を敷き詰めた長い道を眺めていた。手前には大きなマグノリアの木があり、黒い葉むらが眩しい青空を背景にくっきりと浮かび上がっている。この風景に一瞥を投げかけてから、少年は借りてきたばかりの『ロミオとジュリエット』を開いた。この戯曲と、同じ作者のあと二編の作品は、週末までに読まなければならない。ジョゼフは溜め息をついた。内容は恋愛物語で、恋愛物語は彼には退屈だったからだ。しかし彼は力強い大きな手で本のページをぎゅっと平らに押さえ、読み始めた。

　プロローグの最初の数行から、彼はもう集中できなくなった。イタリアの二家族のこんな諍(いさか)いが、自分にとって何の意味があるというのか？　そして男の女にたいする、いや、十四歳の小娘にたいするこんな情熱が？　興味があるのは魂の救済なのに、そもそも彼らの魂はいったいどこにあるというのか、たとえ彼らが本当に存在していたとしても？　まちがいなく、彼らの魂は燃えている。この静まり返った図書館で彼らの物語を読んでいるまさにそのとき、二人の恋人たちは、自分たちの欲望を満たすことしか考えなかったがゆえに裁きの炎によって永遠に苛まれながら、獣のように吠えている。ただ、そうはいってもこれらの詩句は全部読まなければいけないし、ほかにもまだたくさん読まなくてはいけない。そうすればきっと教養が身につくはずだ、とにかく教養というのはこうやって身につけるものなんだから。

　ふとした記憶の気まぐれで、ジョゼフはサイモンと、彼が石膏の偶像について述べた馬鹿馬鹿しい意見のことを思い浮かべた。彼のことはすげなくあしらいすぎたような気がして後悔を覚えたが、自分を守らなければならなかったのだ、自分の時間と勉強を。サイモンには明日までそっとしておいてくれと頼んだのだし、あの小男もすねて自室に戻ったのだから。ともあれ、自分はサイモンのことを考えるためではなく、『ロミオとジュリエット』を読むためにここにいるのだ。両のこぶしで頭をもっと強く締めつけながら、彼はよく理解できなかった半ページにさっと目を走らせ、それから一心に詩人の世界にのめりこんでいった。

ページをめくる以外に何の動作もしないまま、半時間が過ぎた。マグノリアの葉むらを通して、陽光が長い剣のように、彼のすぐ横、机の上に射し込んでいる。学生たちがそれぞれ本を小脇に抱えて、円天井の下を行き来していた。午後の暑さの中で、机の上にぐったり眠り込んでいる者もいる。ほぼ全員が上着を脱ぎ、肘のところまでシャツの袖をたくし上げていた。ゆっくりと陽は傾いていった。

四時ごろ、ジョゼフが読書していた勉強用ブースの前を誰かが通りかかり、立ち止まる気配を見せ、ためらい、そのまま通り過ぎてからまた戻ってきて、身動きしない学生の少し後ろにたたずみ、注意深いまなざしで彼を観察し始めた。プレーローだった。数分のあいだ、彼は身じろぎもせず、ジョゼフが少しでも動いたらすぐに立ち去ろうとしていた。燃えるような暗い何かが、この若い顔に年配の男のような表情を与えている。あたかも曰く言いがたい仕方で、突然、先祖たちに似た相貌をまとったかのようだった。薔薇色の頬と、炭で描いたような黒い眉毛の下の大きな目が、昔日の肖像画を思い浮かべさせたからだ。鼻孔が大きくふくらんだ低い鼻と高慢そうな赤い唇がそこに加わり、いかにも喧嘩好きな感じがして、否応なく人の注意を引きつける。彼は丁寧に仕立てられた栗色のスーツを身に着け、ネクタイはわざと片手で無造作に締められていた。姿勢のひとつひとつが、頑健でありながら軽快な身体の自然な優雅さを際立たせている。人に見られていないことを確かめるために、まず周囲を見回してから、彼は少し身を乗り出して、ジョゼフが一心に読みふけっている書物のタイトルを肩越しに覗き込んだ。ほとんど見て取れないほどのかすかな微笑がプレーローの口から目へと浮かんだが、彼はすぐにまじめな顔に戻り、並外れた好奇心と一種の抑制された激情が同時に表れている視線を、本を読んでいる者に注いだ。こんなふうに呼吸を押し殺し、獲物を待ち伏せする獣のように首を伸ばしている彼を見ると、敵に襲いかかるのに好都合な瞬間をうかがっているようにも思われたことだろう。けれどもページをめくるジョゼフのしぐさを目にすると、隠れた観察者の両肩に震えが走り、彼はまた身を起こして立ち去った。

IX

その晩、ジョゼフは勉強を片付けるために、夕食後すぐ部屋に戻った。最も勤勉な学生たちであっても、九時までは何もしないで過ごすのが大学の習わしだったので、これに真っ向から反することではあったが、学びたいという激しい欲求が彼を駆り立てていたし、勉強することで、彼がほかの言い方でははっきり名指せないままに「悪」と呼んでいたものから身を守れるとも感じていた。

まず小さな鏡の前に立ち止まり、こめかみに垂れている重たい金色の髪の房を持ち上げて、額のてっぺんにある傷口をじっと見つめた。それは変色し、薄紫になっている。頭髪をこうやってうまく乱しておけば、人からは見えない。ついでに、隈ができているのが時々気になっていた両目と、黒人とほとんど同じくらい厚ぼったいようにも思える口を眺めまわした。〈官能的だ〉と、彼は悲しい気分で思った。自分が望むような顔をしていない。小さな黒枠の中で彼を見ているこの貪欲そうな白い顔は、彼を時々ぞっとさせるのだった。できることなら透明な淡い灰色の目と、薄い唇と、精神的で穏やかな表情が、要するに生まれ故郷の小さな町の牧師の顔に似た顔が欲しかった。もっと祈りを捧げ、聖書を読み、勉強をしていけば、顔立ちを変えることはできないにしても、少なくとも内面生活のしるしを刻み込むことはできるかもしれない。〈自分の情熱は抑えなければ〉と、机に向かいながら彼は思った。だが、どんな情熱を？　じつをいえば、彼にはそんなものはなかった。人が情熱という言葉を口にするとき、それは恋愛のことだったが、彼は一度も恋というものをしたことがなかった。確かにシェイクスピアは腐ってもシェイクスピアなのだから、自分ではこんなことは認めたくなかったけれど、『ロミオとジュリエット』の物語は、彼にはただ馬鹿馬鹿しいものにしか思えなかった。人目を忍ぶこの恋愛、この暴力沙汰、そして二人の心中、これらはみんな重大な、おそらく赦しがたいほどの過ちだ。彼自身の両親は、結婚するのにこんな厄介ごとは起こさなかった！　それに母親が自分を宿した不純な行為のことなんて、まじめな男の子は考えもしないものだ。

彼は文学の教科書を開き、両肘を机について、髪の乱れた頭を両のこぶしのあいだに固定した。頭の上に射し込む夕陽の最後の光には、赤銅色と薄い黄金色の色調が入り混じっている。戸外では、まだ光り輝いている葉むらが黄褐色と緋色の壁のようなものを形作り、窓枠を覆っていた。軽いそよ風が、町に重く淀んでいるなま温かい空気の塊を押してこちらへ運んでくるかのようだった。時折、ポーチのドアが乾いた音をたてて開閉し、黄昏の中で呼びかけ合う学生たちの声が聞こえてきた。

ジョゼフがエリザベス朝時代の演劇に関する章を読み始めてたっぷり十五分たったころ、隣の部屋から会話の声が聞こえてきて邪魔になり、彼はいらいらして頭を上げた。たぶん耳をふさげば静かになるのだろうが、途切れのない音が流れ込んできて、壁に囲まれたこの空間いっぱいに広がるような気がしてならない。ついに彼は立ち上がり、重々しい足取りで大股に部屋を横切ると、おしゃべりをやめさせようと思って咳払いをした。しかしドアの向こうでは押し殺した叫びのような絶え間ないモノローグが続いていて、どうやら何か打ち明け話がされているようだ。話し手の声が誰のものかはわからなかったが、途中でマック・アリスターが発言しようとするのが聞こえてきて、思わず微笑した。

「おれにも言いたいことがある。個人的な経験では……」

「その大きな口を閉じて、マック」と、誰かが言った。「彼に最後まで言わせてあげなよ」

それを言ったのはサイモンだった。強い北部訛りを耳にしてジョゼフは眉をひそめた。言い争いと抗議の声がして、それから少し教師ぶった口調で最初の声が続けた。

「結論としてはだね、諸君、ぼくが話題にしている売春宿は、われらが偉大なる創設者の意思に従って、その死後百年近くになるいま、万人にたいして開かれるだろうということさ」

「どうしてそんなに長く待たなければならなかったんだい？」と、マック・アリスターが尋ねた。

「単に、あえてそうしなかっただけのことさ。学生たちは何世代にもわたって、羞恥心を口実にしてずっと抑圧され続けてきたか、自分自身で行為にふけってきたんだろう……。けっきょく、それこそまさに、この偉人が将来の若者たちにまぬがれさせてやりたかったことなんだ。つまり純潔という悪夢と、そこから生じるあらゆる混乱……」

「もうたくさんだ！」と、マック・アリスターは叫んだ。「おれは今度の月曜日まで待てないね」

「混乱って、どういう意味で言ってるんだい？」と、誰かが尋ねた。

この質問の後、気まずい沈黙が訪れた。

「この種のことは私たちのあいだで口にしてはなりません」(16)と、皮肉な声が言った。

ジョゼフは一歩後ずさりしてベッドに腰かけた。心臓が高鳴っている。いま耳にしたことは半分しか理解できなかったが、中ではこの聖書の一節だけが彼に届き、頭の中で燃えあがっていた。実際は口に出されなかった言葉がある、まるで神の怒りを招くことを恐れてでもいたかのように。この連中は頭がおかしいにちがいない、汚らわしい話題に聖書をもちだすなんて。そもそも自分たちが何を言っているかわかっているんだろうか？

彼は立ち上がり、それ以上聞こえないように両手を開いて耳をふさぐと、窓のほうへ向かった。正面には、建物の一階の照明が輝いているのがシカモアの葉越しに見えた。数人の学生たちがポーチから外に出て、殴り合う真似をしながら薔薇色の煉瓦を

(16)「聖なる者にふさわしく、あなたがたの間では、淫らなことも、どんな汚れたことも、貪欲なことも、口にしてはなりません」(「エフェソの信徒への手紙」第五章三節、(新)三五〇頁)。

敷き詰めた小道で追いかけっこをしている。ジョゼフは両手を下ろした。近所でピアノが流行(はやり)の「スワニー河」(17)を躍動的に、かつメランコリックに弾いていた。

「おーい、ビル」と、通りの端から叫ぶ声がした。「ジェファーソン・シアターに映画を観に行かないか?」

どこかの部屋の奥から、呼びかけられた相手が尋ねた。

「何をやってるの?」

「『シーク』(18)だよ、ヴァレンチノとアグネス・エアーズの」

「いま行くよ!」

数分間、ジョゼフは身動きせずにこれらの声と音楽に耳を傾け、それから卓上の小さなランプに灯を点した。開いたままの本が眩しい威圧的な染みのように目に入ったが、少年はもう読む気になれなかった。こうしたいっさいの騒音が邪魔だったのだ。彼はまたベッドに腰かけた。枕元はほとんど隣室のドアに接している。隣では、話がまだ続いていた。さっきよりは小声になっていたが、それでも時々、マック・アリスターはラッパを吹くように言葉を投げかけていた。

「おれは小柄なのがいいな」と、彼は断言した。「それに金髪で、少しぽっちゃりしてて、でも太りすぎじゃなくて、肌が乳みたいに白くて、そう……プラムみたいにすべすべしてるのが」

「プラムみたいにすべすべしてる、ってのは悪くないな」と、いかにも知ったふうな声が言った。「どこでそんな言葉を見つけたんだい、マック?」

「おれの思いつきさ!」

「*Mollior cuniculi capillo*……(19)。カトゥルスもこれほどじゃないね。ウサギの皮よりも滑らかな、って意味だけど」

会話はふたたび不明瞭なひそひそ声になり、やがてささやき声になって消えていった。

(17)　スティーヴン・フォスター作曲の歌曲(一八五一年)。「故郷の人々」というタイトルでも知られる。
(18)　ジョージ・メルフォード監督のサイレント映画。サハラ砂漠へ旅に出た英国人女性のダイアナ(アグネス・エアーズ)が、現地でアラブのシーク(族長)のアーメッド(ルドルフ・ヴァレンチノ)と出会い、最後に結ばれるロマンス・アクション。第二部XIII章ではこの小説の時点が一九二〇年とされているが、映画の公開は一九二一年なので、実際はまだ上映されていなかったはずである。おそらく、三十年近くを経て作者の記憶が曖昧になっていたのだろう。
(19)　紀元前一世紀のローマの抒情詩人、ガイウス・ウァレリウス・カトゥルスのラテン語詩第二五歌からの引用。直訳すれば「ウサギの毛よりも柔らかい」。

た。と、突然こんな言葉が聞こえてきた。

「波に乗ってるみたいなんだぜ、君。わかるかな？　女が君を乗せてさ……」

マック・アリスターが自分の個人的体験を語っているのだ。ジョゼフは真っ赤になった。全身の血が頭に逆流し、こめかみで脈打つような感じで、喉が膨れあがった。それから両手を首に伸ばしてネクタイをほどき、シャツの第一ボタンを手荒く外した。それから両のこぶしで耳を押さえ、両肘を膝についてみたが、無駄だった。もう聞いてしまったのだ。これらの言葉は彼の記憶に住み着いて、もう出て行きそうになく、容赦のない明確さで一連のイメージを形作っている。両目を閉じ、それらを全部追い払おうと頭を左右に振ってみたが、それも空しく、不意に悪魔に取り憑かれたような気分だった。

ほとんど同じ瞬間、肩に触れる手があって、顔を上げて見ると、一人の少年が唇に微笑を浮かべて彼の前に立っていた。

「デイヴィッド！」と、彼は叫んだ。

「寄ってみたんだ」と、デイヴィッド・レアードは言った。「君の部屋の明かりが見えたので、上がってきたんだよ。ドアが開いていたのでね」と、言い訳するように付け加えた。「ノックしたんだけど、聞こえなかったみたいで」

　彼の声は穏やかで、少しゆるやかだった。その日の朝よりも穏やかでゆるやかに思えた。言葉が油みたいに流れ出てくるんだなと、ジョゼフは奇妙な印象を抱いた。彼は不意に立ち上がると、

「考えごとをしていたんだ」と、少し当惑気味に言った。

　デイヴィッドの手は卓上の開いた本を指した。

「たぶん、勉強もしていたんだね。勉強するときはセルロイドの遮光帽をかぶるといいよ。この光はかなり強すぎるからね」

　彼は自分の周りを見回してうなずいた。唇の端には微笑が刻まれていて、まったく消える様子がない。そのとき、マック・アリスターの甲高い声がまた流れてきた。

「女たちには二ドル渡してやるんだ。でも、それなりのことをしてもらわないとね！」

　ぶるっと震えて、ジョゼフは赤くなるのをデイヴィッドに見られないように顔をそらしたが、訪問者は部屋の中を歩き回っていて聞こえなかったようだった。彼のあらゆる態度物腰には節度と威厳が曰く言いがたい形で入り混じっていて、彼が過ちを犯

すなどということは考えられなかった。非の打ちどころのない折り目のついたマリンブルーのスーツに身を包んだ彼は、愛想のいい立居振舞いにもかかわらず、いささか相手に気おくれを感じさせるところがあった。年齢よりも何歳か上に見え、若者という言葉は彼には必ずしもふさわしくないように思える。古典的で端正な顔立ちをした皺ひとつない顔を除けば、何ひとつ若さを思わせるところがなかったからだ。

すばやい動作で、ジョゼフは襟のボタンをとめ、ネクタイを締め直した。

「本を持って、ぼくの部屋においでよ」と、デイヴィッドはドアのほうへ向かいながら言った。「よかったら一緒に勉強しよう」

ジョゼフはランプを消し、友人のあとについて階段を下りた。数分後、彼らは暗い照明の通りに入って行った。そこには二列の街路樹があり、上のほうがくっついて天蓋を形作っているので、なおのこと暗くなっている。その天蓋越しに、最初の星々が輝いていた。二人の少年は黙って歩いていた。頭上では、葉むらの奥でアマガエルたちが澄んだ声をあげている。その小さな鳴き声は、時に穏やかながらも甲高い一種の歌声となり、よくわからない規則に従って大きくなったり小さくなったりして強さを変えていたが、けっして止むことはなかった。少ししてから、デイヴィッドはフジの蔓を覆いのようにまとっている格子戸を押し開けた。

「ここだよ」と、ジョゼフを煉瓦道に沿って案内しながら彼は言った。

円柱で半分隠れた照明が見え、やがてジョゼフはポーチの第一段でつまずいた。肘掛椅子を移動させる音が聞こえ、次いで見えない人たちにおやすみを言うデイヴィッドの声に二、三人の声が答えた。

入口の部屋で螺旋階段を照らしていた燭台の光はかなり弱かったが、デイヴィッドはジョゼフの袖の縁をつかんで暗い一階を端まで横切らせ、あるドアの前で立ち止まると、それを開いた。

「動かないで」と、彼は言った。

彼がマッチを擦ると、ほとんど間を置かずに石油ランプの金色の光が天井に大きな黄色い輪を投げかけ、部屋の様子が現れた。ジョゼフは思わず感嘆の声を漏らした。この部屋の中ではすべてが秩序と快適さを、ただし慎ましい快適さを物語っていたからだ。ちょっと周囲を見回してみるだけで、自分が説明できないほど守られていることが感じられる。壁の一面は完全に書棚で埋め尽くされていて、飾り気のない装丁がブロンズのように輝いていた。しかし別の壁には薔薇色や青色の小さな花模様の壁紙が張られ、この部屋に「純潔な」という言葉がおそらく何よりもふさわしいと思われる雰囲気を醸し出している。マホガニーの机の上には分厚い書物や紙の束や黒いモールスキンの表紙のノートが積みあげられ、片隅の狭いベッドには、几帳面にまっすぐ折り返された上掛けシーツと、平らに重ねて置かれた二つの枕があって、何か堅苦しい感じを抱かせはしたが、じっさい、これは若い娘の部屋みたいだった。枕元には、艶のある木製の小さなテーブルの上に、小口が金箔の聖書と大きな牛乳用のコップが置かれていて、静謐な魂の象徴になっていた。

「どうぞ座って」と、デイヴィッドは言った。

二人は何の前置きもなく机に向かって座り、デイヴィッドはジョゼフの前にギリシア語の文法教科書のアルファベットのページを開いて置いた。

「読んで」と、彼は命じた。

ジョゼフは言われた通りにした。一文字ごとに、デイヴィッドは温かくしっかりした声でこれを繰り返し、終わりまでいくと、爪の手入れが行き届いた白い手で本を閉じた。

「いま読んだアルファベットを暗唱してみて」

「アルファ」と、ジョゼフは言った。

そこで赤くなって、止まってしまった。主の言葉からアルファとオメガは思い出せたが、[20]ほかの文字はひとつも出てこなかったのだ。

「もう一度やってみよう」と、デイヴィッドは穏やかに言った。

彼らはもう一度やってみた。しかし、二度目の試みも一度目とさして違わなかった。

「全然覚えられないよ」と、ジョゼフは大きな手を組み合わせ、ある種の激情に駆られて関節をぽきぽき鳴らしながら言った。

「そんなことはない、この部屋から出るときにはもう覚えてるさ」

「どうして君の部屋はぼくの部屋より涼しいんだ?」と、ジョゼフはほとんど喧嘩腰で尋ねた。

「ぼくの部屋は北向きで、君のは南向きだからさ。それにぼくは、昼間の暑い時間には窓を閉めたままにして、夜にならないと開けないからね。アルファ……」

「アルファ」と、ジョゼフは情けなさそうに繰り返した。

一時間後には、ひとつもまちがえずにアルファベットが言えるようになった。

(20)「私はアルファであり、オメガである」(「ヨハネの黙示録」第二一章六節、(新)四六五頁)。

「ほらできた」と、デイヴィッドは言った。

彼は次に、アクセントの規則に話を進めた。ジョゼフはじっとしていたが、居心地が悪かった。空気は確かにひんやりしていたが、ランプが顔に照り映えて、髪の毛の根元に汗のしずくが玉になって浮かんでいる。しかも、ズボンが太腿をきつく締めつけている。立ち上がって、歩いて、少し大声を出して、両腕を伸ばしたかった。しかしできなかった。安定した理性的な声を聞いていると席から動けず、彼はニッケル製のふくらんだ部分が彼の顔を映し出すランプを凝視しながら、いやいや相手の声に耳を傾けていた。天井が変形して天蓋のように円く見えるこの部屋で、ひどく小さく映っている自分の姿を目にするのは奇妙な気分だった。ジョゼフはまた、デイヴィッドの姿もこの一種の凸面鏡の中で見ていた。彼ら二人の手は巨大になり、ほとんど彼らの頭と同じくらいの大きさに思われたが、ジョゼフの手は友人のそれよりもさらに見るのがこわいほど大きかったので、彼は自分の手の位置を少しずらし、ランプの中でどう見えるか観察してみた。するともう、自分の両手しか目に入らなかった。それらは前に進み、怪物みたいにうごめいている。その後ろ、ずっと遠くに、彼の真っ白な顔と、赤毛に囲まれた額があった。

「聞いてるの？」と、デイヴィッドの我慢強い声が尋ねた。

ジョゼフはびくっとした。

「第三尾音節とは……」と、彼は言った。

唇を開いてかすかな微笑を浮かべ、デイヴィッドは後を続けた。

「すなわち、単語の最後から二番目の音節の前にある音節のこと」

「うん」と、ジョゼフはデイヴィッドの目をまっすぐ見つめ、突然熱意を示して言った。「君の言ってることはみんな聞いてるよ」

〈この男はぼくを救ってくれる〉と、彼は感謝の気持ちにあふれて思った。

デイヴィッドが本のページを指差しながら解説してくれた文を理解するには、数分間が必要だった。あらためて、ついていけないのではないかという不安がよぎったが、デイヴィッドはどうやら彼の気持ちを読み取っているようだった。

「明日の朝の授業は何の問題もないよ」と、若き指導者は言った。「勉強しなくちゃいけない箇所より先に進んでしまった。本当に君が興味を持っているかどうか知りたかったから」

「もちろん興味あるさ」

デイヴィッドは本を閉じた。

「質問してもいいかな？　いやだったら答えなくていいから。ああ、いま勉強したことについてじゃないよ」

〈どうして今朝、教室から出て行ったかを聞くつもりなんだ。そうだったら答えられないな〉

「そうじゃなくて」と、そんな思いを退けるようにデイヴィッドは言った。「ただ、どうしてギリシア語を勉強したいと思ったのかが知りたいんだ」

ジョゼフの心臓が少し高鳴り始めた。この質問に答えることはむずかしいように思われた。話せば自分の大切な秘密の一部を打ち明けてしまうおそれがあるからだ。でも、だからといって黙っていたら、こわがっているとか、もっと悪いことに、恥ずかしがっているということになりはしないだろうか？

「福音書が読みたいから」と、彼はようやく言った。

「そうだろうね」と、デイヴィッドはつぶやいた。そして「ぼくも福音書と使徒書簡を読むためなんだ。そうすれば、キリストの考えに近づけるからね」と付け加えた。

「ぼくたちはキリストに近づけると思うかい？」と、ジョゼフは唐突に尋ねた。

「たぶんね。ある種の知的な仕方で」

ジョゼフは立ち上がった。

「知的な?」と、彼は繰り返した。「ぼくはこの目で見たいし、手で触れたいんだ」

「どういうことかな?」と、デイヴィッドは言った。「誰にとっても信仰だけでじゅうぶんじゃないか。第一、キリストが昇天して以来、いったい誰が見たことがあるの?」

「近くにいたいんだよ、わかる?　生きた人間の近くにいるみたいに。そしてこの目で見たいんだ」

沈黙が訪れた。ジョゼフは文法教科書を手に取ると、小脇に抱えた。

「帰るよ」と、彼は言った。「勉強を手伝ってくれてありがとう」

今度はデイヴィッドが立ち上がり、指先で少年の腕に触れた。

「修道会に入ろうと思ったことはあるかい?」と、彼は尋ねた。

ジョゼフは強くかぶりを振った。

「いや、一度も」

「ぼくはね」と、デイヴィッドはすでに聖職者を思わせる身振りで両手を合わせて言った。「卒業したら神学の勉強を始めるつもりなんだ」

　ふたたび彼らのあいだに沈黙が下りた。

「ちゃんと進むべき道が決まっていていいね」と、ジョゼフはようやく少しぶっきらぼうな声で言った。

「ぼくはキリストの召命の声を聞いたんだよ」

　彼らの目が出会った。二人ともまばたきひとつしなかった。

「どうしてキリストだとわかったの？」と、ジョゼフは尋ねた。「君の近くに来られたのかい？」

「神はいっさい疑いのない仕方で、心に話しかけてこられるんだよ」

　返事をする代わりに、ジョゼフは眉を上げた。少し前から、会話の流れに困惑していたのだ。デイヴィッドはこれまでと違う顔をしているように思えた。ここに来たことを少し後悔した。

「十一時の鐘が聞こえたね」と、彼は言った。「もう行かなくちゃ」

「また来てくれよ」と、デイヴィッドは微笑みながら言った。

　彼はジョゼフを庭の入口まで送り、闇の中で腕をつかみながら小声で言った。

「ぼくが言ったことを考えてみてくれ、神の召命のこと……」
「もちろん！」と、ジョゼフは言った。

帰り道に沿って、彼は大股で歩き出した。夜は甘いにおいに満ちていて、彼はまるでそんなことをしてはいけないと言われてでもいたかのように、鼻を刺す繊細な枯葉の香気に混じったスイカズラの重厚な芳香を、思わずそっと吸い込んだ。空気はなま温かかったが、頭をくらくらさせるようなこれらの香りは、漠然とした、ほとんど身体的な幸福感で包み込むようで、十月の気配が感じられる。けれどもその夜、ジョゼフは不安と不満を覚えていた。デイヴィッドとの会話で口にしたいくつかの言葉は、それらを記憶にとどめる力がなく、それらがどこから出てきたのかさえわからないまま、頭から抜け落ちていた。たとえば、キリスト磔刑後の聖トマスのように救世主を目で見たい、手で触れたいというあの考え……。[21] 彼はこれまでそんなことは考えたこ

(21)「そこで、ほかの弟子たちが、「私たちは主を見た」と言うと、トマスは言った。「あの方の手に釘の跡を見、この指を釘跡に入れてみなければ、また、この手をその脇腹に入れなければ、私は決して信じない」」(「ヨハネによる福音書」第二〇章二五節、(新)二〇五―二〇六頁)。

ともなかったが、これらの奇妙な言葉を口に出してしまった以上、恥知らずにも意見を変えたなどと思われないよう、繰り返し同じことを言わなければいけないような気になっていた。何かびっくりさせるような、目立ったことを言いたかったから、あんな言葉が口をついて出てきたのだ。一時間半にわたって、デイヴィッドは子どもに教えるように勉強を教えてくれた。そのせいなのだ。ジョゼフは彼に、ギリシア語のアルファベットや第三尾音節を熟知しているこの少年に、見せてやりたかったのだ、自分、ジョゼフ・デイもまた……。でも、いったい彼に何を見せてやりたかったんだろう？　突然、彼は立ち止まった。彼はもう、デイヴィッドのことはあまり好きではなくなっていた、特に対話の最後あたりからは。たぶんジョゼフは、このいたってまじめな学生が明らかな善意でいろいろしてくれているのはわかっていたし、苛立ちまじりではあれ一種の感謝の念さえ覚えていたのだが、デイヴィッドは彼を自分より下に見ていて、けっして完全には大人扱いしていなかった。その微笑でさえ、ひそかな恩着せがましさをのぞかせていた。そして彼は、神の話をするさいには両手を合わせるのだ。そうしたすべてが、耐えがたかった。

部屋に戻ると、ジョゼフはランプもつけずにベッドに身を投げ出した。腹ばいになり、畳んだ両腕で顔を抱えたまま、数分間じっとしていた。たぶん、大学では変人と思われたことだろう。誰か学生に話しかけるたびに、奇妙なことを口走って驚かれたり嗤（わら）われたりする。そう、無知や田舎者丸出しの振舞いを嗤われてしまうのだ。それが彼には見て取れるので、苦しくてならないのだった。それなのに、いったい何に首を突っ込もうとしているのか？　魂を救うことだ！　さいわい、「ぼくは君を救いたいんだ！」とはまだ誰にも言っていなかった。いつの日か、きっとそう口にし、恥ずかしさでいっぱいになるだろうけれど、この言葉は自分の意思に反して心から出てくるので、止めようにも止められないだろう。

いらいらして溜め息をつくと、彼は立ち上がって部屋を横切り、照明をつけた。そしてそのとき目に入ってきたものを見て、思わず驚きの声をあげた。勉強机の真ん中あたり、空色の紙片の上に、大きなマグノリアの花が一輪置かれていて、真珠のような光沢と雪のような純白の深い色合いを見せている。まだ枯れてはいないものの、ほとんどしおれかけで、花びらの先端は何枚かすでに茶色く染みになっていた。自分でも抑えきれない唐突な動作で、ジョゼフはそれを握りしめ、むさぼるように顔に近づけ、この白く甘い塊を唇と目に押し当てて潰した。そのにおいに彼は酔い痴れ、これを吸い込み、飲み干した。この新鮮さと芳香をいっさい失うまいとするかのように、においを両手に包み込んで。

一分以上、彼はこの姿勢のまま動かずにいた。曰く言いがたい悲しみが、それまで感じていた喜びに混じっていた。自分が傷つけて命を奪ったこの花が幸福への大いなる欲望をもたらしていたからで、それは自分でも説明のつかないものだった。突然、彼は花を遠くに投げ捨ててつぶやいた。

「ぼくはいったいどうしちゃったんだろう?」

そのとき、彼は空色の紙片に鉛筆で横方向に書き殴られた言葉に目をとめた。


君ほどは白からず……

初めは理解できなかったが、眉をひそめてもう一度読み返してみると、文の意味がようやくわかった。これはぼくのことなのだ、ぼくとこの花の。誰かが悪ふざけで、ぼくのことを足元に転がっているこの花と比べたのだ。いったい誰がこんなことを……。サイモンの馬鹿にちがいない。ジョゼフには確信があった、これは確かにあの頭のおかしな奴の文体だ。彼の頬は恥辱で真っ赤になった。紙片を手に取ってびりびりに破り捨てると、花を拾って窓から投げ捨てようとしたが、怒りに震える手のひらに花を握ったとき、彼は突然、自分を動揺させた文の文字通りの真実に思い当たってはっとした。じっさい、皺くちゃになったこれらの花びらは彼自身の肉ほどには純粋な白さを持っていないように思えたし、彼の肌は、指の繊細な肌も、くすんでいながら同時に輝いてもいる手首の肌も、花びらと鮮やかさを競い合っていた。〈これはどういう意味なんだろう?〉〈この間抜けはけっきょく何がしたいんだろう?〉そして部屋に蚊が入ってくるのを防ぐための網戸を持ち上げると、彼は花を通りに投げ捨てた。

少ししてから、彼は福音書のある章を読み、ひざまずいて祈りを捧げた。それからまず明かりを消し、服を脱いでシーツとシーツのあいだに身を滑り込ませたが、なかなか寝つけなかった。

X

その後の日々は、勉強中心の単調さのうちに過ぎていった。少しずつ、ジョゼフは新生活のあらゆる面になじんでいった。夜は、隣人たちの猥談から逃れるために、十一時まで開いている図書館に勉強しに行った。授業についていけないのが不安だったので、いちばんむずかしいと思われるもの、特にギリシア語の授業内容は丸暗記することにした。この方法なら、デイヴィッドの親切にすがらなくても済む。もっともデイヴィッドは毎日、彼を手伝おうと申し出てくれていたのだけれど。

ある朝、聖書講読の時間が終わって教室を出るとき、未来の牧師はジョゼフに、話したいことがあると合図した。たまたま昼までは二人とも授業がなかったので、デイヴィッドは友人の腕に手を添えると、そっと脇に連れて行き、墓地へ向かう道へと進んだ。このあいだの夜、ジョゼフがプレーローと歩いた道だ。家並みが途切れるあたりまで来ると、デイヴィッドは咳払いをして(本当に牧師みたいだと、ジョゼフは思った)切り出した。

「君と話をしたいと思うのはね、信じてほしいんだけど、君のためを思ってなんだよ。君にはとても友情を感じているんだ(この言葉を言うときには握っている手の力がぎゅっと強まった)。君の役に立ちたいんだよ。人生の闘いでは、仲間の忠告に耳を貸さないわけにはいかないからね……」

彼はこんな調子で数分間話し続けたが、要するに何を言いたいのか、ジョゼフにはよくわからなかった。二人はスイカズラの花を戴く垣根に沿って、樹々の下を同じ歩調で歩いて行った。紺碧の空に、たった一羽のヒバリの歌声が響き渡っている。

「ぼくたちがこの世でまとっている姿は、どうでもいいわけではない」と、勿体ぶった態度でデイヴィッドは続けた。「人はぼくたちを、立居振舞いや、普段の言葉遣いや、服装なんかで判断するだろう。ちょっと個人的なレベルの指摘をしてもいいかな?」

この質問は形だけの言い回しにすぎなかった。というのも、求められた許可を与えるとも拒否するともジョゼフが言えないうちに、彼は続けたからだ。

「君の礼儀作法は非の打ちどころがない。話し方はとてもきちんとしてるし、ほかの多くの連中のように罵り言葉を口にしたりすることもけっしてない。それに、ありがたいことにお酒も飲まない。その上、君は……(ここで初めて彼は言い淀み、適切な言葉を探しながら、口を手で押さえてそっと咳をした)……すてきな顔をしている。そうしたすべてのことについて、君は神に感謝してもいい。でも、少し気がついたことがあるんだ」

数秒の間があき、これから続く言葉の効果を高めた。

「君の服装はちょっと無頓着だね。たぶん君のせいじゃないんだろうけれど、いま着ているスーツはかなり着古されている。袖口のところで布地の糸がほつれているよ……」

ジョゼフは平手打ちされたみたいに真っ赤になった。

「君の言う通り、ぼくのせいじゃないさ!」と、彼は叫んだ。「ぼくは貧乏なんだ。両親は……」

「怒らないで」と、デイヴィッドは突然雄弁になって言った。「気を悪くさせるつもりじゃなかったんだ。君の手助けをしたいんだよ、わかる? 新しいスーツを買いたければ、必要なお金は貸してあげられるよ、返せるときに返してくれればいいから。今日の午後にでも洋服屋に行こうか。知ってる店が町に一軒あるから」

「いやだ！」と、ジョゼフは言った。「行きたくない」

するとデイヴィッドはジョゼフの両手を取り、相手のきらきらした目をまっすぐ見ながら赦しを請うた。ジョゼフはびっくりした。彼の中では優しさが怒りと混在し、あと少し気持ちが高まりさえすれば怒りは和らぎそうだった。デイヴィッドを両腕で抱きしめたいという欲求が不意に湧いたが、それは思いとどまった。微笑みが浮かんで彼の顔を明るくした。

「このスーツがとても古いのはわかってるよ」と、彼は言った。「でも、ほかにはもう一着しかなくて、それは特別な機会のためにとってあるんだ、たとえばどこかを訪問するときとか。しかも、ここで着たくならないように、実家に置いてきたんだ」

デイヴィッドはうなずくと、穏やかに話を続けた。ジョゼフは自分の身を守ることを覚えなければいけない、そうでないと世間は彼の純真さにつけこむだろう、純真であること自体はいいことなんだが――ここでハトの素朴さが引き合いに出されたが、その後にはヘビの慎重さも付け加えられた――。敵に対等の武器をもって立ち向かいたいと思うほど正当なことはないけれど、乱れた服装を見せてしまうと、世間というあの恐るべき敵の目には評判を落としてしまう。悲しいことだが、尊敬すべき人々でさえ、この種の不当な偏見を抱いている。

「そう思う?」と、ジョゼフは言った。

デイヴィッドはそう確信していた。彼がさりげなく友人に回れ右をさせると、静かな空気の中で、遥か遠くに響く大学の鐘が聞こえた。これ以上美しい、これ以上輝かしい一日を夢見ることはできなかっただろう。突然ジョゼフは、生命とあらゆる存在に向けて心が高揚するような感覚を覚え、自分の周りに存在しているものすべて、樹々や美しい赤い大地にたいする漠然とした愛を感じた。その愛は、葉むらを貫いて射し込む陽光の中で、真摯な横顔が純粋な線を描いているデイヴィッドにも向けられていた。

「デイヴィッド!」と、彼は叫んだ。「時々幸せだと感じることはない? なぜだかわからないけど幸せだと。ぼくはそんなとき、笑いたくなるんだ、ちゃんとした理由もなく子どもたちが笑うみたいに……」

「子どもたちみたいにね、うん。でもぼくたちの世界には問題がありすぎて、そんなふうにはなかなか笑えないな。君もぼくも、能天気でいてはいけないんだよ」

数分のあいだ、彼らは黙って歩いていたが、陽の光を浴びて大きな薔薇色の塊のように輝いている体育館のところまで来ると、ジョゼフが尋ねた。

「どうしてさっき、君もぼくも、って言ったの？」

デイヴィッドは樹々の上の一点を見つめて言った。

「神様がぼくたちをお選びになったからさ」

ジョゼフは何も言わなかったが、胸が高鳴り始めた。言葉が口をついて出そうになったが、危うく押しとどめた。彼らはこうして、ギリシア語の授業がおこなわれるはずの建物の入口まで歩いて行った。まだ五分ある。二人は目をそらしながらヘルメスとアポロンの石膏像の前を通り過ぎ、小図書室にたどり着いた。

「言うのを忘れていたけど」と、デイヴィッドは声をひそめて言った。「ぼくが住んでいる下宿にはひとつ空き部屋があるんだ。ぼくがいる部屋とほとんど同じだよ。もし移りたければ、きっと落ち着くんじゃないかな。下宿には老婦人が一人いるだけなんだ。ミセス・ファーガソンという人で、あとは家政婦が二人いるけど、夕方には帰ってしまう。学生はいない」

「学生はいない……」と、ジョゼフは繰り返した。

「そう。そのほうがいいよね、ある意味で。この部屋を君用にとっておくよう頼んであるんだ。できるだけ早く返事をくれるかな」

きれいな歯並びをした歯をのぞかせて少しへつらうような微笑を浮かべながら、彼は付け加えた。

「それで、今日の夕方には洋服屋に行くんだったよね?」

そのとき、鐘が鳴って教室のドアが開き、生徒たちが談笑しながら出てきた。

「デイヴィッド」と、がやがや声の中でジョゼフは言った。「ぼくはとてもスーツの代金を君に返せそうにない。だからそんなこと考えないでくれよ」

「いや、考えるさ」と、デイヴィッドは彼の腕をつかみながら言った。「説明するよ。きっとわかってもらえるだろう」

XI

同じ日の午後、ジョゼフはデイヴィッドと一緒に小さな赤い市電に乗った。映画好きの学生たちを町へ連れて行く電車だが、二人の少年たちが向かっていたのは映画館ではない。車内に立ったままひしめいている若い乗客たちの叫び声や笑い声の中で、デイヴィッドは頭に思い描いている計画を連れに話して聞かせた。時々、誰かが降りようとして乱暴に押してきたり、ひどく無礼な罵り言葉が耳元で響いたりすると、彼は我慢強い表情をして目を閉じるのだった。頭に載っている小さな黒い帽子を慎重な手つきでかぶり直すと、彼は話を続けた。

「十月に開くことになっているこのレストランはね、学生と、少数の外部者用なんだ。方式はまったく新しくて、セルフサービスなのさ。入口でトレーと食器類を受け取ってから、ビュッフェで好きなものを選ぶ。いわゆるカフェテリアってやつだ。有給で働く学生たちが、終わった食卓を順に片付けて……皿洗いもする」

「彼らがお皿を洗うってこと？」と、ジョゼフは暗い顔で尋ねた。なんとなくわかってきたからだ。

「その通り！」と、デイヴィッドはいい知らせを告げるように、目を輝かせて叫んだ。町に着くまで、彼らはそれ以上ひとことも交わさなかった。通りを歩きながら、デイヴィッドはジョゼフの腕の下に手を滑り込ませようとしてきたが、ジョゼフはすぐに振りほどいた。

「ほら、みんな笑ってるじゃないか」と、彼は説明した。

デイヴィッドは唇を噛み、一瞬沈黙した。

「その通りだね、きっと」と、彼は少し傷ついた様子で言った。

「お皿を洗うと、いくらもらえるの？」と、ジョゼフはだしぬけに尋ねた。

「まだわからないけど、もし君がカフェテリアで働くのがいやだったら、ぼくも一緒に皿洗いをするよ」

この言葉はじつに優しく口にされたので、ジョゼフは恥ずかしさで顔が赤くなるのを感じた。デイヴィッドはいつも、相手を安心させるような言葉をちょうどいいタイミングで見つけ出す。

「別にいやだなんて言ってないよ」と、ジョゼフはつぶやいた。

三分後、彼らは洋服屋に入り、いろいろな生地を見せてもらった。ジョゼフは黒にしたいと思ったが、デイヴィッドはマリンブルーを薦めた。彼によれば、どんな機会でも着られるというのだ。

「いや」と、今度は譲らないと決めてジョゼフは言った。「黒にするよ」

狭い試着室に案内されたが、そこで厄介ごとが生じた。ジョゼフはズボンの採寸をしてほしくないと言うのだ。しかも、理由は説明せずに。そして頑なな態度になった。デイヴィッドと洋服屋はあきらめたような視線を交わした。けっきょくジョゼフは、黒でさえあればいいから、既製服の試着をしてみると言った。ダークグレーのスーツが一着あったので、それが取り出された。

「染められますよ」と、洋服屋は笑いながら言った。「どうしても黒にこだわっておられるようなので」

この考えは、デイヴィッドには名案と思われた。ジョゼフはどう反論していいかわからず、この馬鹿げた提案をいやいや受け入れた。そして試着室にこもると、少ししてから、自分には上品すぎるように思われるこのスーツに身を包んで、険しい目つきで出てきた。両腕を半分伸ばし、やや長すぎる袖を代わる代わるにらみつけながら、前に進む。デイヴィッドは彼がどんなに立派に見えるか口に出しかけたが、なんとか思いとどまって唇を嚙み、ただこう指摘した。

「まちがいなく、このスーツはぴったりだね」

「袖は詰めましょう」と、チョークを持ってジョゼフの周りを回りながら洋服屋は言った。

突然、彼は片膝を床について尋ねた。

「ズボンはきつすぎませんか?」

「全然」と、後ずさりしながらジョゼフは言った。

安堵の溜め息をつくと、彼はまた小部屋に閉じこもり、新しいスーツを脱いで古いスーツに着替えた。体になじんだ折り目の具合が心地よかった。三面鏡に映ったジョゼフの姿は、初めは怒り狂った若者のそれで、両腕を振り、片足ずつ上げて、ぞっとするような衣服を脱ぎ捨てたのだったが、いつも着ている三つ揃いのてかてか光っている粗末な生地に身を包むと、見慣れた姿が現れて急に平静を取り戻した。不意に、彼は身動きしなくなった。自分の横顔を見るのは初めてだったのだ。鏡なんてあてにならないものだと常々思っていながら、この新しい顔を見ずにはいられなかったのだが、ほとんどすぐに大きな悲しみが彼をとらえた。じっさい横顔というのは、顔全体と同じ言葉を語っているものだ。先が少し高くなっているこの鼻、赤すぎてふっくらしすぎたこの口、それらはジョゼフがそうありたかったような顔立ちではない。けれどもそれが彼なのだ、彼自身なのだ。彼は溜め息をつき、髪の毛が自分の傷をちゃんと隠していることを確かめると、連れのところに戻った。「彼は少なくとも、肉欲のある男には見えない」と、ジョゼフは考えた。

部屋に入ろうとしたとき、彼はサイモンがある種の恥知らずな無邪気さで、卓上に開いて置いてあるノートのページをめくっているのを目にした。

「ぼくの部屋で何をしているんだ、どうしてぼくのノートを読んでいるんだ?」と、ジョゼフは少し声を震わせて尋ねた。

「ああ、ジョゼフ!」と、小男はノートを脇に放り出して叫んだ。「こわいよ。そんな口調で物を言うときはいつもこわいんだから。じつはね……」

「答えろよ！」

「答えるようなことは何もないよ。君を待ってただけさ。このノートを眺めていたんだ」

「どうして？」

「悪かったよ、ごめん。悪かった」

彼の両手が芝居がかった身振りで組み合わされた。ジョゼフは下腹に一撃を食らったかのようにびくっとした。そして帽子をベッドに投げつけた。

「サイモン」と、彼は言った。「ゆうべ、あの花を机に置いたのは君だな。あのふざけた紙切れと一緒に」

「ふざけた？」

「そう、ふざけてる。あんなことしないでくれ、わかったか？」

彼は怒りであえいだ。

「もちろん、君の紙切れはびりびりに破いて、花は外の通りに捨ててやったよ、埃の中にね。こういう冗談は嫌いなんだ」

目を涙で光らせて、サイモンはジョゼフの前に突っ立ち、何か言おうとして唇を動かしたが、けっきょくひとことも口にしないまま、ドアから出て行った。

〈いったいどうしたっていうんだ?〉と、ノート類を片付けながらジョゼフは思った。〈みんなどうしたっていうんだ?　そっとしておいてくれよ!〉

彼の機嫌が悪かったのは、特にスーツのせいだった。デイヴィッドはいつものように自分の意思を押しつけてきた。デイヴィッドは常に正しいのだ。

彼は机に向かって座り、大きな両手で顔を覆った。少しずつ、苛立ちは収まってきた。いい人でありたいし、穏やかに話したいのに、いつも何か予期しないものが邪魔をして、彼を混乱させるのだった。みんなは自分が期待しているようにはまず振舞ってくれない。彼らのすること、特に彼らの言うことが気に障って、理解できないのだ。いつも微笑みを浮かべているデイヴィッドでさえ。サイモンについては……。

〈きつくあたってしまったな〉と、彼は思った。〈あとで話をしよう。でも、あんな花や書き付けを置いていくとは、なんて馬鹿なんだ……〉

数分間、彼は物思いにふけったが、まったくとりとめのない考えが次々に浮かんできて、つながりがよくわからなかった。樹々の下で、夜、侮蔑的な言葉を面と向かって投げかけてくるプレーローの前に立つ自分の姿が、何度か浮かんできた。この屈辱的な場面を記憶から追い出そうとしても無駄で、どうしてもすべてがそこへ彼を連れ戻すかのように思われた。

彼とデイヴィッドは歩いて戻ってきたので、疲れた気がした。眠れるものなら頭を腕に載せて眠りたかったが、それは我慢して、下宿が静かなのを利用して英文学の授業の復習をもう一度しておくことにした。そのために、シェイクスピアの本をあらためて開いた。翌朝の筆記テストは三題の問いに、五分間で答えることになっている。実際はかなり単純だが、非常に細かい問いで、この劇作家の技法と当時の言葉遣いに関するものだ。少なからず不安を覚えながら、彼は『ロミオとジュリエット』の何ページかをめくり、恋愛場面のあいだに挿入されたいくつかの箇所に目を走らせた。というのも、自分では認めていなかったが、この物語で彼を困惑させていたのは恋愛だったからだ。不意に、彼の目は意味のわからない四行に行き当たった。注意深く、何度も読み直してみた。単語自体は別に古風なものではない。しかし文は意味不明のままだった。ひどく驚いたことに、付された注もこのせりふについて何も明らかにしてはくれなかった。注はずいぶん量が多くて、必要以上とも思われるのに、説明が不可欠なところになると急に黙り込んでしまうのだ。この箇所については明日聞いてみようか？　たぶんデイヴィッドならわかるんじゃなかろうか？　でもデイヴィッドに聞くとなると……。

どうしてデイヴィッドは、彼らが二人とも選ばれているなんて言ったんだろう？　自信満々で、すでに教壇の上から語っているみたいなこの小柄な紳士は、いったい何を知っているというのだろう？　彼の顔には、糊のきいた襟のせいで牧師が見せるあの謹厳ささえうかがえる。それにあの抑制した忍耐強い声、誰にでも振りまかれるあの愛想のいい微笑み……。宗教というのは、そうしたものなんだろうか？〈ぼくは〉と、彼は唐突に思った。〈ぼくは野生状態の宗教が好きなんだ〉。彼は勢いよく本を閉じた。何よりも彼の気分を害したのは、新しいスーツの件でデイヴィッドが彼を縛りつけようとしたかに思われたことだった。耳当たりのいい言葉と信仰心にあふれた理屈によって、デイヴィッドは彼を丸め込もうとした。宗教のためには紳士の服装をしなければならないということを、彼に証明してみせたのだ。しかしアモスもホセア[22]も、使徒たちも、それにキリスト自身でさえ、たぶん貧しい身なりをしていたのではないか。野生状態の宗教とは、そう、まさにそれなのだ。腕組みをして、彼は正面の壁を

(22)　いずれも旧約聖書の預言者。

暗い様子で見つめた。決心はついた。あの洋服屋にまた行ってスーツを試着するのはやめよう。デイヴィッドとは議論もせずにおこう。議論すれば彼はいつも予想外の理屈をもちだして、こちらが言い負かされてしまうから。だから怒ったりせずに、ただこう言うだけにしよう。「いやだ!」

この言葉は声を出して勢いよく発音されたので、室内の静寂の中で響き渡り、ジョゼフを物思いから引き戻した。いらいらした動作で、彼はまた本を開くと、机に肘をつき、指を髪の毛に突っ込んで、一種の激情に駆られたようにこの物語にふたたび没頭した。恋人たちが交わすこの甘いささやきは、彼には品がなく単調に思われた。しかも、人間がこんなふうに夢中になることなどありそうもない気がした。詩人たちの手にかかると、愛というのはいかにも勿体ぶったくだらない話になってしまうものだ。まじめな人間だったら誰が本気で信じるものか。

そんな思いにふけっていたので、彼にはサイモンが入ってきたのが聞こえなかった。サイモンはどうしたらいいかわからずに、デッサン帳を小脇に抱えたまま、喜びと不安の入り混じった表情でジョゼフを見つめながら、部屋の真ん中で一瞬身動きせずにいた。それからそっと咳をして、ささやくように言った。

「あのマグノリアの花のことでまだ怒ってる?」

「ああ、君か!」と、ジョゼフは言った。「もちろん、もう怒ってなんかいないよ。でも、本を読ませてくれないか」

サイモンは一歩進んだ。

「全然動かないでいて、口も開かなければ、ここにいてもいいかな? そこのロッキングチェアに座って、君の肖像画を描きたいんだ」

「ぼくの肖像画だって?」と、ジョゼフは叫んだ。「ごめんだ!」

「え、どうして?」と、サイモンは眉をへの字にして涙声で尋ねた。

ジョゼフの握りこぶしが机を叩いた。

「いやだからだよ!」

サイモンは彼のすぐそばまで来て、子どものように両手を合わせた。

「君はわかっていない。ぼくは画家のテクニックを身につけるためにデッサンを描かなくてはいけなくて、モデルが必要なんだよ。みんながぼくを追い払うんだ。退屈だってね。でも、別に動かないでくれなんて言ってないんだよ、本を読んだり何か書いたりしていればいいだけなのに。それなのにいやだって言うんだ。だからさ……」

「その肖像画を……どうするんだい？　人に見せるの？」

サイモンは鋭い目つきでジョゼフの目をじっと覗き込んだ。

「けっして」と、彼は言った。

数秒間、彼らは黙って見つめ合った。

「君は」と、サイモンはおずおずした声で続けた。「ぼくが女のモデルを探しに行くのはいやなんだよね」

「ああ、いやだね！」と、ジョゼフ。

少し疑うような口調で、急に注意深い目つきになって彼は付け加えた。

「君は女のことをずいぶん考えているように見えるけど」

この言葉を聞くと、サイモンは左手を胸に当て、両目を輝かせた。

「良心にかけて、ジョゼフ、ぼくは女のことなんか全然考えていない。誓うよ！」

「じゃあいいさ」と、ジョゼフは安心して答えた。「誓う必要なんてない。誓わなくてもいいよ。そこに座って描けばいいさ。でも、本は読ませてくれるね」

サイモンがポケットからペンケースを取り出すのを見ながら、ジョゼフは〈こいつはいいやつなんだ〉と思った。少し静寂があった後、スケッチ帳に鉛筆を走らせる軽い小さな音が聞こえ始めた。最初に大まかな全体の輪郭と目や口の位置、それから何本もの線、髪の毛や陰影を描く無数の線が描かれていく。描き手はまぶたを半分閉じて、親指でサイズを測り、描いた線を消し、用紙に息を吹きかけ、自分に注目してほしいとひそかに願いながらロッキングチェアで体を動かしていたが、ジョゼフは少しずつ彼がいるのを忘れていった。十分後、サイモンはできるだけ静かに咳をして、聞こえても聞こえなくてもいいかのような声でささやいた。

「ゆうべ、すばらしい青年と一緒に過ごしたんだけど、ずいぶん君に会いたがってたよ。二人で君の話をしたんだ」

ジョゼフは答えずに本のページをめくった。深い溜め息がサイモンの胸から漏れた。彼はモデルをしばらく見つめ、何かわけのわからないことをぶつぶつとつぶやいた。それからまた彼は小声で話し始めたが、陰影をぼかすために指で用紙をこする動作はやめなかった。

「君に会いたがっているのは、ラテン語の復習教師[23]なんだ。とても頭がいい人でね。この前、ギリシア・ラテン語図書室で君を見かけたらしい」

(23)　教授の講義内容(特に語学)を定着させるため、生徒個人を対象に補習授業を担当する教師。

さらに小声で、不安そうな口調で彼は付け加えた。

「あとで来るように言っておいたんだ」

「何だって？」と、ジョゼフは机を平手で叩きながら突然叫んだ。「そうやっておしゃべりばかりして、どうやって勉強しろっていうんだ？」

描き手はびくっとして、ドアのところまで三歩で飛び跳ねて行った。

「ごめんよ！」と、彼はうめくように言った。

ジョゼフは彼に、椅子に戻るよう手で示した。

「謝ってばかりいないで、言うべきことを言って話を終わらせてくれないか」

「そうだね」と、サイモンはロッキングチェアの縁に腰を下ろして言った。「ラテン語の復習教師がね、すばらしい、そう、すばらしい青年なんだけど、君と知り合いになりたいと言ってるんだ。君に興味があるんだよ、わかる？　先日君を見かけて、君のことを観察して……。そう、彼は観察者なんだ。彼とぼくはね、ひと晩中、君の話をして過ごしたんだ」

「どうして？」

冷たい口調で口にされたこの質問を聞いて、サイモンの両目は見開かれ、不安で左右に揺れ動く瞳が周囲の空気の中に答えを探しているかのようだった。

「どうして？」と、彼は罪を犯したような顔つきで繰り返した。「だってそれは……。別にいいでしょう？」

ジョゼフは容赦のない目つきで腕組みをした。

「だってぼくは知らないいんだぜ、君の復習教師なんて。どうしてそんな人が、知りもしない人間の話をひと晩中したりできるんだ？」

「もうすぐ知り合いになるよ」と、サイモンは身を守ろうとするかのようにスケッチ帳を顔の高さまで上げて、びくびくしながら言った。「だって、十分後にはここに来るんだもの。五時ちょうどに来るように言っておいたんだ」

ジョゼフはいまにも爆発しそうな顔つきで不意に立ち上がった。

「いいかい、サイモン」と、彼は脅しに満ちた穏やかさで言った。「ぼくを怒らせる気だな、後悔するぞ」

スケッチ帳を床にさっと放り出すと、サイモンはロッキングチェアの後ろに跳びのいた。

「やめて！」と、彼は声を変えて叫んだ。「そんな目で見ないでよ。またひと晩中泣いちゃうから！」

「泣くって？　この馬鹿が」

そのとき、マック・アリスターが入ってきた。無作法な様子で、ポケットに手を突っ込み、頭の上には小さな緑色の帽子を後光のようにかぶっている。

「うるさいぞ！」と、彼は割れんばかりの大声で言った。「外の通りまで聞こえてるじゃないか。『シーク』のアグネス・エアーズでも観に行けばよかったのに」と、彼は話のつながりもなく付け加えた。「ヴァレンチノの腕に抱かれて、彼女がほとんど裸になる場面があってね。そのせいで、伴奏のピアニストが自分のパートを弾くのを忘れてしまったんだ」

ジョゼフは肩をすくめてまた座ったが、サイモンはびっくりして動けなかった。

「おまえ、どうしたんだ？」と、マック・アリスターは尋ねた。

ふとスケッチ帳を見つけると、彼は素早い動作でそれを奪い取ったので、サイモンは防ぎようがなかった。

「そのスケッチ帳を返せ！」と、彼は叫んだ。

しかしそのときもうマック・アリスターは部屋の反対側、ベッドのヘッドの後ろに回り込んでいたので、それが砦代わりになった。彼はぞんざいにページをめくると、頭を傾け、眉を弓のように上げて覗き込んだ。

サイモンは真っ青になり、ベッドの向こう側に近づいた。

「おい」と、彼は喉が詰まったような声で言った。「そのスケッチ帳を返さないと……」

「どうする気かな?」と、マック・アリスターはデッサンをよく見ようとして目を細めながら言った。「もうおれには話しかけないとか?」

彼は何ページかめくった。

「殺してやる」と、銅のフレームをつかむ手を震わせてサイモンはささやき声で言った。

「そしたら保安官に絞首刑にされて、地獄の火に焼かれるぜ」

「いい加減にしろ!」とジョゼフは言い、立ち上がった。

そのときマック・アリスターは大声をあげ、邪悪な喜びに目を輝かせて、スケッチ帳を天井に向けて振りかざした。

「こいつは前代未聞だぞ!　映画スターみたいな睫毛(まつげ)をしたジョゼフの肖像画……。

いやいや、腹の皮がよじれそうだ！　ジョゼフ、自分がどんなにハンサムか見たかい？　そら、受け取れよ！」

スケッチ帳が宙を舞ってジョゼフの足元に落ち、彼はそれを拾い上げた。

「部屋から出て行け！」と、彼は命令した。

両手をポケットに突っ込んで、マック・アリスターは腰をくねらせながらドアのほうに向かい、大学町で流行っていた「ワシントン広場のバラ」[24]を甲高い声で歌い始めた。サイモンは耳をふさいだ。

二人きりになると、ジョゼフは「ドアを閉めて」と言った。

小柄な男は言われた通りにしてから、椅子に身を投げ出した。

「死んでしまいたい」と、片腕で顔を覆いながら彼は言った。「マック・アリスターの目を潰してやりたかったよ、でもできなかった。勇気がないんだ」

かなり長い沈黙があった。

「スケッチ帳を取りなよ」と、ジョゼフは座りながら言った。

鋭い苦痛のうめき声をあげて、サイモンは立ち上がった。

「すごく怒ってるんだね！」

「そんなことは言ってない。スケッチ帳を取るように言っただけさ」

「見たの？」

「ぼくの肖像画を？　もちろん見たさ」

「で、何も言わないの？」

「ぼくは審査員じゃないからね。前にもそう言ったはずだ」

彼の黒い目がゆっくりと友人のほうを向くと、友人のオリーヴ色の顔が奇妙な灰色に染まった。束の間、二人は見つめ合った。サイモンは息を殺した。

「ぼくを軽蔑しているんだね」と、彼はようやく言った。

「頭がおかしいんじゃないか？　どうして軽蔑なんてするんだい。君の話はまったく理解できないよ」

サイモンは一歩進んで机にもたれかかると、相手の大きな暗色の瞳をじっと覗き込み、何を考えているのか読み取ろうとしたが、できなかった。彼の心臓は恐ろしいほ

(24) 喜劇女優のファニー・ブライスが歌ってヒットした一九二〇年当時の流行歌で、のちにアリス・フェイ主演の同名のミュージカル映画(一九三九年)でも歌われた。スタンダード版とコメディ版の二種類の歌詞があり、後者は画家のモデルを諷刺する内容。

ど高鳴っていた。激しい動悸が喉のところまで押し寄せてくる気がした。懸命にこらえながら、彼は机から身を離すと、ふたたび立ち上がった。

「ジョゼフ」と、彼は話し始めた。「聞いてよ。ぼくを理解しようとしてくれなくちゃ。気分がよくないんだ。苦しいんだよ。いま、ぼくは苦しいんだ」

「気分が悪いんだったら座りなよ」と、ジョゼフは言った。「たぶん暑さのせいだろう。浴室に行って水を取ってくるよ」

「いや、ここにいて」

彼は体を動かしてロッキングチェアに崩れ落ちた。チェアはすぐに、母親のように彼を揺り始めた。数秒が流れた。ジョゼフはすらりとした指の関節をぽきぽき鳴らすと、腕組みをした。するとサイモンはまた顔を覆って泣き出した。

「ぼくは勇気がないんだ」と、彼はうめくように言った。「君に話さなくちゃいけないのに、できないんだよ。君がこわいんだ」

ジョゼフは返事をしなかったが、少ししてから、机上の本を動かしてこう言った。

「かまわなかったら、勉強を続けてもいいかな。『ロミオとジュリエット』を読んでしまわないと」

サイモンは顔を上げた。二筋の涙の跡が光っていた。

「『ロミオとジュリエット』の何がわかるっていうの?」と、感情が高ぶって途切れがちな声で彼は尋ねた。

ジョゼフは気を悪くしたような顔をした。

「とてもよくわかるさ。最後に注で説明もついてるし。一箇所だけよくわからないところがあったけど、もう一度注意深く読み直してみるよ」

いまや顔を手で覆うこともせずに、サイモンは板をきしませながら揺れているロッキングチェアにじっと座ったまま泣いていた。たぶんこの小柄な少年は、自分が悲しみのあまりどんなにひどい顔をしているのかもわからないのだろう。額は深くひきつり、鼻には何本もの小さな皺が平行に刻まれて、まるでくしゃみを必死にこらえているみたいだし、大粒の涙が睫毛に溜まっては頬から半開きの口の両端まで流れ落ちている。時折、彼はそっと洟(はな)をすすっていた。

数分が過ぎた。ジョゼフは机に肘をつき、指を豊かな髪の毛に突っ込みながら、本のページをめくって読んでいるふりをしていた。突然、彼は立ち上がってサイモンに近づき、軽い嫌悪の表情を浮かべて何も言わずにじっと見つめた。

「サイモン」と、彼はようやく言った。「男は泣くもんじゃない」

サイモンの褐色の小さな手は、うるさいな、と言うかのようなしぐさをした。それからしゃがれ声で彼は言った。

「君はわかっていない、ジョゼフ、何もわかっていないんだ」

そう言うと、彼は立ち上がってロッキングチェアから不意に離れたので、チェアは前後に激しく揺れ始めた。

「どうして君はそんな話し方をするんだ?」と、ジョゼフは尋ねた。

しかしサイモンはもう部屋の反対側にいた。ドアのほうに顔を向けると、彼はおそらく全力を振り絞って、もっと決然とした口調で、ようやくこう言った。

「君だって苦しむさ、いつかきっと。そしたらどういうことかわかるよ!」

XII

この言い争いはジョゼフを動転させた。部屋でまた一人になると、彼はまずこうつぶやきながら縦横に歩き回った。「あの馬鹿！　何をしにここに来たんだ？　くだらないことで困らせやがって。どいつもこいつもくだらないことばかり！」それから小声で付け加えた。「サイモンは絶対に嘘をついていた。誓ったって無駄だ。ほかの連中よりましなわけじゃない。あいつだってみんなと同じだ」。彼の頰は何かいやらしいことを言おうとしているかのように、少し赤らんだ。「そうとも、みんな同じだ。みんな、女のことを考えてるんだ！　サイモンだって！」

この最後の言葉が、彼をほっとさせ、安心させた。むずかしい問いの答えになったような気がしたのだ。深く溜め息をついて、彼は胸から息を吐き出したが、その顔はすぐにまた不安げな表情を帯びた。〈たぶんデイヴィッドの申し出を受けて、下宿を移ったほうがいいんじゃないだろうか〉と、彼は考えた。〈少なくとも気が休まるだろうし〉

「でも、デイヴィッドがいる」と、彼は声に出して言った。「デイヴィッドがあれこれ理屈を言って忠告してくるのもごめんだ」

彼の目は、まだかすかに揺れているロッキングチェアに注がれた。サイモンの言葉が頭によみがえってくる。それを追い払おうとするかのように、彼はすぐに手を振った。この変わり者の少年のことを考えるのはいやだったからだ。しかしどうしても、この同じチェアに座って泣いている彼の姿がまた目に浮かんでしまうのだった……。まさに女の子だ！　泣いている男に向かっていったい何が言えるだろう？　そして、映画ポスターの俳優みたいにぼくを描いた、あの滑稽な肖像画ときたら！

背中で手を組んで、彼は部屋の中央に立ち尽くし、視線を小さな通りに向けた。薔薇色の煉瓦の歩道が、黄色の大きな落ち葉で覆われている。裸になった枝を通して、向かいの屋敷の二階が見え始めていた。あそこにもたぶん、自分自身や他人についてあれこれ考えている少年たちがいるのだろう。

〈彼は救われているのだろうか？〉と、彼は不意に考えた。遥か昔から、神はサイモンが死後にどこへ行くのかをご存じで、それはどうにも変えようがない。サイモンが女のことなど考えていないということをたとえ認めたとしても（それはあやしいものだが）、ジョゼフが小さな羊の群れ(25)について抱いていた考えによれば、彼は選ばれた者が振舞うようには振舞っていない。サイモンにはある種の宗教的雰囲気が欠けている。むしろ逆に、落ち着きがなく、気まぐれで、不安定だ。救われている感じがないと言ってもいいくらいだろう。彼の言葉や身振りは人を驚かせ、時にはショックを与える。ジョゼフはスケッチ帳が宙を舞って自分の足元に落ちる様子を思い出し、その記憶がまた彼を動揺させた。もう一度、サイモンの押し殺した苦しそうな声が聞こえるような気がした。「君はわかっていない、何もわかっていないんだ」。何がそんなにわかりにくいというのだろうか？　彼はふと、汗のしずくが額を伝っていることに気がついた。

夕食の三十分前、半開きのままになっていたドアを誰かがそっとノックして、返事も待たずに部屋に入ってきた。背の高い青年で、骨ばった痩身に暗い緑色のだぶだぶしたウールの背広をまとい、ニッカーボッカーズからは、もっとどぎつい緑色の長靴下に包まれたふくらはぎの痩せこけたラインがのぞいている。鼈甲（べっこう）のフレームの眼鏡をかけていて、いかにも学者ふうで勤勉な顔つきに見える。大きな口を開けて微笑むときれいに並んだ長い歯列が現れ、非の打ちどころのないその白さが、暗褐色の顔の色とくっきり対照をなして浮かび上がった。彼は手を伸ばしてジョゼフに歩み寄

（25）　キリスト教信者集団の比喩。

った。

「エドマンド・キリグルーです」と、彼は鼻にかかった声で言った。ジョゼフはすぐに、数日前に聞いたことのある声だと思った。隣室でラテン語の引用文を読んでいた声だ。

「サイモンからぼくが来ることは聞いていたと思いますが、少し遅れてしまいました。大学の会議が長引いてしまって」

数秒間、彼は相手の少年の手を自分の手に包み込み、ぎゅっと握りしめてから放した。

「エドマンドと呼んでください」と、ロッキングチェアに腰を下ろしながら彼は言った。「エドでもいいですよ。友だちになれそうだから」

ジョゼフはいつもより姿勢を正して、腕組みしながら机の前に座った。

「このあいだの夜、隣の部屋でしゃべっていたのはあなただったんですね」と、冷たい口調でジョゼフは言った。

「そのようですね」と、また微笑んでキリグルーは言った。

手品師のような動作で、彼はポケットから金色のケースを取り出し、開いてジョゼフに差し出した。

「煙草は？」

少年はとんでもないというように首を横に振ると、訪問者をじっと見つめた。彼は黄色い指で煙草を一本つまみ出し、いかにも尊大な様子でケースを閉じると、この貴重な品物を見せびらかすようにくるくる回してから、上着のポケットに滑り込ませた。一瞬ののち、緑色の長い手巻き煙草用ホルダーを口の端にくわえると、青みがかった煙を天井に向けて吐きながら、キリグルーは脚を組み、右足を左腿の上に横向きに載せて片手をくるぶしに当てた。この姿勢で、彼はゆっくりと体を揺らし始めた。

「煙草は喫わないんですか？」

「全然！」

「やってみたことは？」

「やってみたいとも思いません」

「これはこれは」と、キリグルーは口を開けずにつぶやいた。

彼は煙草の灰を床に落として言った。

「ぼくがラテン語の復習教師であることは知ってますよね。もしいつか君のお役に立てるなら……」

ジョゼフの沈黙を前にして、彼はもっと真剣な口調で言葉を継いだ。

「ねえ、ジョー、ぼくたち何人かは君に関心を抱いているんですよ。先日の夜も、ぼくの部屋で君について長いこと議論したんです」

ジョゼフは身じろぎひとつしなかった。

「たぶん奇妙なことだと思うでしょうね」と、キリグルーは続けた。「確かにぼくたちはほとんどおたがいのことを知らないし、君もすぐに誰とでも親しくなる性質(たち)じゃない。でも、みんな君の話をしてるんです。ほかの連中と違うことはひと目でわかりますからね」

「ほかの連中と違うなんて全然思っていませんよ」と、ジョゼフは肩をすくめながら言った。

「ああ!」と、キリグルーは勝ち誇ったような鼻声で叫んだ。「この問題全体の核心は、まさにそこにあるんですよ。君はこの違いを見ないようにしている。君だってぼくと同じように知っているでしょう、学生たちは女と酒のことしか考えていない。そして君も……」

「ぼくは違う！」と、ジョゼフは組んでいた腕をほどいて叫んだ。

「君もですよ」と、キリグルーは静かに言った。「君もほかの連中と同じだ」

ジョゼフはいきなり立ち上がったので、座っていた椅子が倒れてしまった。

「そんなことはない！」

「ねえ」と、訪問者は変わらぬ口調で続けた。「子どもみたいな真似をしないで。椅子を起こして、話をしましょう。君とほかの連中との違いは、彼らが自分の本能に負けてしまうところで……」

「獣みたいな本能にね」と、ジョゼフは怒りで頬を真っ赤にして言った。

「そう、獣みたいなと言ってもいい。ぼくたちみんなの体の中には一匹の獣がいるんです」

ジョゼフはもう少しで「ぼくの中にはいない！」と叫びそうになったが、何かがそれを押しとどめた。自分よりも学識豊かで、ひとこと口にするたびに、まるで何か途方もなく鋭いことを言ったかのように訳知り顔の微笑を浮かべるこの男の前で、間抜けみたいに見えるのが恥ずかしかったのだ。不意に体をかがめると、彼は椅子を起こして置き直したが、座りはしなかった。

「こんな話は……」と、彼は突然口にした。

そしてそこで言葉を止めた。キリグルーは、ロッキングチェアで体を揺らしながら彼を見つめた。

「こんな話はいやなんですね」と、ようやく彼は小声で言った。

「ええ」

「わかりました、ジョー、別の話をしましょう」

ジョゼフは座り直した。

「ぼくはね、君にとても親近感を覚えているんですよ」と、キリグルーは少し陰険そうな顔を前に出して言った。「けっして君を傷つけたかったわけじゃありません。もし傷つけたのだったら申し訳ない、謝ります」

「いえ、傷つけたりはしてませんよ！」と、ジョゼフはある種の高揚を抑えきれずに言った。「ぼくだって、あなたに親近感を抱いています」

それは必ずしも自分の言いたかったことではなかったので、彼は唇を嚙んだ。しかし大の男が自分の過ちを認めるのを耳にすると、いつも動揺してしまう。キリグルーがこんな告白をしたので、不器用ながらもそれに応えようとしたのだ。もしそうしても滑稽に思われないのだったら、もう少しで相手の手を握りそうなところだった。

「ぼくが入ってきたとき、何を読んでいたのですか？」と、キリグルーは興味津々で尋ねた。

「『ロミオとジュリエット』です、シェイクスピアの。あなたが英語の復習教師でもあったらよかったのに！　じつは、よくわからない一節があるんです」

自信たっぷりの笑いが、この素朴な言葉に応えた。

「そのまま読んでごらんなさい、ジョー。きっとわかると思いますよ」

ジョゼフは件の一節を見つけると、そうとは意識しないまま、昔の説教師の話し方を真似るような声で、少し得意そうに何行か読んだ。悪魔的な微笑がキリグルーの唇をめくりあげた。

ジョゼフが本を置くと、「すばらしい読み方ですね」と彼は言った。

突然、彼は教師ぶった態度になり、それまでより厳しい、鼻にかかった声になった。

「問題の一節は、確かにわかりにくいかもしれません。前世紀の出版社の多くは、卑猥な感じがするからという理由で、削除してしまいました。でも、マーキュシオが念頭に置いていることはかなりはっきりしています。恋愛に関するロミオの夢想なんですよ。彼はビワの樹の下に座って、たぶん恋人の裸の姿か、テキストの言葉を借りればエトセトラを思い描いているんでしょう。[26] エトセトラっていうのは、みごとなほど偽善的な言い方ですよね。羞恥心にたいする見せかけの譲歩というか。だって、露骨であからさまな言葉を透明な膜で覆っているだけなんだから、こちらのほうがよほどいろいろ想像させるでしょう。梨への仄（ほの）めかしについて言えば……」

ジョゼフは立ち上がった。

「それが本当に、ぼくがいま読んだ箇所の意味なんですか？」と、彼は押し殺したようなしゃがれ声で尋ねた。

「その通りですよ、ジョー」

すると少年は開いた本を両手でつかみ、二つに引きちぎると、激怒の表情でそれを床に投げ出した。今度はキリグルーが立ち上がった。

「ジョー……」と、彼は言った。

ジョゼフは真っ赤になった顔を彼のほうに向けた。見開かれた目が鉱石のように輝き、下唇が軽く震えている。

「いったいどうしろって言うんですか？」と、彼は不意に張り裂けそうな声で叫んだ。

返事をせずに、キリグルーはドアのほうへ向かった。

(26) 話題になっているのは『ロミオとジュリエット』第二幕第一場、ロミオの友人であるベンヴォーリオとマーキュシオの会話にある次の箇所(マーキュシオのせりふ)。

いまごろやつはビワの木陰にすわり、恋人が
その実のようであってくれと思っているのだろう、
娘どもがその名を口にしてひとり笑いをするそうな。
おお、ロミオ、おまえの恋人が割れ目のあるビワで、
おまえが長細い梨であることを祈ってるぞ。

(『シェイクスピア全集Ⅱ』小田島雄志訳、白水社、一九八五年、一〇〇頁)

訳文で「割れ目のあるビワ」となっている箇所は、原文では«An open et caetera»(開いたエトセトラ)となっていて、遠回しな言い方がされている。なお、同じ箇所を中野好夫は「尻の開いたなんとか」と訳している。

XIII

その晩、ジョゼフは夕食をとらず、八時半になるとすぐ、履修指導教員である数学の教授の家のベルを鳴らした。マホガニーの家具が置かれ、窓がシカモアの植わった長い芝地に面している小さな客間で数分間待った。部屋の片隅に身を置いて外を見ると、ドーリア式の二本の柱のあいだに、自分が先日ノックした濃い緑色のドアが見える。もうずいぶん前の夜だったような気がするが、思い出すと心が乱れ、あのとき好奇心に駆られたのは過ちだったと後悔した。プレーローのことはもう思い出さないほうがいい、彼の名前が恨みの感情しか引き起こさないのだったら記憶から消してしまったほうがいい。一方、彼は自分の敵のために祈る義務があるとも信じていて、じっさい、力いっぱい両手を組み合わせて「主よ、プレーローに祝福あれ！」と思ってもみた。だが、自分の熱意のなさが恥ずかしくなった。折れそうなほど強く指を握りしめてみてもうまくいかない。彼は眉をひそめて目を閉じた。心の底では、プレーローの身に神の祝福が訪れるのを見たいなどという気持ちは全然なかった。望んでいるのは何よりも、あいつの顎を叩きのめしてやることなのだ。

「おまえは偽善者だ」と、彼は両腕をほどいてつぶやいた。「おまえは赦すふりをしながら、じつは赦してなんかいない」

少しずつ彼は落ち着きを取り戻し、ランプのそばの肘掛椅子に腰を下ろすと、また立ち上がり、腕組みをして、金箔が押された装丁の書物がぎっしり詰まっているガラスケースの前にたたずんだ。十巻から成るアディソンの『スペクテイター』がドライデン全集と並んでいる。[27] 褐色の分厚い革装のシェイクスピアが一冊、目立つ場所に置かれていて、それを見た少年はしかめ面になり、ケースから遠ざかって狭い部屋を縦横に歩き回り始めた。突然、ドアが開いた。

「こんなに遅い時間に来るとは思っていませんでしたよ」と、部屋に入りながらタ

(27) ジョゼフ・アディソン(一六七二―一七一九)はイギリスの政治家・文学者。『スペクテイター』は彼が友人のリチャード・スティールと共に創刊した日刊紙で、一七一一年から一二年にかけて刊行された。ジョン・ドライデン(一六三一―一七〇〇)は著名なイギリスの桂冠詩人。

ック先生は言った。「でも、よく来てくれましたね。何か深刻なことでも？」

二人は座った。

「深刻というわけでは」と、ジョゼフは顔を赤らめて言った。

「だったら、明日の朝まで待って、研究室に来てくれてもよかったかな」

こう言って少し顔をしかめ、ちょっと息を吸って腹をふくらませると、太った教授は肘掛椅子の上で身を反らした。

「どんな話ですか、デイ君」

ジョゼフは、そうすれば口にしたい言葉が容易に見つかるとでもいうかのようにうつむいたが、口を開こうとはしなかった。急に、履修する授業を変えたいという意思を伝えるためにこんな夜の時間に教師を煩わせるのは非常識な気がしたのだ。タック先生はまったく正しい。明日まで待つべきだった。でも現にここに来た以上、そうするだけの理由を何か言わなければ。

「今日」と、まだ恥ずかしさで赤くなったままの顔を上げて、彼は不意に切り出した。「ぼくは、何ていうか……」

彼は形容詞を探したが、見つからなかった。それでも相手は我慢強く微笑んで先を促したので、彼は続けた。

「ぼくは自分の『ロミオとジュリエット』の本をびりびりに破いてしまったんです……」
一、二秒が流れ、彼は付け加えた。
「……シェイクスピアの」

教授は身動きせず、唇を突き出して不満そうな顔をしただけだった。

「そうなんです」と、ジョゼフは声を強めて続けた。「ぼくはこの作品が嫌いで、それを勉強するのがいやなんです。びりびりに破いたと言いましたけど……」と、彼は厳密な事実が好きなので正確を期した。「二つに引きちぎったんです」

沈黙があった。

「要するに」と、教授は穏やかな口調で言った。「君はこの近代英語の授業を別の授業に変更したいんですね……」

「別の英語の授業に、ええ」

「古期英語と中世英語のどちらかを選べるけど」

「知ってます」と、ジョゼフは言った。「中世英語にします」

「チョーサーだったかな？」

「そう、チョーサーです」

タック先生は少し苦労して肘掛椅子から身を引き剝がし、立ち上がった。ジョゼフも直ちに立った。

「私の記憶にまちがいがなければ」と、教授は言った。「確か新約聖書を原文で読みたくてギリシア語を勉強してるんでしたね」

ジョゼフはうなずいた。

「この近代英語の授業にもう出たくないというのには、きっとちゃんとした理由があるんでしょう。私も『ロミオとジュリエット』は何年も前に読んだきりです。詩には詳しくないけれど、ここだけの話、シェイクスピアは退屈ですよね。でも、本を引きちぎるというのは……。特にここではね、デイ君！　大学では！」

学生は腕組みをした。

「でも、それがぼくのしたことなんです」

「自慢するようなことではないよ」と、タック先生は厳しい口調で返した。

ジョゼフは返事をせずに彼を見つめた。

「君は普段はおとなしいと思うんだけど」と、教授は言葉を継いだ。

「まじめに暮らしてます」

「酒の飲み過ぎじゃないだろうね？」

突然、ジョゼフの目に炎が燃えあがった。

「お酒なんか一滴も口にしたことはありません」と、少ししゃがれた声で彼は言った。「どんな味がするのかさえ知りません」

タック先生は彼を見つめ、それから片手をそっと相手の肩に置いた。

「いいかい」と、微笑みながら彼は言った。「私は何年も前からたくさんの学生たちの履修指導をしてきた。何を言ってもいいんだよ、打ち明け話を聞くのも私の仕事なんだから。何か困ったことがあるなら……」

「別に困ったことなんかありません、先生」

「じゃあ何が理由でその本を引きちぎったりしたんだい？」

「それは」と、ジョゼフは頭を後方に反らして言った。「読んでいたら口に出せないような下品な一節があって、かっとしたんです……」

「そんなに下品な箇所があったかな」と、タック先生は手を下ろしながらつぶやいた。

「版によっては削除してるんです」と、ジョゼフは聡明そうな、少しずる賢い表情で言った。

「まあそうかもしれないな。でもデイ君、君は厳格ですね。わかっているかどうか知らないけど、チョーサーだって正確にいえば小娘向けに書いていたわけではありませんよ。将来は何になりたいんですか？」

「まだわかりません」

「何にいちばん興味があるの？」

少年の顔つきがこわばり、返事するのをためらった。それからようやく、暗い目で答えた。

「宗教です」

教授はうつむいて、耳を掻きながら考えているようだった。

「気を悪くしないでほしいんだけどね、君はまだとても若い」と、彼は親しげな口調で言った。「君の考えていることはおもしろいし、道徳に関していい加減な態度じゃないこともよくわかる。それでも、もし君が万一、とんでもなく馬鹿げたこと、若者特有の馬鹿げたことをしでかすようなことがあったとしたら、いいかい、私はいつでも君にアドヴァイスして助けてあげるからね」

「馬鹿げたことなんて絶対にしたくありません」

「私も君のためにそう願っているさ。でも君くらいの年頃で人生の一大事といえば、恋愛だよ。恋愛は馬鹿げたことをさせてしまうものなんだ」

我慢強い声でジョゼフは反駁した。

「タック先生、ぼくにとって人生の一大事は宗教なんです」

「そうだね、デイ君」と、教授は相手の背中をぽんと陽気に叩いて言った。「それがこの世で一番だ。明日から、君が選んだ授業に登録しておくよ」

しゃべりながら彼はジョゼフを玄関口のほうへそっと押しやり、二人はそこで別れを告げた。

XIV

自室に戻る前に、ジョゼフはデイヴィッドのところに寄ってみた。彼は部屋にいて、何枚ものノート用紙と辞書を何冊か置いた机に向かって座っていた。少し機械的な感じのする微笑がぱっと浮かび、本に向けられていた穏やかな顔が持ち上げられた。

「いや、かまわないよ」と、ジョゼフの問いかけに答えて彼は言った。「君はいつでも歓迎さ。座りなよ、ぼくの前に」

ジョゼフは机の前の椅子のところに行って腰を下ろした。

「長居はしないよ」と、彼は言った。「じつは話したいことは別にないんだ……。でも、誰かに会いたくて」

デイヴィッドは辞書の上で両手を組んだ。ちょっと聖書みたいだなと、ジョゼフは思った。

「廊下の奥の部屋ね、このあいだ話した空き部屋だけど、君がそこにいたら、いつでもおたがい行き来できるんだけどな」

ジョゼフはうなずいた。ランプの光の中で、彼の顔は黄金の仮面に覆われているように見え、そこから両の瞳が大きな黒い穴のようにのぞいていた。その顔つきには何かはっとするような、気高いものが感じられたので、デイヴィッドは不意に叫んだ。

「君はなんて……」

しかし彼は、洋服屋でそうしたのとまったく同じように、口元に浮かびかけていた形容詞をすぐに呑み込んだ。

「何なの?」と、ジョゼフは尋ねた。

「……なんて青白いんだろう」と、デイヴィッドは目を伏せながら言った。「それに、不安そうに見える」

ジョゼフはシェイクスピアについてうまく理解できないこと、そして数学の教授を訪ねたことを手短に話して聞かせた。

「ぼくはまちがってたのかな?」と、話し終えてから彼は尋ねた。

「とる授業を変えたことが?　いや、君にはその権利がある」

一瞬の沈黙があり、それからジョゼフは少ししゃがれた声で尋ねた。

「あの汚らわしい本を引きちぎったのは、まちがいだったのかな？」

デイヴィッドは少し考えた。

「シェイクスピアは読んでおかなくちゃね。でも、いつか削除版をあげるよ。たぶん、その本を引きちぎったことには賛成できない。だけど……。ねえジョゼフ、この世は不純なもので、それは受け入れないといけないんだ」

「違うよ」と、ジョゼフは立ち上がりながら言った。「この世の不純さを受け入れたら、福音書を否定することになる」

「そんなことはない」と、今度はデイヴィッドが立ち上がって言い返した。「君がこの世に生きているのは、神が君をそこに置き給うたからだ」

ジョゼフの目が輝きだした。

「ぼくはこの世を憎んでるんだ、わかるかい？　キリストも、この世のために祈っているのではないと言われた。この世は神に見放されているんだ」

彼は踵（きびす）を返すと、ドアのほうへ向かった。デイヴィッドは黙ってついてきて、庭の端まで行った。シカモアの黒い影のあいだから、月が青白い光の斑点を投げかけている。フジの蔓に覆われた格子戸の近くまで来ると、デイヴィッドはジョゼフの肩にそっと手を置いた。

「けっきょくのところ」と、彼は小声で言った。「ぼくたちの考えは同じだよ。でも、人々の魂を勝ち得るには、優しさと忍耐をもってしなければいけない。ある意味で、魂を誘惑しなければいけないんだ」

「誘惑するだって！」と、ジョゼフは憤慨して言った。

「ちゃんとわかってほしい」と、デイヴィッドはさらに少し声をひそめて言った。「君は潔癖なあまり警戒心が強いから、君の目にはなんでも疑わしくなってしまうんだよ。神がぼくたちの手にゆだねられたあらゆる武器を使って、悪魔と闘わなくては……」

「鞭を使ってだよ、神殿でのイエスみたいに(28)」

(28)「ユダヤ人の過越祭(すぎこしさい)が近づいたので、イエスはエルサレムへ上って行かれた。そして、神殿の境内で、牛や羊や鳩を売る者たちと両替人たちが座っているのを御覧になった。イエスは縄で鞭を作り、羊や牛をすべて境内から追い出し、両替人の金をまき散らし、その台を倒し、鳩を売る者たちに言われた。「それをここから持って行け。私の父の家を商売の家としてはならない」」(「ヨハネによる福音書」第二章一三―一六節、(新)一六三頁)。

デイヴィッドは返事をせず、ジョゼフはじっとしていた。自分が言ったことが誇らしいと同時に気詰まりでもあり、どうやっていとまを告げればいいか、もうよくわからなかったのだ。

「ねえ」と、ようやくデイヴィッドは小声で言った。「ぼくたちは同じ信仰と同じ希望を持っていて、ぼくは君のことを兄弟として愛している、イエス・キリストのもとでの兄弟としてね」

ジョゼフはちょっと身じろぎした。

「わかってるよ」と、不意に心が動揺したことを示す、あの少ししゃがれた声で彼は言った。

デイヴィッドの腕をつかむべきかどうか自問したが、そうせずに、彼は一歩退いた。心臓が高鳴っていた。月光の中で白黒に浮かび上がる花の房が絡んだ格子戸にもたれかかってこちらを真剣に見つめている少年に、なんとか微笑みかけようとした。

「そうだね」と、彼は不器用に続けた。「君の言う通りだ。ぼくたちは同じものを信じている。そう言ってくれてありがとう」

「じゃあね、ジョゼフ」と、デイヴィッドは言った。

ジョゼフが通りを渡っているとき、彼は少し大声で付け加えた。

「ぼくに何と答えるか考えておいてくれよ」

ジョゼフは振り向いた。

「何の答え?」

「部屋のことさ。それからもうひとつ。明日の午後、洋服屋に行こう。迎えに行くよ」

これらの最後の言葉はほとんど一気に投げかけられ、デイヴィッドはもう格子戸を閉めていた。狭い庭園の小道をのぼりながら、ジョゼフは相手が手を振っているのを目にしたが、この友愛のしぐさに応えることはしなかった。

XV

ジョゼフが部屋に戻ると、十時の鐘が鳴った。床に就く前に歴史の授業の予習をする時間はあるなと計算したが、両のこぶしで頭を押さえ、開いた本をじっと見つめてみても、注意力は何度も散漫になってしまう。何よりもまず、デイヴィッドが洋服屋のことを口にしたのが不満だった。それまで言っていたことの、いい印象が台無しではないか。あれが実務的で、かつ巧妙な、あの小柄な少年のやり方なのだ。巧妙すぎる。人々の魂を誘惑したいと思っているのだ！　しかしジョゼフは特に、サイモンの話をしなかったことで自分を責めていた。デイヴィッドを訪ねたのも、それ以外の目的ではなかったのに。またしても、自分が言いたかったことを言わなかった。言いたかったことは言わずに別のことを言ってしまった。自分に好意を抱いているあの少年に打ち明けるのはとても簡単だったのに。でも、いったいなぜデイヴィッドにはいつもいらいらさせられるのだろう？　〈野生状態の宗教〉と、彼は考えた。〈でも彼が望んでいるのは、飼い馴らされた宗教なんだ、聖職者用の白い胸飾りをつけて、爪を丁寧に手入れした宗教なんだ〉

突然、彼は本を閉じて部屋を出ると、廊下の奥まで行ってサイモンの部屋をノックした。誰も答えなかったが、隣の一室からマック・アリスターの甲高い声が聞こえてきた。

「サイモンは外出中ですよ。どなた?」

上着を脱いで両手をポケットに入れたまま、彼は出てきて戸口にもたれかかった。

「やあ」と、彼は呑気に言った。「皆殺しの天使君か」(29)

「どうしてそんな呼び方をするんだ?」

「おれじゃない、みんながそう呼んでるんだよ、お馬鹿さん。そんな目で見ても無駄だぜ。君のことなんかちっともこわくないさ。さあ、入って一緒に一杯やろうぜ。一人で飲むのは退屈だからな」

「いやだ」と、ジョゼフは言った。

彼は自分の部屋のほうへ何歩か進んだ。

「サイモンにどうしてほしいのかな?」と、マック・アリスターは動かずに尋ねた。

ジョゼフはぴたっと足を止めた。

(29) 旧約聖書で、ユダヤ民族の出エジプトの後、エジプトにいる初子(ういご)(夫婦の間に初めて生まれた子)を皆殺しにしたとされる天使。「出エジプト記」一二章二三節では「滅ぼす者」とあり、「滅びの天使」とも言われる。ただし家の入口に犠牲の羊の血を塗っておくとその家は裁きの虐殺を免れるとされ、この儀式を過越(すぎこし)と言う。

「あいつに話があるんだ」

「だったら、やんわりとやったほうがいいぜ」と、マック・アリスターはゆっくり近づいてきて言った。

「どういうことかわからないな」

「その通り。君は何もわかっちゃいない」

ジョゼフの前を通り過ぎると、彼は相手の部屋に入り、ベッドに腹ばいに身を投げ出して枕に頰を押しつけた。

「ぼくの部屋から出て行ってくれ！」と、ジョゼフは命令した。

マック・アリスターは目を半分閉じて、横目で相手を見た。

「サイモンについて何か聞きたいかい？」と、彼は秘密めかした声で尋ねた。

ジョゼフはためらい、それから両のこぶしを腰に当ててベッドの枕元に来た。

「それで、何？」

「サイモンは病人なんだ」

「病人？　いったいどこが悪いんだ？」

「変人なところさ。奇人、と言ったほうがいいかな。ぞっとするような細かい話は、キリグルーに聞いてみたまえ。フロイトについて大講義をしてくれるから」

「フロイト？」

「君さえよければ、おまけとしてプラトンやミケランジェロ、シェイクスピアについてもね」

「理解できないな」

「理解できないな」と、マック・アリスターはジョゼフのまじめな口調を真似て繰り返した。

彼は眠ろうとしているかのように目を閉じていたが、馬鹿にしたような横顔は相変わらず、じっと動かない長身の少年をあざ笑っているように見えた。

「出て行ってくれ！」と、ジョゼフは言った。

「おれがせっかくここにいて君の好きなようにできるのに、どうしておれの魂を救おうとしてくれないのかなあ？　ちょっとしたお説教をしてくれよ。おとなしく聞いてるからさ、あまり派手に鼾(いびき)をかいたりせずに。そうしたら君のおかげで、近いうちにたぶん竪琴と翼[30]が手に入るだろうよ」

(30)　いずれも天使の象徴。

「どうしてそんなことを笑いものにしたりできるんだ！」と、ジョゼフは首まで真っ赤になって怒鳴った。

「なあ、ジョー」と、マック・アリスターは無邪気さを装った口調で続けた。「明日の夜、みんなで町に遊びに行くんだ。君も来なくちゃ。ジェファーソン・ストリートのね、駅のすぐ近くの一角にあるきれいな赤い館で、パーティがある。女たちが学生に飲み物をサービスしてくれるんだ。それから、彼女たちとダンスをする。どんなふうか知りたいかい、ジョー？」

「何が言いたいのかわからない」

「もちろんそうだろう。でも、来ればわかるよ」

こう言ったのと同時に、彼はいかにも物言いたげにベッドの上で体をもぞもぞ動かし始めたので、ジョゼフは耳がかっと熱くなるのを感じた。返事をせずに、彼は胴を締めつけていた黒いベルトを外すと、この鞭を握って突然腕を振り上げた。林の中で樹を枝で叩きつけたときみたいに、腕がひとりでに動くような気がした。細い革紐がひゅっと唸りをあげながら、なま温かい空気を裂いてマック・アリスターの背中に振り下ろされ、彼は叫び声をあげてベッドの下に飛び降りた。その両脚にベルトの一撃が追い打ちをかけ、もう一度怒りと苦痛の叫びが聞こえた。

「説教してくれと言ったな。これが説教だ！」と、ジョゼフは窒息しかけた男のような声で言ったが、自分でも別人の声のような気がした。「もっとやってほしいか、ベリアル[31]の息子？」

犠牲者は彼に憎悪のまなざしを投げかけ、「やめろよ！」とつぶやいた。沈黙があり、口を半開きにしてじっと見つめ合う二人の少年の息遣いが聞こえた。ようやくマック・アリスターは立ち上がり、壁に背中を押しつけて、膝を曲げたままドアまでたどり着いた。蒼ざめた小さな顔にはまだ驚きの混じった恐怖の色が浮かび、下顎はまるで口を閉じるのを忘れてしまったかのように、がくがくと震えている。それから数秒間、彼らは一度もたがいに目をそらさなかったが、ようやくベリアルの息子が廊下の奥に消えていくと、ジョゼフはわずかに顔を振り向けてその行く先を目で追った。

そのとき、静寂の中でミセス・デアの無愛想な声が下から聞こえてきた。

「デイさん、ちょっと！」

(31)　ベリアルは悪魔（堕天使）の名前。「キリストとベリアルとにどんな調和がありますか。信者と不信者とにどんな関係がありますか」（「コリントの信徒への手紙　二」第六章一五節、（新）三二五頁）。

ジョゼフは部屋から出て階段のほうへ進んだ。手には、まるでつながれていたかのように、ベルトが握られている。何段かのぼってくる音がして、ミセス・デアの顔が手すりの柵越しに現れた。少し髪が乱れ、頬には紅が塗られていて、目がぎらぎら光っている。

「あなたの部屋は私の部屋の真上だってことを言いたかっただけなんだけどね」

彼女はベルトをちらっと見て、眉を上げた。軽い微笑が口元に浮かんだ。〈また喧嘩したのね！〉と思ったのだ。声を和らげて、彼女は付け加えた。

「それだけよ、デイさん。おやすみなさい！」

ジョゼフは何かぶつぶつ言うと、軽くお辞儀をした。夫人の顔は消えた。

部屋に戻ると、ジョゼフはドアを閉じてベルトを床に投げ捨て、火照(ほて)った頬と睫毛がひりひりする目を両手で覆った。叫び声が聞こえてしまったのだ。ミセス・デアは耳にしたのだ。ほとんどスキャンダルだった。

「マック・アリスターのためを思ってやったんだ」と、彼は指のあいだからつぶやいた。

しかし、内面の声が彼に小声でささやいた。〈おまえが叩きたかったのはあいつではない〉。そして彼は、身じろぎひとつせずに言った。

「デイヴィッドだ」

ああ、そう、デイヴィッドだ！　あいつもぼくを怒らせた、説教を垂れ、いかにも庇護者面をして、それに……。〈いや、別のやつだ〉と、声は言った。

ジョゼフはそのままじっとしていた。〈ぼくは過ちを犯した〉と、彼は思った。〈マック・アリスターは部屋から追い出せばよかったんだ、叩いたりせずに。そんなことをする権利はない。彼に謝ろう、どんなにつらくても〉

〈別のやつだ〉と、容赦のないかすかな声は続けた。〈おまえが復讐したかったのは別のやつだ。おまえはその名前を知っている〉

「そんなことはない！」と、ジョゼフは両手を下ろして大声で言った。「あいつはもう赦したんだ、もうあいつのことは考えちゃいない」

〈そいつの名前はプレーロー〉と、声は言った。そして黙った。少年は身震いした。

彼の周りでは、すべてがとても平穏に思えた。ランプの下の書物、部屋の片隅のロッキングチェア、涼しくはなったがアマガエルの鳴き声が樹々からあふれてくる夜に向けて開いた窓。ジョゼフは奇妙な不安を覚え、誰かの姿が見えるような気がして肩越しに振り向いたが、誰もいなかった。

明かりを消すことさえ思いつかず、彼はベッドの上に崩れ落ち、すぐに眠り込んだ。

XVI

暗い表情で、彼は新しいスーツが入った大きな箱を椅子の上に置いた。

「明日着てくるといいよ、教会に」と、デイヴィッドは微笑みながら言った。

ジョゼフは許可を与えてもらったことに皮肉をこめてお礼を言いたくなったが、思いとどまって黙っていた。けっきょくのところ、デイヴィッドは自腹を切ったのだから！　とはいえ、またしても若き牧師は勝利を収め、ジョゼフを思い通りにしたことになる。

「君の部屋はいいね」と、賛同のまなざしであたりを一瞥してデイヴィッドは言った。「ただ、周りの連中がね……残念だな」

ジョゼフは彼が何を言いたいのかわかっていたので、返事をしなかった。できることなら一人でいるほうがずっとよかった。とはいえ、このスーツのせいで負い目ができてしまった男を追い返すわけにもいかず、彼はあきらめて迷惑な相手の存在をできるだけ我慢することにしたが、それでも赤い紐のかかった空色の段ボール箱を憎悪のまなざしで見つめずにはいられなかった。

何よりも腹が立ったのは、そしてこのスーツ事件よりもずっと腹が立ったのは、彼が気持ちの弱さからデイヴィッドに個人的な悩みを打ち明けてしまったこと、あるいはむしろ、町に出かけたときに(節約のため徒歩で行ったのだった)、デイヴィッドが彼から無理やり告白を引き出したことだった。そしてデイヴィッドは自分の話をけっしてしないくせに、いまや滑稽なマグノリアの花のできごとも含めてサイモンの話を全部知っているし、マック・アリスターと恥ずかしい鞭打ちの顚末も同様に知っている。ああ、自分の語った言葉を取り返し、この小柄で冷徹な少年から、あの不用意なおしゃべりの記憶を抜き去ることができたら！　けっきょくのところ、自分は彼に何もかも打ち明けてしまったのだから。そしてデイヴィッドは、マック・アリスターに暴力をふるったことは穏やかに非難したものの、サイモンのケースについては何も意見を述べることはせず、唇をぎゅっと締めただけだった。「ブラボー、ジョゼフ！よくやったよ」とでも叫んでくれたらよかったのに。でもそうはせず、慎重な節度、年配紳士のような節度を守ったのだ。幸いなことに、プレーローとの諍いについては、ジョゼフは彼に何も言っていなかった！

「さて」と、数秒後に、帽子を手にしてデイヴィッドは言った。「勉強の邪魔はしないよ。明日の朝、八時に会おう。聖餐式があるからね」

「わかってるよ」と、ジョゼフは言った。

デイヴィッドはドアのほうへ一歩進んだ。

「ぼくを信用して話してくれてありがとう」と、部屋の戸口をまたぎながら彼は言った。

「二十ドル貸してくれてありがとう」と、ジョゼフは素っ気ない口調で答えた。

この言葉が口をついて出るや否や、彼は言ってしまったことを後悔し、ドアのほうに行ってデイヴィッドに声をかけようとしたが、彼はもう階段を下りる途中で、二人の学生が大声で会話しながら上がってきた。少しためらってから、ジョゼフはドアを閉め、勉強机に戻った。

彼は「マタイによる福音書」の第四章を最後まで読み、それから第五章の二四節まで読んだ。(32) そこまで来ると、彼は読書を中断して窓の外を眺めた。小糠雨(こぬかあめ)が狭い道路を覆っている黄色や赤の大きな葉を光らせ、秋の最初のにおいが部屋の中まで漂っている。向かいの屋敷では一人の少年が窓辺でジョゼフのように勉強していたが、ノート用紙から顔を上げようとはしなかった。

「まず行って、きょうだいと仲直りをし……(33)」と、ジョゼフはつぶやいた。

聖書は彼、ジョゼフに話しかける人間のように語っていた。それはこれまで耳にしたことのあるどんな声にも似ていない声をしていた。そして、その声は常に問題の核心にストレートに触れる言葉を語っていたが、時々むずかしいことを要求してくるのだった。現在のケースでいえば、とうていとることのできない行動だ。

「できない」と、彼は立ち上がりながら言った。

だが、この言葉を音として聞いて彼は恥ずかしくなった。聖書にたいしてノーと言

(32)「マタイによる福音書」の第四章では荒れ野での悪魔による誘惑とイエスの伝道の始まりが、第五章では山上の説教が語られている。
(33)「マタイによる福音書」第五章二四節、(新)七頁。

うことはできない。聖書はそこに、机の上にある。それは同じことを繰り返し語ってきたし、これからも繰り返し語るだろう。そうであることは何ものも妨げることはできない。聖書に沈黙を強いることはできないのだ。「まず行って、きょうだいと仲直りをし」と、それは誰にでも言っているわけではなく、特にジョゼフに向かって言っているのだった。あたかもキリストが彼の部屋に入ってきて、そこに座って彼に語りかけているかのように。

彼は従いそうな予感がした。聖書にはいつも従ってきたからだ。相手の言葉遣いに聖書のこだまが感じられるように思えたときには、人間にも従ってきた。ただし今回は、従うことができない。そこからおそらく息が詰まるような感覚が生じて、両手を首に持っていったのだ。彼は何かできないことをやろうとしていた、それも明日にではなく、いますぐに。口にすべき言葉を見つけるのは、容易ではなさそうだ。準備が必要だろう。口実を見つけて、最初はとりとめのない話をして……。

数分間、彼は激情に駆られた目をして、部屋の真ん中でじっと動かずにいた。マック・アリスターに謝りに行きたくはなかった。心の底では、彼のことを軽蔑していたから。

不意に部屋を出ると、彼は廊下の奥に向かった。ドアは開いている。彼は中に入った。

ベッドに腹ばいになり、両のこぶしで頭を支えて、マック・アリスターはピンク色のページが裸の女性の写真で飾られている「ポリス・ガゼット」[34]を読んでいたが、ジョゼフが入ってきた音を聞いて目を上げると、少し痛そうにしかめ面をして立ち上がった。そしてひとことも言わずにベッドから出て、部屋の片隅に逃げて行った。ふたたび、恐怖がその小さな白い顔に浮かんだ。それは泉から湧き出るように両目から湧き出て、顔全体に広がっていくようだった。ジョゼフは微笑もうとし、話したいと思ったが、何も言うべきことが見つからなかった。こんなふうに迎えられるとは予期していなかったからだ。ようやく彼は口を開き、おぼつかない声でこう言った。

「君と仲直りしに来たんだ」

マック・アリスターは身じろぎもしなかった。ジョゼフは少し待ってから、もっとはっきりした口調で続けた。

(34) 正式名は「ナショナル・ポリス・ガゼット」。一八四五年に創刊され、一九七七年まで刊行されたアメリカの大衆雑誌。

「君に謝りに来たんだ」

これらの言葉が彼自身の耳に伝えた音は、特別な効果を彼に及ぼした。それらはまるで他人の口から発せられたかのようで、心が開くような気がしたのだ。突然、愛情がこみあげてきて、さっき自分が侮辱した相手のほうへ気持ちが動いた。彼は一歩前に出た。

「叩いたりすべきじゃなかった」と、彼は熱意をこめて言った。「まちがっていたよ、腕力なんかに訴えて。赦してくれないかな、悪いことをした償いがしたいんだ」

マック・アリスターは壁に背中をくっつけたままじっと動かず、何も答えなかった。

「どうして君を叩いたりしたのかわからない」と、ジョゼフは続けた。「時々かっとなって、そうなると自分のしていることがわからなくなってしまうんだ。わかるかな?」

マック・アリスターの沈黙を前にして、彼は途方に暮れた。謝り続けることはできない。それはもはや滑稽なことだったし、このような場合に何をすべきか、聖書は教えてくれていなかった。少しためらった後、彼はさらに一歩前に出て、マック・アリスターに片手を差し出した。

「握手しよう」と、彼は穏やかに言った。

しかしマック・アリスターの両手は壁に張りついたまま、その位置からじっと動かなかった。彼の小さな灰色の目は、前夜と同じ激しい怯えの表情をたたえて、ジョゼフの黒い目をじっと見ている。数秒の後、ジョゼフは悲しげに微笑んで手を下ろした。

「じゃあ、もう行くよ」と、彼はつぶやいた。

少しぎこちない、自分でも説明のつかないしぐさでマック・アリスターの腕に触れると、彼は部屋を出た。自分の部屋に向かう廊下の途中で、内面の声がこう叫んだ。〈安易すぎる！　おまえは隣人をベルトで力いっぱい叩いておきながら、その後で謝ろうとしているんだぞ。おまえが差し出した手を彼が握らなかったのは当然だ。安易すぎる！〉

強烈な平手打ちを食らわされたかのように、彼はふらっとよろめき、それから自室に戻った。そして祈るためというよりは自分自身への嫌悪に駆られて、ベッドの脇にひざまずくと、両腕を折り曲げて顔を覆った。

XVII

その晩の夕食には、二人が不在だった。マック・アリスターとサイモンだ。銀の燭台が彼らのいない席を照らしていたが、ジョゼフは何の質問もしなかった。彼は背筋をぴんと伸ばし、小柄なジョン・スチュアートの頭上に視線をさまよわせていた。スチュアートは食卓の向かい側に座り、大きな眼鏡の後ろに隠れたがっているかのようで、言葉をかけられると死にそうなほどおどおどするのだった。彼の隣には田舎者のスキニーがいて、出された食事を黙々と平らげている。目を半分隠している黒くて長い髪の房を指で払うとき以外、フォークを放すことはなかった。ほとんど誰もしゃべらない。そばかすだらけの鼻をした青白い顔の大柄な少年、ジョージだけが、時々声を出して、何人かのサッカー選手一人ひとりの長所について断定的な意見を述べていた。無愛想で粗野な若者で、小さな目をきょろきょろさせ、表情は好感がもてない。

じつにずる賢そうに、彼は時々ジョゼフにはよく理解できないことがらを仄めかすのだったが、それが田舎者には大いに受けていた。食事の終わりごろ、彼はコップいっぱいに水を注いで言った。

「マック・アリスターは退屈しないだろうな。もうあそこにいるからね、この時間には」

マック・アリスターの名前を聞いて、ジョゼフは耳をそばだてた。できればジョージが「あそこ」という言葉で何を意味しているのか知りたかった。

「ぼくは行かないよ」と、田舎者のスキニーは食べ物を頬張ったまま言った。「だって高すぎるし、医者を儲けさせたくないもの」

ジョージは頭を後ろに反らして水を飲み干し、その場を去ろうと立ち上がった。いやらしい微笑を浮かべながら、彼は伸びをして言った。

「あの老いぼれたケチのベンジャミン・フランクリンの忠告にいつも従うわけにはいかないさ」

「ベンジャミン・フランクリン？」と、相手は鸚鵡返しに言った。

「そうだよ、お馬鹿さん。「お金はかからない。危険もない。気持ちがいい」ってね(35)」

この引用には陽気な笑いがわっと起きたが、せりふが受けたのにも関心を示さず、ジョージは馬鹿にしたようなしかめ面をして、肩を後ろに引っ込めるようなしぐさをしながら部屋を出て行った。彼がどこへ夜を過ごしに行くのか、みんなよく知っていた。彼が去った後、しばしの沈黙があり、それからジョゼフは、こうした会話があまりよくわからなかったので、突然尋ねた。

「サイモンはどこ?」

「知らないよ」と田舎者は言い、今度は彼が立ち上がって部屋を後にした。

ほかの二人の少年たちも彼と一緒に出て行った。

ジョン・スチュアートと二人きりで残されて、ジョゼフは質問を繰り返した。

「サイモンは出て行ったよ」と、小柄な少年はナプキンを畳みながら、声を押し殺してつぶやいた。

「どこに行ったの?」

スチュアートは知らないという身振りをして立ち去った。

XVIII

またデイヴィッドのところに来た。とても気持ちがよく、すべてが安心と快適さを――物質的な快適さだけでなく、精神的な快適さも――物語っているあの部屋に。そこでは本当に、何とも説明のできない仕方で、世間から守られている気がした。机の真ん中のランプは穏やかで心和む光を放ち、書架に並ぶ書物の表紙や、幅の狭い小さ

（35）引用文の正確な出典は不詳だが、フランクリンが晩年に執筆した自伝の第五章に「私はたまたま出会った怪しげな女たちとしばしば関係を結んだ。これには費用がかかるし、たいそう不便も伴うが、ことに悪い病気をもらいはせぬかという健康上の心配がたえずついて廻り、それが何より怖かった」（『フランクリン自伝』松本慎一・西川正身訳、岩波文庫、一九五七年、一二九頁）とあることから、これを裏返して、結婚相手としか交わらないことのメリットを表した言葉であろう。節約・節制・勤勉の士として知られるフランクリンは、その反面、妻以外に多くの女性と関係をもち、十五人もの非嫡出子がいたと言われる。

なベッドの枕元に置かれている聖書の金箔の小口を輝かせている。

二人の少年はたがいに向き合って立ち、デイヴィッドはうつむいているジョゼフの両手を自分の手で握っていた。

「謝ることなんかないよ」と、デイヴィッドは繰り返し言った。「恥ずかしくて死にそうなくらいだ。だいいち、さっきは別にぼくを傷つけたわけじゃない。君にそんなことはできないさ。君がどんな人間かはわかってる。君の場合、いつも意図はまっすぐなんだ。ぼくを見て」

ジョゼフは目を上げた。

「ひとつ聞いてもいいかな」と、彼は言った。

「何だろう？　言って」

「ぼくがサイモンにたいしてしたことは、あれでよかったんだろうか？　正しかったんだろうか？」

デイヴィッドはジョゼフに、座るように身振りで示した。

「サイモンは精神を病んでるんだ」と、たいへん困惑した様子で腕組みしながら彼は言った。「このあいだ、彼についての話を聞いたよ。君のところに来るのはやめさせたほうがいいね。困ったのは、彼が君と同じ下宿にいることだ。君がここに住めば……」

ジョゼフは肘掛椅子の中で前かがみになり、相手の目をじっと見つめた。

「ぼくがサイモンにたいしてしたことは、よかったんだろうか、悪かったんだろうか?」と、彼は尋ねた。

「悪いことはしてないよ。でも、彼を危険にさらしてしまったね」

「どういうこと?」

デイヴィッドは唇を嚙んだ。

「答えられないよ、ジョゼフ。いずれにしても、今夜はね。よく考えてみなくちゃいけないし、人にも相談してみないと。サイモンのために祈りたまえ、彼のためにとにかく祈るんだ」と、彼は付け加えた。

突然、ジョゼフは立ち上がった。瞳の中に怒りが燃えあがった。

「君が何のことを考えているのかわかってる」と、彼は言った。「ぼくにはわからないと思ってるんだろう。馬鹿馬鹿しい。ようくわかってるさ。知ってるとも」

「ああ、その話はやめよう」と、デイヴィッドは慌てて言った。「絶対にその話はやめよう。けっして話題にしてはいけないことなんだから」

「ぼくはサイモンのために祈るよ」と、ジョゼフは冷静になって言った。「でも、姦淫の罪を犯した者がけっして神の国に入ることはできないのは知ってる。聖書にそうはっきり書いてあるんだから。(36) 女の問題に関わっているあの連中はみんな、神の怒りに触れたやつらなんだ」

「女の問題に？」

「もちろんだとも！　どうしてそんな驚いた顔をするんだい？　ぼくを低能だとでも思っているのか？　サイモンは女のことなんか考えていないと言ってるけど、彼だってほかの連中と同じように考えているさ。今晩はみんなで町に繰り出して、マック・アリスターが言っていた例の館に行ってるんだ、あの……」

この言葉を聞いて、デイヴィッドは思わず背筋を伸ばした。自分を抑えようとするのが目に見えた。

「売春宿って言いたいのかい？」

「そうさ。サイモンもいまごろそこにいるにちがいないんだ」

デイヴィッドはすぐには返事をせず、当惑したようにジョゼフを見つめた。

「人を裁いてはいけないよ」と、彼はようやく言った。「キリストも、裁くなかれと言っておられる。(37) ぼくたちの年齢では、本能にはほとんど抗えないんだよ……性的な本能にはね」

「ぼくは性的本能を憎んでいる」と、ジョゼフは押し殺した声で言った。

彼は机のそばに立ったまま、両手を握りしめていた。顔の上部がランプに照らされている。その表情に、何かが波のように押し寄せてきた。激情を抑制しながら、彼は続けた。

「いま言ったことが聞こえたかい？　ぼくは性的本能を憎んでいるんだ。それに負けてしまうのか、ぼくたちは？　この盲目的な力、それは悪だよ」

「いつもそうとは限らないさ」

「いや、いつもだ。ぼくたちは狂気の発作の中で孕まれたんだ。そうしたことがど

(36)「淫らな者、偶像を礼拝する者、姦淫する者〔……〕は、神の国を受け継ぐことはありません」(「コリントの信徒への手紙 一」第六章九―一〇節、(新)三〇〇頁)。

(37)「人を裁くな。裁かれないためである」(「マタイによる福音書」第七章一節、(新)一一頁)。「人を裁くな。そうすれば、自分も裁かれない」(「ルカによる福音書」第六章三七節、(新)一一二頁)。

うやって営まれるのか、ぼくが知らないとでも思ってるのか？　ああ、ぞっとする」

「でも、キリストはカナの婚礼に立ち会われた(38)」

「それが何の証明になる？　キリストは罪人たちとも食事を共にされているし、娼婦の崇拝も受け入れておられるじゃないか(39)」

デイヴィッドは沈黙を守った。数秒ののち、ジョゼフは声を低めて続けた。

「ここに着いたその日、ミセス・デアはぼくに、たくさん学ばなきゃいけないことがあると言った。その通りだったよ、ぼくは何も知らなかったからね。でも、ぼくは学んだ。十日間でぼくが学んだことを全部知ったら、きっと君は驚くだろうさ。ぼくは人間について思い違いをしていた。ぼくは人々の魂を救いたいと思っていたんだ。そう。たぶん君には滑稽に映るだろうけどね」

「いやいや、そんなことはないさ」と、今度はデイヴィッドが立ち上がって言った。「ぼくには、そうしたすべてのことが君の目の中に見えていたんだ、だから君に近づこうとしたんだよ」

ジョゼフはわずかに後ずさりした。

「人々の魂は泥沼に沈んでいる」と、彼は身をこわばらせて言った。「そこから救われる魂はほとんどない」

「ぼくたちには何もわからないよ」

「肉体があるせいで、ほとんど救われないんだ」

デイヴィッドは机をひと回りし、訪問者の前に来て何も言わずにじっと見つめると、遠慮がちな重々しい口調で尋ねた。

「一緒にお祈りしようか？」

ジョゼフはうなずいた。本能的な動作でデイヴィッドはランプを消し、二人の少年は暗がりの中で身を寄せ合ってひざまずいた。彼らは一緒に「主の祈り」を最後まで唱えた。「私たちを試みに遭わせず、悪からお救いください。国と力と栄光は、永遠

(38)「三日目に、ガリラヤのカナで婚礼があって、イエスの母がそこにいた。イエスとその弟子たちも婚礼に招かれた」(「ヨハネによる福音書」第二章一―二節、(新)一六二頁)。
(39)「イエスが家で食事の席に着いておられたときのことである。そこに、徴税人や罪人(つみびと)が大勢来て、イエスや弟子たちと同席していた」(「マタイによる福音書」第九章一〇節、(新)一五頁)。「この町に一人の罪深い女がいた。イエスがファリサイ派の人の家で食事の席に着いておられるのを知り、香油の入った石膏の壺を持って来て、背後に立ち、イエスの足元で泣きながらその足を涙でぬらし始め、自分の髪の毛で拭い、その足に接吻して香油を塗った」(「ルカによる福音書」第七章三七―三八節、(新)一一五頁)。

にあなたのものです。アーメン！」(40)

二人は口をつぐみ、ひざまずいたままでいた。外界からは物音ひとつ聞こえてこない。数分後、しゃがれ声でささやくように、ジョゼフは突然尋ねた。

「このあいだ、道を歩いているときに、ぼくたちは選ばれたんだって言ったよね。覚えてる？」

「うん」

「どうしてあんなことを言ったの？」

「そう確信しているからさ」

ジョゼフは少し待ってから、同じ口調で続けた。

「ぼくたちは絶えず神の前にいるけれど、いまこのとき、特別な仕方で神の前にいるような気がする。ひとつ質問したいんだけど」

デイヴィッドは返事をしなかった。もう一度沈黙があった後、ジョゼフは尋ねた。

「もし、心の奥底では救われるという確信が持てなかったとしても、それでも救われるんだろうか？」

「信仰はこういう確信を与えてくれるよ」と、デイヴィッドは小声で言った。「信じる者は救われるって」

「でも、救われるという確信が持てないのに信じることなんて、できるんだろうか？」

デイヴィッドはためらった。

「君のことを言ってるの、ジョゼフ？」

少し間があり、それからほとんどわからないほどかすかな吐息とともに、答えが返ってきた。

「そう、ぼくのことさ」

「私を信じる者は永遠の命を得る(41)」と、デイヴィッドは唱えた。

そして彼はゆっくりと付け加えた。

(40)「マタイによる福音書」第六章一三節、(新)九頁。ただし「国と力と栄光は、永遠にあなたのものです。アーメン！」という部分(結びの頌栄)は、カトリックでは主の祈りの一部とはみなされず、一般的な聖書には記されていない。
(41)「よくよく言っておく。私の言葉を聞いて、私をお遣わしになった方を信じる者は、永遠の命を得、また、裁きを受けることがなく、死から命へと移っている」(「ヨハネによる福音書」第五章二四節、(新)一六九頁)。

「心を騒がせてはならない。神を信じ、また私を信じなさい」(42)

闇の中で、彼の手はジョゼフの手を探り、それを握った。

「君の心を騒がせてはならない」と、彼は声をひそめて言った。「聖書は誤らない。君は信じる。君は救われる」

「そのしるしを求めるのは、天を試すことになるんだろうか?」

「信じて、祈るんだ。それがしるしなんだよ」

ジョゼフは黙った。目が暗闇に慣れてきて、デイヴィッドのベッドの上にシーツが白く浮き上がり、窓の前でレースのカーテンが夜の微風にそっと持ち上げられるのが見分けられた。彼の内ではすべてが穏やかになった。デイヴィッドにもっと話してほしかったし、彼自身も、言葉のひとつひとつに厳粛で宗教的な色合いを与えるこの闇の中で話したかった。おそらく彼はデイヴィッドのことを理解し損ねていたのだ、というよりむしろ、彼の知らなかったデイヴィッドが姿を現したのだ、いつもの少し恩着せがましい少年よりもずっと福音に忠実で、もっと素朴なデイヴィッドが。

いまや彼は目を閉じて、力いっぱい両手を組み合わせていた。存在が軽くなり、未知の幸福が降りかかってくるような気がした。少し前から、もはやこの世の何ものも、彼の心を満たしているこの突然の歓喜ほど重要ではなくなっていた。いっさいの悲しみは霧が晴れるように消え去って、日常の心配ごとの代わりに、彼は甘美な安堵の感情を味わっていた。

(42)「ヨハネによる福音書」第一四章一節、(新)一九二頁。

第二部

I

その夜、ジョゼフは酔っ払った学生が窓の下で歌っている声で目を覚まされた。同時に、隣室から話し声が聞こえてきた。上掛けシーツを耳元まで引き寄せてもう一度眠ろうとしてはみたけれど、いくら聞くまいとしても会話の騒がしい声は彼のところまで届いてきて、外の通りからのぼってくる哀れっぽい歌声と入り混じるのだった。土曜日の夜はいつもこんな具合だ。一週間が終わって酒盛りになり、明け方の光が射すまで終わらない。隣室の連中のしゃべり方からすると、もう何本も空けているにちがいないとジョゼフは思った。それでもキリグルーは、鼻にかかった声で彼だとわかるのだが、まだかなりはっきりした口調で話していた。

「それは知りようがありませんね」と、彼は繰り返した。

怒鳴り声が聞こえてきて、ジョゼフはベッドの中でびくっと震えた。

「おれにはわかるぞ！」と叫んだのは、マック・アリスターだ。「ベントンはまだそうだし、スチュアートももちろんそうだ。デニスは……」

「どうしてそれがわかるのかな?」と、キリグルーが尋ねる。

「振舞い方さ、歩き方、座り方、話し方、笑い方、微笑み方、食べ方、ドアの開け方、口笛の吹き方……」

このせりふの最後のところは、わっというひどく陽気な爆笑でかき消された。心ならずも、ジョゼフは耳をそばだてた。短い沈黙があり、それからこんな言葉が有無を言わせぬ感じで、と同時に侮蔑的な口調で聞こえてきた。

「おかしいよな、童貞なんて」

「童貞っていうのは、女がこわい男のことさ」と、マック・アリスターが声高に言った。「女がこわい男なんて、役立たずだ」

本能的な動作でジョゼフは両手を耳に持っていったが、この臆病さが恥ずかしくなって、ベッドの下に飛び降りた。ドアを大きく叩いてこのおしゃべりどもを黙らせてやりたいという欲求にとらわれたが、数時間後に聖餐式があるのだという考えが浮かんで踏みとどまった。怒りに駆られるのがこわかったのだ。彼は闇の中に立ち尽くした。寝巻き一枚で、それもほとんど膝までしかない。〈もし連中に見られたら……〉と、彼は思った。そして自分の姿が引き起こすにちがいない大笑いを想像したが、同時に彼の心臓は危険が近づいているかのように高鳴り始めた。

「請け合ってもいいけど、年末までには大学の男たち全員があそこに行ってるさ」と、アルコールの回った声が言った。

「絶対そんなことはない！」と、マック・アリスターが叫んだ。

「何人かの未来の牧師さんたちは別だけどな」と、別の声が言った。

「馬鹿な！　あいつらこそいちばん女好きだぞ！」

「何言ってるんだ、この馬鹿！」

ジョゼフは椅子が倒される音を聞いた。それからキリグルーのいさめるような大声が聞こえてきた。

「おいおい、喧嘩はやめなさい！　君たち、自分がよく知りもしないことをしゃべってるな。病気がこわくて娼婦を避ける連中もいるし、別の連中は……」

「いずれにしても」と、誰かが途中で口をはさんだ。「絶対にあそこでは目にしない男が一人いる。誰のことかわかるよね」

「もっと小さな声で話さないと、彼を起こしてしまいますよ」と、キリグルーが言った。

ジョゼフは顔がかっと熱くなるのを感じた。自分のことが話題になっているのだ。彼は両のこぶしを握りしめ、思わずドアのほうへ近づいた。キリグルーの注意のあとに短い沈黙があり、それから一人の学生がつぶやいた。

「ああ、あいつか！」

おそらくこの言葉のあとに何か身振りがあったのだろう、一同は笑い出し、誰かがからかうような口調で言った。

「天使には性欲がないのさ」

「天使！」と、キリグルーはこれ以上ないほど侮蔑的な声で言った。「彼だって肉と血でできてるんだよ、われわれと同じにね。でも、彼は遅れてるんですよ、それだけのこと」

「あるいは、抑圧してるのかな」と、それまで何も言っていなかった少年が口をはさんだ。

「いや」と、キリグルーは答えた。「いずれは抑圧する日も来るだろうけど、いまのところ、彼の性本能は……眠ってるんだよ」

この言葉にどっと笑いが起きた。一歩後ずさりして、ジョゼフはまたしても耳をふさぐしぐさをしたが、またしても恥ずかしくなった。耳をふさぐというのは、逃げることだったたから。この男たちの言っていることを聞けば、たぶん役に立つこともあるのだろうが、それが罪にならないか不安でもあった。ドア越しに聞こえてくる言葉のいくつかは、彼には何の意味もないように思えたが、それでも奇妙な音を届けてくる。あいつは遅れているのだと非難されていた。勉強のことを言っているんだろうか？でもどういう意味なんだろう、抑圧というのは？　そして、彼の性本能は眠っているのだという、あのわけのわからない失礼な発言は？

不意に彼はベッドの近くに膝をつき、髪の毛に指を突っ込んで瞑想しようと努めた。〈主よ、彼らを黙らせたまえ！〉と彼は頭の中で唱えたが、いやでも耳を傾けてしまうのだった。

「あいつみたいな顔をしてたら、どんな女でも手に入るだろうに」と、誰かが小声で言った。

「プレーローのほうがいい体してるけどな」と、マック・アリスターが言った。

ジョゼフはびくっとした。

「プレーローは単に身なりがいいだけですよ」と、キリグルーが言った。

どうして彼らはプレーローの話をしているんだろう？　ぼくたちのあいだに何があったか知っているんだろうか？

「赤毛がいやだっていう女は多いぜ」と、マック・アリスターが意見を述べた。

「あいつがいやだっていう女がいたら見てみたいものさ」と、誰かが言った。「あいつがその女の腰に手を回して……」

ほとんど跳び上がるようにしてジョゼフはまた立ち上がり、部屋の真ん中まで行って衣類を掛けていた椅子をつかむと、ドアに向かって力まかせに投げつけた。薄暗がりの中で一瞬、ズボンと上着が生き物のように動き回るのが見え、突然、鈍い大きな物音が屋敷全体を満たすように思われた。

深い沈黙があり、それからいかにも気を遣っていると言わぬばかりのわざとらしい口調で、キリグルーが隣室から尋ねてきた。

「起こしちゃったかい、ジョー？」

この問いかけに返事をする前に、少年はミセス・デアが階段の下から彼を呼ぶのを耳にした。彼はドアを開けたが、脚がむき出しだったので外に出ようとはしなかった。

「はい、マダム」と、彼は穏やかに言った。

「何があったの?」

「何も」と、ジョゼフ。

すると夫人は、少し声を震わせて言った。

「また喧嘩してるんでしょう」

「いえ、違います」
一、二秒が過ぎた。
ジョゼフは二言三言、詫びの言葉をつぶやき、細心の注意をこめてドアを閉めた。

それからベッドに身を投げ出し、上掛けシーツを体の上に引っ張り上げて目を閉じた。

隣室の連中は小声でささやき始めたが、もう耳を貸さずに、まもなく眠りに落ちた。

II

翌朝、彼は早起きすると、急いで浴室に行って冷水に身を沈めた。下宿ではみんなまだ眠っている。だからいっさい物音をたてず、水の中で動き回ったりせず、歌いたいけれども歌ったりしないよう注意して、自分では見ないようにしながら大柄な白い体を石鹸で黙々と洗った。

部屋に戻って最初に視線を向けたのは、新しいスーツの入ったボール箱だった。もう一着の普段着用スーツは、少年がドアに向かって投げつけた椅子から遠くない床の上に放り出されている。新調した晴着をその日初めて下ろすとデイヴィッドに約束していなければ、ジョゼフは二着の三つ揃いのどちらにするか一瞬たりとも迷わなかったはずなのだが、彼は溜め息をつきながら細長い箱を開け、ベッドの上に中身をぞんざいに投げ出した。それを黒に染めてもらうというアイデアについては、未来の聖職者が洋服屋に代金を支払ったときにやんわりと退けられていた。かなり高くつくし、このグレーはもうじゅうぶん濃い色合いだからというのだ……。ジョゼフはお金のせいで、強くは主張しなかった。なにしろ彼らのあいだにはお金の問題があるのだから。それでも彼は、苛立ちを抑えなければならなかった。

彼は服を着た。じつをいえば、ズボンは前に穿いてみたときの感覚よりもきつかった。上着はその代わり、ぴったりに仕上がっている感じがする。それを納得するには暖炉の上に掛かっている小さな鏡をちょっと覗いてみればよかったのだけれど、ジョゼフは点検作業に数秒以上はかけなかった。それ以上のことはしてはいけないような気がしたのだ。そして顔をそらすと、少しのあいだじっと動かずにいた。自分には立派すぎるように思えるこの服を身に着けて、いったいどうすればいいのかわからなかった。それから彼は、無意識のうちに明るい微笑を顔に浮かべて、窓のほうへ歩いて行った。不意に、ある考えが彼を襲った。「いつものお祈りは！」

彼の顔は平手打ちされたように赤くなった。目を覚ましてから、神様のことを全然考えなかったのだ。ここ何年ものあいだで初めてのことで、胸に衝撃を覚えた。と同時に、昨晩、デイヴィッドの隣でひざまずきながら味わった奇妙な幸福感の記憶がよみがえった。朝の光の中で、それはまた違った様相を帯びていた。

「これはしるしだ」と彼はつぶやいたが、あえて自分の考えを最後まで突き詰めて、神秘的な喜びの内に救済の保証を見ようとはしなかった。

たぶんひとつのしるしなのだ、彼の魂の状態に関する不安に満ちた問いかけの数々にたいする、ひとつの答えなのだ。

いま、彼はベッドの近くに立っていた。近くの教会の鐘が七時を告げ、次いでもっと遠くで、もっとのんびりと、大学図書館の鐘が鳴った。お祈りをして聖書の一章を読むのには、まだ五十分ある。けれども彼は動かなかった。頭の奥に奇妙な考えがふと湧き上がり、不安に襲われたのだ。自分の体に視線を落とし、彼はこのスーツをじっと見つめた。少し生地がごわごわしていて、まだ皺ひとつ寄っていないけれど、ズボンだけは逆に、それぞれの脚の中央に――なんとお洒落なのだろう！――まっすぐな折り目がついている。彼の目が引きつけられたのは、まさにこの折り目だった。けっきょく彼は、突然決心してベルトを外し、あまりに完璧すぎて気おくれを感じるこの服を、長い脚から滑り落とした。そしてそれを丁寧に折り畳み、椅子の上にうやうやしく（さっきは逆だったが……）置くと、ドアの鍵をかけ、ベッドのそばに戻ってひざまずいた。しかしほんの数節唱えたかと思うと、すぐにまた気がかりなことが浮かんでくる。ぼくはどんな服装をして神様の前にいるのだろう？　上着は着ているのに、脚はむき出しだ。どうしてこんな風変わりな格好をしているのか説明できるだろうか？　どんなに屈辱的な思いをしたとしても、説明はつけられる。ズボンに皺をつけてはいけないと思って、こんな奇妙なことを考えついたのだと。要は、虚栄心からなのだ……。恥ずかしさで赤くなって、彼はまた立ち上がった。

もう一度ひざまずいて、ただし今度はちゃんとした服装をして、彼は苦行を自分に課すつもりでいつもより少し長めにお祈りを捧げた。シーツとシーツのあいだに顔を埋め、この世のあらゆる雑音から頭を守ろうとするかのように両手を左右の耳に当てて、たっぷり十五分間、その姿勢のままでいた。奥のほうがほとんど黒っぽくなっている彼の髪の毛が、ベッドの白を背景に暗い色の染みをなしていた。

ふたたび立ち上がったとき、決心はついていた。この下宿を出て、デイヴィッドが提案してくれた部屋に移ろう。そうすれば周囲の冒瀆者たちにこれ以上煩わされることはないだろうし、もう怒りに駆られることもないはずだ。ほかの場所にも救ってあげるべき魂の持主はいるのだし、忍耐心をもって、ある種の人々の顔を見るや否や穏やかな大潮のように心に満ちてくるあの優しさをもってすれば、彼らを救うことができるかもしれない。なぜみんなは抵抗するのだろうか？　他人とうまくいかないのはすべて、彼らが置かれている状況がきわめて危険であることを理解させられなかったせいなのだ。でも、彼はうまく話すことができなかった。言葉は彼に敵対し、なかなか唇にのぼってこなかった。時には自分が言いたくなかったことを言ってしまったことさえある。

「でも、モーセだってうまく話せなかったんだ」[1]と、彼は考えた。「エレミヤだって……」[2]

彼は聖書の「詩編」第一一九章、ベトの言葉のくだりを開いた。「私は心を尽くしてあなたを尋ね求めます……」[3]。この一節は彼の目尻に涙をこみあげさせた。それは

（1）「モーセは主に言った。「ああ、主よ。以前から、また、あなたが僕（しもべ）に語られてからでさえ、私は雄弁ではありません。私は本当に口の重い者、舌の重い者です」」（「出エジプト記」第四章一〇節、(旧)九〇頁）。

（2）「そこで私は言った。「ああ、わが主なる神よ／私はまだ若く／どう語ればよいのか分かりません」」（「エレミヤ書」第一章六節、(旧)一一五七頁）。

（3）「詩編」第一一九章一〇節、(旧)九四二頁。

本当に、心の奥底から湧き上がってくるかのようだった。周囲は、なんという静けさだろう！　小さな町はまだ眠っている。十月の和らいだ太陽が薔薇色の煉瓦の歩道に注ぎ始め、路面が色とりどりの広い木の葉のあいだから突然燃えあがるようだった。これらのすべてが特別に自分に与えられているのだと、ジョゼフは感じた。自分だけがこの平和を、この光を享受しているのだから。そしてふたたび視線を聖書に落とすと、彼は数秒のあいだ、自分は救われているのだという確信に浸った。

十五分近い時間が流れたころ、ドアを軽くノックする音が聞こえ、ジョゼフは鍵をかけていたことを思い出した。彼はすぐに立ち上がり、ドアを開いた。ミセス・デアの雇っている黒人家政婦の一人、ジェマイマだった。はがねのフレームの眼鏡をかけているので、暗褐色の肌が脂ぎって光っている年取った顔には、賢そうな雰囲気が漂っている。まじめな優しいまなざしを少年のほうに上げて、彼女はささやくように言った。

「ジョゼフさん、お部屋の掃除をさせてください。お邪魔はしませんから」

追い払いたいと彼は思ったが、動物の視線のようにおずおずした目つきを見て考えを変えた。小柄な体を黒い服に包み、箒を手にして彼女は入ってきた。

「これからいつもこうさせていただきますね」と、ベッドに向かいながら彼女は言った。「ほかの部屋は、教会から帰ってきてから掃除するんですよ……」

ほっそりした長い手で彼女は毛布とシーツを引っ張り、机に向かって座っている学生のほうをちらっとうかがった。彼は彼女を見ていなかった。だからマットレスを裏返す必要はない、そう思った瞬間、彼女はびくっとした。目を上げずに、ジョゼフが小声で尋ねてきたからだ。

「ジェマイマ、聖書は毎日読むんですか?」

「もちろん、毎日!」と彼女は言い、マットレスに飛びついて持ち上げると、ひっくり返した。

少しむっとして、彼女は付け加えた。

「私はね、あなたが生まれる前から聖書を読んでたんですよ、ジョゼフさん」

彼は返事をせずに読書を続けた。数分が流れ、そのあいだにシーツと毛布はベッドの元の場所に収まり、ジェマイマは枕を軽く叩いて形を整えた。

「ほかの下宿人たちもあなたみたいだったら、みんなが暮らしやすいのにねえ」と、彼女は穏やかに話し続けた。

ジョゼフはどう返事をしたらいいのか考えたが、何も思いつかなかった。

「あの人たちはお酒を飲んだり大騒ぎしたりするけど、あなたはしないもの」と、彼女はさらに続けた。「お世辞で言ってるんじゃありませんよ。でも料理係の女中もこの前言ってたんですよ、あなたは天使みたいだってね」

彼は赤くなり、本のページをめくって、聞こえなかったふりをした。ジェマイマは家具の周りを箒でゆったり掃いている。少ししてから、ただ話をしたいというそれだけのために、彼女はつぶやいた。

「モイラお嬢さんがいたときには、ベッドはほとんど部屋の真ん中にあって、少し斜めに置かれていたんですよ」

ジョゼフは頭を動かさずに睫毛を上げた。

「モイラお嬢さん」と、彼は繰り返した。

「そう、ミセス・デアの養女ですよ。あなたがいるのはお嬢さんの部屋なんです。休暇のあいだはここにいるんですよ。だからクリスマスであなたがいないときにはね……。ただ、お嬢さんはベッドが部屋のだいたい真ん中にあって、少し斜めがいいんですって。ご自分の考えがおありなんでしょうね、お嬢さんは。一度もお会いになったことはないの、ジョゼフさん？」

「ぼくですか？　いいえ」

「そうですよね。あなたがここに着いたその日に出発したんですもの。でも、ほんの二、三時間の違いだったんですよ。会えたらよかったのに。かわいらしい方ですよ、モイラお嬢さんは。ただ、自分なりのお考えがあってね。それから、別のことも……」

　この言葉は、まるで質問してほしいとでもいうかのように、途中で止まった。けれどもジョゼフはまた視線を本に落とし、歯を嚙みしめながら読書にふけっているような顔をして、ジェマイマが立ち去るのを待っていた。彼女が部屋を出て行くと、彼は立ち上がり、ゆっくりとベッドに視線を向けて無言でじっと見つめた。到着した日に目にしたあのシガレットケースは、モイラのものだったのか。彼女は煙草を喫うのだ。そして自分が寝ているこのベッドで、彼女も寝ていたのだ。周囲になんという異様な静けさが満ちてきたことだろう、突然、彼の周りに、そして彼の内に……。

　八時四十五分(ママ)の鐘が通りの奥で鳴り、この物思いを中断した。彼は抽斗(ひきだし)を開け、黒いボール箱のケースに詰め込んであった二冊の小さな祈禱書と讃美歌集を取り出した。いま出かければ教会には早く着きすぎるだろうが、もうこの部屋には一分たりともいたくなかったのだ。

III

けれども二時間後、彼はふたたび部屋にいた。小さな祈禱書と讃美歌集は抽斗に投げ込まれ、新しい上着はいらいらした手でベッドの上に放り出された。どうして何もかもがこんなにうまくいかないんだ、こんな朝に？　教会では、ふさわしくない聖餐についての牧師の説教にぞっとさせられた。選ばれた一節は、自分自身に対する裁きを飲み食いする者についての聖パウロの言葉だった。(4)聖餐にあずかるときに、人は自分自身にたいする裁きを飲み食いしているのではないと確信できるものだろうか、本当にそう信じられるものだろうか、天使たち自身でさえ、神の前では純潔ではないというのに？　自分が危険を冒さずにパンと葡萄酒に近づくことができているのかどうか、いったいどんなしるしを見ればわかるというのか？　契約の箱が落ちるのを防ご(5)

うとして手を伸ばしたイスラエル人は、雷に打たれて死んだ。罪人も同様に、小羊の血で体を洗い、あらゆる過ちから完全に純化されなければ、精神的な死にさらされることになる。

彼はこわくなった。聖餐式のとき、近くにいたデイヴィッドは彼の手に触れて注意を促し、「一緒に聖餐を受けよう」と耳元でささやいた。ジョゼフは「いや、ぼくは聖餐は受けない」と、不意に決心して答えた。するとデイヴィッドはひとことも付け加えずに、集団をなしていた十人あまりの若者たちと一緒に祭壇に向かって行ったのだった。

どうしてデイヴィッドにあんな返事をしてしまったんだろう？　あんなことを言うはずではなかったのに。考える暇もなく言葉が口をついて出てしまい、ひとたび言っ

（4）「従って、ふさわしくないしかたで、主のパンを食べ、主の杯を飲む者は、主の体と血に対して罪を犯すことになります。人は自分を吟味したうえで、そのパンを食べ、その杯から飲むべきです。主の体をわきまえないで食べて飲む者は、自分に対する裁きを食べて飲むことになるのです」（「コリントの信徒への手紙　一」第一一章二七―二九節、（新）三〇九頁）。

（5）旧約聖書で、モーセの十戒が刻まれた石板が納められた箱。「歴代誌上」第一三章に関連の一節がある（（旧）六三三頁）。

てしまうと、もう撤回できなかった。〈ぼくはするべきじゃない〉。心の中で繰り返したこの言葉が意味を帯びてきて、あらゆる反論に答えるような気がした。昨夜腹を立てたのは罪だった、そして今朝は……。今朝になると、彼はもう同じ気持ちではなかった。救われているという確信は、ふたたび名状しがたい恐怖に入れ替わっていた。そして教会を出るとき、悪魔がすでに彼に取り憑いていたかのように、もう一度部屋のことを尋ねてきたデイヴィッドにすげない口調で応じたのだった。そしてこの少年があまりにまじめな態度でしつこく迫るので、彼の至極もっともな申し出を突然はねつけてしまったのだ。するとデイヴィッドは微笑みを返しただけで、そっと腕をつかんで「わかるよ」と言った。せめて怒ってくれればよかったのに……。しかしデイヴィッドは怒りに身を任せることはなく、超然としたあの優越性を失うことはけっしてなかった。

両手をポケットに突っ込んで、ジョゼフは室内を歩き回った。ズボンがきつい。そのせいで、破れたりしたら困ると思い、彼は座るのをためらっていた。横になろうかという考えも浮かんだけれど、朝の十時に横になるものではない。立ったままでいよう、立ったままで本を読もう、そして明日になったら古いスーツを着よう、そうすればすべてが元通りになる。

彼はいまや、動きを止め、ベッドに視線を向けて、不満そうな様子でこれをじっと見つめていた。そして数分のあいだ物思いにふけっていたので、長い眉毛がたがいに寄り、肉厚の唇のうねるようなラインが少しこわばった。ようやく彼はかすかな声でつぶやき、やっとの思いで言葉を吐き出した。

「もうこのベッドで寝るのはやめよう」

この決心は心の平安を取り戻してくれるように思えた。開いた聖書を暖炉の上に置くと、彼は何ページか読んだが、すぐに屋敷内の物音が邪魔をした。もう周囲の部屋の学生たちが目を覚まし、大声をあげ、笑っていたのだ。彼は溜め息をついて聖書を閉じ、何をしようかと考えたが、ふと小さな格子戸がきしみながら押し開けられる音がして、窓のところに引き寄せられた。

一人の男と一人の女の姿がかろうじてちらっと見えた。二人とも小柄で、黒衣に身を包み、玄関ポーチの階段をのぼってくる。突然湧いてきた好奇心が抑えられず、彼は部屋のドアを開けて耳をそばだてた。一瞬ののち、つぶやくような声がサロンから聞こえてきたが、ミセス・デアが繰り返し口にするこの言葉以外には何も聞き分けられなかった。

「本当にお気の毒ですわ、まことにお気の毒さまです」

会話はさらに何分間か続き、それから声が近づいてきて、三人の人物が階段をのぼってくるのが聞こえた。開けたときと同じようにそっとドアを閉じると、彼は身動きせずにいた。おそらく罪悪感は覚えていたのだが、それでもずっと耳を澄ましていた。足音は廊下の奥まで続いた。それから鍵の音がして、ドアが開くのが聞こえた。

ここまで来て、ジョゼフは窓辺に戻った。通りで起きていることを見るためではなく、立ち聞きしたことをいまさらながら後ろめたく思ったからだ。じっさい、いま立っている場所からは、もう何も聞こえなかった。暑かったので、汗のしずくが額をくすぐり、彼はハンカチで顔を拭った。すると突然、柱のあるポーチ付きの家々、煉瓦の歩道沿いに立ち並ぶシカモアの樹々、黄色や深紅や赤の大きな葉に切り刻まれた空など、これまで見慣れていたはずのこの風景全体が、まるで初めて見る風景のように思え、くっきりと立ち現れて彼を動揺させた。あたかも版画を見ているような、あるいは誰かが、それとも何かが登場するのを待っている空っぽの舞台装置を見ているような気がした。と同時に、ふたたび廊下で足音が聞こえた。さっきよりもゆっくりした足音だ。さらに数秒後、黒衣の男が家から出て行くのが見えた。両腕にスーツケースをひとつずつ持っていて、その上にはサイモン・デマスのイニシャルが読み取れる。ジョゼフは喉を詰まらせたが、身動きはしなかった。そのとき彼は、男がくるぶしまである長すぎるコートを着ていること、カリカチュアの人物みたいに大きな鉤鼻（かぎばな）をしていることに気づいた。彼の背後にいる女性はもっと小柄で、ハンカチを唇に当てている。二人は通りの反対側で待っていた質素な車に乗り込むと、間を置かずに消えていった。

IV

昼間は陰鬱に思えた。何もすることがないので、野原のほうへ散歩に行ったけれど、空の青さも地面からたちのぼってくる芳香も、彼の心を穏やかにしてはくれなかった。歩いていた道は牧草地に続き、それからかなり緩いのぼり坂になって、丘陵地帯を覆う森を横切って行った。少年の靴の下で、太陽の光を浴びてひからびた木の葉が、かさかさと乾いた音をたてている。彼は樹々の下をしばらくさまよい、枝を一本折って杖にして、来た道を戻って行った。新調のスーツを着ているので、走りもせず、身をかがめて小石を拾うこともしなかった。できることなら郷里でやっていたように、遠くへ投げたかったのだが。体が自由に動かせない感じがして、いやな気分だった。部屋に戻ったほうがいい。

階段で、彼はミセス・デアとすれちがった。指に煙草をはさんでいる。

「あなたを探してたのよ」と、彼女は言った。「ついてきてくれる?」

サロンのドアを閉めると、彼女はいきなり平板な声できっぱり言った。

「ご存じかどうか知らないけどね、デイさん。サイモン・デマスのご両親がさっきいらしたの。彼は大学をやめたのよ」

ジョゼフは一瞬考えて、尋ねた。

「いつ戻ってくるんですか?」

苛立ったような手つきで、彼女は煙草の灰を落とした。

「戻ってはこないわ」

少ししてから、彼女は目を伏せて付け加えた。

「彼の部屋に移ってもらえるとありがたいんだけど。そう、さっき電話があったの。人が来るのよ。ああ、ほんの二、三日だけどね……。説明しましょうか」

ジョゼフが黙っているので彼女はいらつき、目を上げた。二人は見つめ合った。

「明日の朝、引っ越していただくわ。いいわよね？」

「いやです」と、ジョゼフは言った。

ミセス・デアは何か言おうとして口を開いたが、思い直したようだった。明らかに、こんなふうに拒絶されるとは思っていなかったようだ。それでも彼女は心を決めて微笑を浮かべ、肘掛椅子に座ると、ジョゼフにも同じようにするように言った。彼はかぶりを振り、立ったままでいた。

「お好きなように」と、彼女は言った。

半分目を閉じて、彼女は通人ぶった視線を彼に投げかけ、煙草を一服ふかした。

「そのスーツ、好きよ」

彼は赤くなり、上着の折り返し襟にぎこちなく手をやったが、その身振りの意味は自分でもよくわからなかった。そしてすぐに腕を下ろした。彼女はそっと笑った。

「おもしろい人ね」

いまは肘掛椅子の背もたれに頭を反り返らせて、彼女は優しげに彼を見つめていた。

「このグレーはちょっと暗すぎるから、私だったら別のほうがいいわ」と、彼女は続けた。「緑はどうかしらね、濃い緑、でもすっきりした、派手な緑。緑は、赤毛の人に似合う色よね。ねえ、デイさん、牧師になりたいって本当なの？」

「いいえ、ちがいます」

「それはよかったわ。もっといい道があるものね」

両手を背中に回して、彼は相手の目をまっすぐに覗き込んだ。

「おっしゃりたいことがよくわかりません」と、彼は小声で言った。

彼女はこれ以上ないほど繊細な表情をして、唇の端でつぶやいた。

「かわいいわね！」

一瞬の沈黙があり、ジョゼフはそのあいだに両手の位置を変え、今度は前で組み合わせた。できることならその場を去りたかったが、立ち去る口実が見つからなかった。勉強があるからと言えば、嘘をつくことになるのではないか？　ほとんど無意識に、彼は顔をそむけた。

「私が煙草を喫うのを見るのはいやなんでしょう」と、彼女はもっと重々しい口調で言った。「わかってるわよ、それが楽しいの。あなたがひどくまじめな顔をするのを見るのが楽しいのよ、ちっとも世間ずれしてなくって。特に私たちの時代には、とてもめずらしいわ……。本当に座りたくないの？」

「ええ、疲れていませんから」

彼女はもう一度微笑んだ。

「ゆうべ聞こえた物音は、いったい何だったのかしら？」と、わざと無関心を装って彼女は尋ねた。「あのよくわからない大騒ぎは……。喧嘩してたの？」

「いいえ」

彼はためらい、それから挑むように腕組みをして、ようやく言った。

「隣の連中が大声でしゃべっていて、ぼくの気に入らないことを言っていたんです。だからあの音をたてたのは……」

「……静かにさせるため、黙らせるため？」

「はい。すみませんでした」

「あら」と、彼女は長い手を振りながら言った。「こんな話をするつもりじゃなかったんだけど、手紙をね、養女に手紙を書かなければいけなかったものだから……」

ジョゼフは身じろぎひとつしなかった。

「モイラは」と、ミセス・デアは溜め息をつきながら言った。「あの子は、私の意思に逆らって、入れてやった学校をやめてしまったの。この一年で三つめよ。話せば長い話なの。でも二、三日したらまた出て行くわ、保証する。あの子も、一緒に来る友だちのセリーナもね。セリーナって子は……(彼女は最後まで言わずに身振りをしてみせた)。とにかく、モイラはあなたの部屋に泊まりたいのよ。あなたが来る前はあの子の部屋だったからね、わかるでしょ? それで、きっとおたがいに合意できるわよね、あなたと私は……」

彼女はジョゼフに返事を促すように数秒間やり過ごしたが、彼は沈黙を守った。

「まあ、この話はまたにしましょう」と、彼女は無造作に言った。それから不意に立ち上がると、こう尋ねた。「で、隣の人たちは何を言ってたの?」

「いや……」

この質問に不意打ちを食らって何と答えればいいかわからず、彼はまた赤くなった。

そしてようやくつぶやいた。

「不謹慎なことです」

　彼女は引きつったように笑い出し、肩と腹を震わせた。大きな口が開き、煙草で黄色くなった二列の歯がのぞいたが、澄んだ目には陽気さのかけらも輝いてはいなかった。ジョゼフは呆然と彼女を見つめた。彼女はようやく落ち着きを取り戻すと、目尻に浮かんだ涙を指で拭い、くっくっと鶏が鳴くような声を洩らした。

「大好きよ」と、彼女は言った。

　そして気を悪くした少年の表情を見て、こう付け加えた。

「ほんの言葉の綾よ、デイさん。本当に大好きなわけじゃないわ」

　彼女は彼を一瞥もせず、目の前を通り過ぎてサロンを去った。ほとんど間を置かず、ジョゼフは彼女が廊下でこう繰り返しながら一人で笑う声を耳にした。「不謹慎なことですって！」

　彼は唇を噛み、自室に上がって行った。

V

その晩、夕食を終えて部屋を出ようとしたとき、彼はキリグルーとばったり出会い、ポーチに連れて行かれた。

「君に言わなくてはいけないことがあるんです、きっと驚くと思うけど」と、彼は切り出した。

彼はきついにおいのするざらざらした厚手の生地でできた背広を身にまとい、ゴルフプレイヤーのようなニッカーボッカーズと、緑色のウールの長靴下を着けていた。眼鏡が薄暗がりの中で冷たく光っている。

「何ですか?」と、ジョゼフは言った。

「たぶん、サイモンがどうなったかはもう知っていますよね?」

「ミセス・デアは、もう彼は戻ってこないと言っていましたけど」

ジョゼフの肩に片手を置くと、キリグルーはつぶやいた。

「ジョー、サイモンは死にました」

ジョゼフはびくっと震えたが、何も言わなかった。

「大学では知られないほうがいい。ご両親も、ここでは話題にしてほしくないそうです。彼とぼくはね、同じ町の出なんですよ。ご家族とも知り合いなんです。月曜日に彼は逃げ出して、列車に乗って自宅に戻った。拳銃を使って自殺したそうです」

この言葉の後に短い沈黙があった。

「拳銃で……。なぜ？」と、ジョゼフは突然尋ねた。

「誰にもわかりません。事故だったのか、別のことだったのか、知るすべはいっさいない」

ジョゼフはキリグルーの手を取り、彼を揺さぶった。

「で、あなたは？　あなたはどう思いますか？」

「わからない、何もわかりません」と、キリグルーは穏やかに答えた。「ぼくの意見なんてどうでもいい。サイモンは死んだんです」

彼は手をほどいて立ち去った。

VI

ジョゼフが最初にしようと思ったのはデイヴィッドに相談に行くことだったが、彼はその欲求を抑え、図書館に行って勉強用ブースの奥で一時間過ごした。両のこぶしで頭をはさみ、視線は本のページに張りついていたが、タイトルを聞かれても言えなかっただろう。「サイモンは死んだ」と、この言葉を無理に信じようとするかのように、彼は何度も頭の中で繰り返した。しかしいくら繰り返してみても、なかなか心が動かない。涙ぐめるものならそうしたかったが、両目は乾いたままで、最初の驚きが去ってしまうと、彼の心臓はまた普通に脈打ち始めていた。サイモンが棺に横たわっている様子を思い浮かべようとしてみたが、できなかった。まるでこの死の知らせが彼の周囲をぐるぐる回っていて、彼の脳に入り込む穴を探しているのに、見つけられないかのようだった。信仰でさえ、ジョゼフには何の救いももたらしてはくれなかった。彼にしてみれば、サイモンのために祈っても、もはや何にもならないのだから。サイモンは裁かれたのだ。

彼は立ち上がり、本を司書に返却して図書館を出た。雨粒が顔に降りかかり、湿った地面からたちのぼってくる芳香が感じられる。少しうっとりするような、かすかなにおいで、彼は鼻孔を広げてそれを心地よく吸い込んだ。それから上着の襟を立てると、図書館前の階段を下り、並木大通りに通じる小道を進んで行った。頭上では突風が樹々を貫いて吹き過ぎ、黒い空気の中に葉を散らしている。その低い唸り声のような大きな音は、不意に止まったかと思うと、またすぐに聞こえてくるのだった。夜の涼しさがジョゼフには気持ちよく、えもいわれぬ安らぎに満たされて、彼はひそかな幸福を感じたように思わず微笑んだ。胸がふくらんだ。そうとは意識せぬまま、彼は両手をポケットに入れてどんどん速足になった。そして突然走り出したくなったが、いつもの自制心が働いて思いとどまった。とはいえ心の奥で、そしていわば存在全体を包み込むように、彼は自分でも説明のつかない異様なまでに激しい生きる喜びが湧き上がってくるのを抑えきれなかった。

部屋に戻ると、彼は上着を脱いで椅子の上に放り投げ、これから勉強するかのように、何冊かの書物を机の上に移した。そしてじっさい、彼はギリシア語の文法書を開いた。視線は動詞活用のページをなぞっていったが、やがて眉をひそめて教科書を置いた。深い沈黙が屋敷を支配している。外では風が収まり、雨が樹々に降り注いで、ささやき声にも似た穏やかで単調な長い音をたてていた。窓に近づくと、ジョゼフは街灯の下で七宝焼のように輝いている薔薇色の煉瓦の歩道を見つめた。その光の染みの周りには、葉を伝う雨粒の大きな音で満たされた夜が広がっている。そのとき、もう一度、理解できない幸福感が彼を包んだ。未知の力が体じゅうを駆け巡っているようで、彼は不意に指を肩に当て、次いで腕に当てて、自分の肉を触ってみた。そして自分のしていることに驚いたが、ほとんどすぐに当惑の気持ちを覚え、腿に沿って腕を力なく垂らした。

〈サイモンは死んだ〉と、彼は夢見心地で考えた。〈サイモンには雨の音が聞こえない〉。二、三秒のあいだ、彼の目にはデッサン帳を持った小柄な男の姿が浮かび、おどおどした瞳の奥で不安げに哀願するような表情が見えた。「ぼくのスケッチ、どう思うか聞かせてよ……」。あの内気そうな言い方、視線の中の、あの傷ついたような何か……。彼にノーと言うわけにはいかない。そして彼はすぐにそこにつけこんでいた、うまく入り込んでいた。そういえばふざけた花の件があったな、そしてあのくだらない涙の発作……。

突然、こうしたことの記憶を追い払おうとするかのように、ジョゼフの手がさっと伸びた。死者のことを考えても何にもならない。彼はベッドに腰を下ろし、腕時計を見た。まもなく十一時の鐘が鳴るところだったが、雨のせいで聞こえないだろう。少し前から雨はさらに強く降りしきっていて、樹々を伝って流れ落ちる水滴のたてる重々しい音と、ポーチの屋根にとんとんと打ちつける雨粒の規則正しい音が耳に聞こえてくる。時折、それは歌のようにも思えたが、注意深く耳を澄ましてみると、こうした騒音の只中に、夜の中から湧き上がってくる透き通った遠い声がかすかに聞き分けられた。別世界からやってくるように思われる声だったが、それが言おうとしていることが悲しいことなのか、楽しいことなのかはわからない。

少ししてから、ジョゼフは立ち上がり、明かりを消した。屋敷のどこからも物音ひとつ聞こえてこないところをみると、おそらく下宿の学生たちはまだ町にいるのだろう。ここにいるのは自分だけなのだと思うと、深い安堵の念を覚えた。薄暗がりの中で彼は伸びをし、疲労のあまりあくびをした。それからシャツを脱ぎ、ベルトを外すと、ズボンを足元に滑り落とした。子どものころから、彼は暗闇の中で服を脱ぐのが習わしで、自分の体に目を向けるのをいつも避けてきたのだが、今夜は自分の手足の白さを見ずにはいられなかった。明かりがなくても、両腕や両膝の形は見分けられる。かつて彼の父親は、肉体は地獄へと導き、魂は天国に導くのだと言っていた。それは本当だ。肉体はキリスト者の敵なのだ。

寝巻きを着ると、彼はお祈りのためにひざまずいたが、さっさと終えたいというひそかな気持ちで、そそくさと唱えた。主の祈りの途中で、ベッドの位置を変えようという奇妙な考えが浮かび、どうしてもそのことが頭を離れなくなって、もう自分が何を口にしているのかもわからなくなってしまった。そこで念のためにもう一度初めから唱えてみるのだが、またわけがわからなくなってしまう。一瞬ののち、彼は立ち上がり、ベッドを部屋の中央に引き寄せて、暖炉とドアから等距離になるところまでずらすと、斜めに置いた。両手が銅のフレームの上で少し震え、彼は荒々しく毛布を剥ぎ取った。自分でも驚くほどの乱暴さだったが、朝からすでにいつも通りに振舞ってはいなかったのだ。ベッドをぐるりと一周すると、おずおずとした、と同時に愛撫するようなしぐさで、枕とシーツにそっと指先を添えた。そしていきなり、この狭い寝床に身を投げ出した。体の重みでバネがきしみ、彼は長々と身を横たえた。

VII

夜中の一時ごろ、隣人の一人と議論しながら部屋に戻ってきたマック・アリスターの声で、彼は眠りから引き戻された。二人とも酒を飲んでいたようで、ジョゼフには彼らが女の話をしているのがわかった。それでいつもの通り用心深く両手で耳をふさぎ、その姿勢で数秒間じっとしていたが、ふと両脚の緊張を解いて、彼は跳ね起きた。

「おまえはこの連中よりひどいじゃないか！」と、彼は叫んだ。(6)

立ち上がり、両のこぶしを胸に当て、まるで走ってきたかのように息を切らしながら、感情が高ぶったしゃがれ声で、彼はこの言葉を繰り返した。それからついに決心すると、寝巻きを脱いで大急ぎで服を着た。ネクタイを締める余裕もなかった。裸足

（6） ジョゼフが自慰行為にふけったことが示唆されている。

のまま靴を履き、部屋を出ると、外の通りへ歩いて行った。

　雨はやんでいた。初めは大股で歩いていたが、やがて走り出し、デイヴィッドが下宿している家のところまで行ってようやく立ち止まった。彼が最初にしようと思ったのは入口のベルを鳴らすことだったが、どの窓にも明かりひとつ灯っていないのを見て、考えを変えた。庭の格子戸を押し開けると、芝生を横切って、古い屋敷の壁沿いに回り込んだ。

　いま彼のいる場所は、樹々の陰に覆われて真っ暗だったので、デイヴィッドの部屋の窓まで達するには板壁を手探りしながら進まなければならなかった。期待通りに窓は開いていたけれど、金属の細い格子があって、室内に入ることはできない。ジョゼフはそれを外そうとしてみたが、どうしても外れなかった。少年は小声でデイヴィッドの名を呼んだが、返事がないので、窓の格子を平手で叩き、もっと大きな声で呼んでみた。

　そのあとの静寂はあまりに深く思えたので、彼はあえてそれを乱そうとせず、数分間、ためらいながらじっと動かずにいた。夜は枯葉からたちのぼる少し鼻を刺すようなにおいに包まれ、聞こえるものといえば、樹々の頂を吹き過ぎていく断続的な微風のざわめきだけだった。ようやく彼は、もう一度思い切って呼びかけてみた。

「君かい？」と、デイヴィッドの声がした。

「こっちに来て」と、ジョゼフは言った。

暗がりの中で、彼は格子の向こうにデイヴィッドの顔が白く浮き上がるのを見た。

「ねえ」と、彼はささやいた。「よく考えてみたんだ。もしまだ部屋が空いていたら、そこに移るよ」

「それはいい」と、デイヴィッドは例の重々しい口調で答え、それがジョゼフを少しいらいらさせた。「明日の朝、ファーガソンさんに言っておくよ」

「こんな時間に話しに来て驚かないの？」と、ある種の苛立ちを抑えきれずにジョゼフは尋ねた。

返事はすぐには返ってこなかった。ようやくこんな言葉が、格子越しに小声で聞こえてきた。

「できるだけ質問はしないようにしているんだ」

〈別の言い方をすれば、自分は完璧だってことか〉と、ジョゼフは考えた。

もう立ち去ろうとするかのように彼は窓から離れたが、すぐにまた戻ってきた。

「まだ言いたいことがあるんだ」と、彼はやっとの思いで言った。

デイヴィッドは留め金を外し、格子を押し上げた。

「入りなよ。明かりをつけよう」

「いや、つけないで」と、ジョゼフは言った。

窓の縁までよじのぼると、彼は部屋の中に跳び込んだ。

「座りなよ」と、デイヴィッドは手を取って椅子のほうへ導きながら言った。

だが、ジョゼフは身を引き離した。

「いや。立ってるほうがいい。ねえ、聞いて」

彼は一瞬黙ってから、こうつぶやいた。

「ぼくは堕落してるんだ、デイヴィッド」

この言葉は深い沈黙の底に落ちた。

「いま言ったこと、聞こえたかい?」と、ジョゼフは尋ねた。

「聞こえたよ」と、暗闇の中でデイヴィッドの冷静な声が言った。「たぶん、君の魂の救済のことを言ってるんだね」

「もちろんさ」

「だったら、君が堕落してるかどうかは神のみぞ知る、だね」

「自分の言ってることはわかっているさ。ぼくは堕落している。今夜、さっき、そう確信したんだ。君はぼくの中にある悪いもの、不純なものに全然気がついていない。自分でも知らなかったんだ。二週間前には、知らなかった。でも、突然わかったんだよ。啓示みたいなものだった。こわかったよ。そう、ぼくは自分が神の前で正しくてまっすぐだと信じていた、ちょうど……君みたいにね。でも、そうではなかった。もし、時々ぼくの頭の中をよぎる考えを君が知ることができたら、もう口をきいてはくれないだろう。ぼくは君に嘘をついていたんだ……」

「黙って」と、デイヴィッドは言った。「さっきから、まるで狂人みたいだよ」

「最後まで言わせてよ。もし救われてたら、ぼくは別の生き方をしているはずだ。ところがぼくの行いは、ぼくが堕落していることを証明している。今夜は、神に見放された人間みたいなことをしてしまったんだ」

「君がしたことなんか知りたくないね」と、デイヴィッドは言葉を遮った。

「それでも聞いてくれよ。ぼくは自分のベッドでは寝ないように誓っていたんだ。それを見ていると、ある考えが浮かんできたから。だから床(ゆか)の上で眠ろうと思った。

そう、これから起こることの予感がしてたんだ。ぼくは負けてしまった。ぼくは……」

平手打ちを食らって、彼は口を閉じた。呆然として、後ずさりした。

「デイヴィッド！」と、彼は叫んだ。

「君を黙らせなくてはいけなかったんだ」と、デイヴィッドは言った。

と同時に、彼は机の上の明かりをつけた。二人とも眩しくて目を閉じ、それからまた目を開けた。青い縞模様の白いパジャマを着たデイヴィッドは、大人の男というよりも子どものように見える。彼は子どものようなしぐさで、額にかかった長い黒髪の房を払った。

「殴りたかったら、殴ってもいいよ」と、彼は言った。

ジョゼフはかぶりを振った。

「まだぼくに話したいかい？」と、デイヴィッドは穏やかに言葉を続けた。

ジョゼフはもう一度、否定のしるしに頭を横に振った。暗闇の中でなら言えたことでも、顔の隅々まで照らし出すこの無遠慮なきつい明かりの中では、とても言えない。

彼の頬は、殴られたせいでまだ熱く火照(ほて)っている。彼は恥ずかしさで顔が赤くなるのを感じた。デイヴィッドを殴るなんてとてもできない。デイヴィッドは、やはりデイヴィッドだった。

ひとことも付け加えずに、彼は両手をポケットに突っ込んで部屋を出た。

VIII

それから二十四時間もたたないうちに、彼はデイヴィッドの満足げな視線のもとで、衣類と書籍を新しい部屋に並べていた。またしても、ジョゼフは心の中で牧師と呼んでいる相手の道理に屈服してしまったのだ。彼の自尊心は傷ついていたが、それをいっさい見せないようにしていた。だいいち、彼は自由に行動したのだ。真夜中にデイヴィッドに会いに来て、この部屋に移ると言ったのだから。ただ、けっきょく勝利したのは牧師のほうだった。いつも最後はこうなってしまうのだ。

「手伝おうか？」と、デイヴィッドは不意に尋ねた。

「いや、もう終わった」

彼は一人でするときよりも少し丁寧にシャツを抽斗の奥にしまうと、小声で言った。

「とにかく、ありがとう」

デイヴィッドは両手をすり合わせ、にっこりと微笑んだ。

「ほら、お日様も歓迎してるよ」と、楽しそうに彼は言った。

じっさい、窓を少し暗くしているマグノリアの葉むらを通して、黄色い陽光が色あせたウールの絨毯(じゅうたん)に手のひらのような明るい染みを落としている。ジョゼフはデイヴィッドが指し示すあたりに視線を投げかけ、それから頭をあげて大きな黒い目であたりを見回した。広くて天井が低いその部屋には旧式の家具がそなえられ、この地方の古い屋敷にまだ見られる愛すべき謹厳さの雰囲気が保たれている。カラフルな布地のカバーで覆われた大きなベッドには、天井に向かって黒い木の柱が四本立っているが、何も支えているわけではないので、何の役に立っているのかよくわからない。窓際には背もたれの湾曲した簡素なロッキングチェアがあって、通りで起こっていることを庭越しに見ている注意深い人間のようだった。部屋の隅にはカシの木でできた机が壁にぴったり押しつけられていて、その上には南北戦争の戦闘場面を描いた版画が掛けられている。丘に沿って白い煙が雲のようにたなびき、髭をたくわえた将校たちが前面に描かれていた。

一人になると、ジョゼフは一瞬耳を澄ました。微笑が浮かんで顔を明るくした。この部屋の静寂を乱す音は何も聞こえない。樹々のあいだから細い通りが見えはするけれど、まるで野原の真ん中にいるみたいだ。この夢想を完璧なものにするかのように、ほんのかすかな木と果実のにおいが壁のあいだから漂ってくる。ここならまちがいなく、勉強や瞑想に打ち込めるだろう。少しはデイヴィッドのおかげだけれど、これは特に、まったく特別な仕方でぼくを見守ってくれ、ぼくを罪人たちの仲間から引き離してくれた方のおかげだ。じっさい少し前から、神は友愛の情を示してくれようとしている、和解の時は近いと、彼は予感していた。感謝の念がこみあげてきて、彼はその夜じゅうずっと、自分が犯した肉の過ちを償うために床(ゆか)の上で、立ったまま、あるいは座って、あるいは横たわって過ごすことを約束した。いまでは、ミセス・デアの下宿にいたことが悪夢のように思われた。学生たちの卑猥な会話、そして避けがたい結末のように、天への道を閉ざしてしまうあの転落。サイモンのよくわからない曖昧な話については考えたくなかったが、そうしたすべては終わったことだ。もうミセス・デアには別れを告げて、いまは新しい生活が始まっている。この部屋がそのイメージのようなもの、しるしみたいなものだ。

「しるしか……」と、彼はつぶやいた。

もう少しで、彼は歌いそうになった。デイヴィッドのところへ走っていき、彼を両腕で抱きしめ、前夜の平手打ちを赦すと言いたくなった、自分自身が赦されたと感じているのと同じように。彼はいまや、神がふたたび自分を愛していると確信していた。

六時半ごろ、デイヴィッドが部屋をノックして、ミセス・ファーガソンが待っている食堂へ彼を連れて行った。背が低くて痩せぎすの彼女は、小柄さを補おうとするかのようにぴんと背筋を伸ばして立っていて、か弱そうな体がとてもゆったりしたプリーツのあるマリンブルーの木綿のドレスに覆われて見えなくなっていた。六十歳を過ぎても黒いままの頭髪が顔の上部を縁取り、白すぎるほどの肌が蠟のような光沢を放って顔の骨格にぴったり張りついているせいで、即座に髑髏(どくろ)が頭に浮かんでくる。鼻が低くて細く、両の頬骨が小さな影を頬に作ってくぼんでいるので、なおさらそんなイメージがぴったりだ。けれども落ちくぼんだ眼窩(がんか)の奥では、鋭くも優しい光を放つ目が輝いており、絶対に表情が変化しないかのように思われたこの顔の中で、それだけが相手に語りかけ、微笑みかけているのだった。

彼女はジョゼフに片手を差し出し、そのあまりの軽さに彼は驚いた。女性としては思っていたより少し低い、けれどもしっかりした明確な声で、彼女は二言三言口にしたが、彼は戸惑っていたのでよく聞き取れなかった。それでもお辞儀をして、彼女が身振りで示した席につくと、彼女は短いお祈りを唱え、一同は腰を下ろした。

食堂は狭く、正方形をしていたが、食卓は長かったので、両端に座るとほとんど壁に触れそうだった。銅製のワシが上についた楕円形の鏡が、黒く塗装された暖炉の上に掛かっていて、カーテンのない二つの窓のあいだには、胸元で腕組みをして自信満々のポーズをとっている一人の男性の肖像画があった。糊付けされた大きな袖口が、雪のような白さでのぞいている。古典的な立体感で描かれた血色のいい顔は、青い目が会食者たちを怯えさせるような視線でにらみつけてさえいなければ、感じのいいものであっただろう。どれほど下手であったとしても、この絵は丹念で真実味があったので、この恐ろしい人物は額縁の中で生きて息をしているように思われ、いまにも袖を振り上げて何かびっくりするような言葉を口にしそうな気がした。

ミセス・デアの家と同じく、卓上には銀の燭台が二つ置かれていたが、ここではスプーンまでもが、形はより簡素ながら、錫製ではなく銀製だった。ジョゼフはこれらの細かいことに気がついたが、そこから何も結論づけたわけではない。ただ、ミセス・ファーガソンの家では、厳格さが、とてもさりげなく誇示されているある種の余裕に結びついているなと思った。彼は食べるため以外には口を開かなかった。もともと、沈黙を守っているデイヴィッドの振舞いに自分も合わせようと、固く心に決めていたのだ。若さの最盛期にあるこれら二人の少年たちのあいだにあって、ミセス・ファーガソンは寓意的な像のように見えた。彼女の血の気のない顔と狭い肩は、デイヴィッドの真っ赤な頬やジョゼフの広い肩とそれほどにも好対照をなしていたのだが、彼らの誰一人として、その場に傍観者がいたら自分たち三人がどんな印象を与えるであろうか、ということはわかっていなかった。とはいえ、スープのあとにミセス・ファーガソンが鳴らしたベルに応えて現れた女中は、とっさに新参者に目を向けると、そこから視線をそらすことができないようだった。それは若い黒人の娘で、艶のある顔は赤褐色をしており、驚きで大きく見開かれた瞳は、彼女が食卓の周りを動き回るのに合わせて左右に振れていた。ミセス・ファーガソンは口早に、料理を置いて部屋から出て行くよう彼女に命じると、下宿生たちと慎重な会話を始めた。

ジョゼフは自分に向けられた質問に喜んで答えた。ここに、この穏やかで居心地のいい屋敷にいられることが、幸せに感じられた。曰く言いがたい威厳に満ちた空気が、すべての上に漂っているような気がする。少年が指を伸ばした先の胡椒挽(こしょうひ)きまでもが、彼の素朴な目には希少で貴重なもののように思えた。彼はなんの抵抗もなく、自分がとても小さな町からやってきたこと、父親はかつて百姓であったことなどを下宿の女主人に話して聞かせた。この話はデイヴィッドを困惑させたようだったが、ジョゼフは初め、それに気づかなかった。

「お父さんは農場主だったってことだね」と、デイヴィッドは言った。

ジョゼフの額に血がのぼり、彼は目を伏せた。そして突然、じつに礼儀正しい振舞いが身についたこれら二人の生まれに比べて、自分がつましい家の出であることを自覚した。いわば霧がかかったような感じになって、彼の目には胡椒挽きがその上品さで威嚇してくるような気がした。数秒間ためらってから、彼は少しこもった声でこんな言葉を発した。

「父は畑で野良仕事をしていたという意味だよ」

それから深い沈黙の後、彼は付け加えた。

「いまは目が不自由なんだ。もう働いていない」

「目が不自由なの！」と、いかにも育ちのいい気遣いのこもった口調でミセス・ファーガソンは繰り返した。

彼女は自分のコップに水を注ぎ、少し間を置いてから、どんな授業をとっているのかとジョゼフに尋ねた。この点に関しても、彼は彼女の好奇心を満足させた。

「デイヴィッドがとっているのとほとんど同じ授業ね」と、賛同の微笑みを浮かべて彼女は言った。

夕食はかなり早く終わった。食卓から立ち上がるとき、ミセス・ファーガソンはジョゼフに、煙草は喫うかと尋ねた。

「私は火がすごくこわいのよ」と、彼女は説明した。

少年は、煙草は生まれてこのかた一度も喫ったことがないと請け合ったので、彼女は重荷から解放されたようだった。少し愛撫するようなその視線がジョゼフの顔に向けられた。彼女は小声で言った。

「デイヴィッドはずいぶんあなたのことを話してくれたのよ。ほかの学生さんたちとは違うということは知ってるわ。お酒も飲まないし……」

彼はうなずいた。ミセス・ファーガソンはもう一度微笑むと、部屋を出て行った。ジョゼフと二人きりになると、デイヴィッドは手で合図して、窓と窓のあいだに掛かっている肖像画を指し示した。

「ミセス・ファーガソンの旦那さんだよ」と、彼は小声で言った。「一八九〇年にメソポタミアで発掘作業をしたことがあって、「創世記」についての著書があったと思うんだけど、職業はお医者さんでね、とても信心深い人だったらしい」

「どうしてこんなに不満そうな顔をしているんだろう?」と、ジョゼフは尋ねた。

「不満そうに見えるかい?　たぶん、大まじめな表情をしてるだけなんじゃないかな。君が入った部屋は彼の部屋だった。戦争の少し前にそこで亡くなったんだよ。それ以来、ミセス・ファーガソンは一人か二人、学生を住まわせるようにしてるんだ。お金が必要なわけじゃない。大変な名家の出で、かなり裕福だからね。でも、一人でいたくないんだよ、わかるかい?」

「わかる」

少しのあいだ、彼らはひとことも交わさずに肖像画を見つめ、それからデイヴィッドが咳払いをした。

「ねえ」と、彼は言った。「ゆうべのことを君に謝らなくてはいけないね。思わず叩いてしまった。打ち明け話をするのをやめさせたかったんだ、きっと後悔するだろうし、たぶんぼくのことを恨むだろうから」

ジョゼフはファーガソン博士の顔に視線を向けたまま、じっと動かなかった。

「わかるかい？」と、デイヴィッド。

「いや」

「つまり、自分の心に収めておいたほうがいいことがあるということさ」と、デイヴィッドはこれ以上ないほど忍耐強い声で説明した。「それは神様だけに話さなければいけないし、赦しを求めなければいけない、もし罪を犯したと思うのならね。主と君のあいだには、誰もいてはいけないんだ」

「うん」

この言葉のあとには沈黙が続いた。

「赦してくれたかい？」と、ようやくデイヴィッドがささやいた。

目を輝かせて、ジョゼフは彼のほうを振り向いた。

「もうとっくに！」と、彼は大声で言った。

愛情の言葉が唇からこぼれそうになったが、なんとか抑えた。二人とも少し気詰まりになって黙り込んだ。

「お父さんの目が不自由だなんて知らなかったよ」と、デイヴィッドは言葉を継いだ。「たぶん話しにくかったんだろうね」

「違うよ。話そうなんて思わなかったんだ、だって……」

「ぼくは誰にもしゃべったりする気はないよ」

「君は人にしゃべるようなやつじゃないさ。父はね、とても……短気なんだ、いまでもまだね。若いころには、怒ると手がつけられなかった。そんなときには、自分のしていることがもうわからなくなってしまうんだ。ある日、行きずりの外国人と喧嘩になってね、原因は……母のことだった。父は相手にとびかかって、殺しかねない勢いだったけど、相手のほうがずっと強かった。若いポーランド人で、その辺りで仕事を探していたらしい。そいつは父の目を何度もひどく殴りつけたんだ、握りこぶしで、両方の目を……」

突然顔に血がのぼってきて、彼は話をやめた。

「つらい記憶だね」と、デイヴィッドはつぶやいた。「聞いたりして悪かった」

「いやいや」と、ジョゼフは言った。「むしろ秘密を打ち明けられて気が軽くなったよ。君には知ってもらったほうがいい」

デイヴィッドは微笑み、二人は別の話をし始めた。食堂を出ておやすみの挨拶をするときに、デイヴィッドはジョゼフに知らせるのを忘れるところだったすばらしいニュースを思い出したようだった。

「ところで、さっき聞いたんだけど、例のカフェテリアが一週間後に開くそうだよ」

IX

ジョゼフはすぐ部屋に戻り、十一時まで勉強した。それからいつものように暗がりの中でお祈りをし、服を脱ぎ、ベッドから毛布を外すと、それに身を包んで床の上に身を横たえた。奇妙な満足感がある。彼が床板の上で寝返りをうったり伸びをしたりするのを見ていると、まるで羽根布団の上を転がっているみたいだった。しかし彼はまもなく身動きを止め、眠りが速やかに訪れるのを待った。とはいえかなり時間が経過しても、なかなか眠ることはできなかった。

〈ぼくの体は苦しい〉と、彼は考えた。〈でも、魂は安らかだ〉。手足に感じていることの不快感、それを彼はどれほどの喜びをもって主に捧げていたことだろう！　激しい責め苦に遭いながら信仰告白する自分の姿を彼は思い浮かべ、大きな満足を覚えた。それでも、辞書を枕代わりに頭の下に押し込んだことは悔やまれた。分厚すぎて首が折れそうだ。けれども贖罪として捧げるのだと思えば、この苦しみもまた役に立つ。自分がこうした苦痛を課しているのを見たらデイヴィッドはどう思っただろうと、彼は考えた。デイヴィッドは今夜、狭いながらも快適なベッドで眠るのだろう。であれば、ほんのわずかであっても肉欲に駆られるのではないか。けれどもデイヴィッドには償うべき過ちがない、デイヴィッドはけっして罪を犯さない。たぶん、彼はいわゆる義人なのだ。

彼はくたくたになって寝返りをうち、左の脇腹を下にした。食事しながらミセス・ファーガソンと交わした会話が、記憶によみがえってくる。たぶんあの老婦人には、父親がかつて野良仕事をしていたことなど話すべきではなかったのだろう。デイヴィッドにはそれが気に入らなかったようだが、ジョゼフは本当のことを言わずにはいられなかったのだ、たとえそれがいささか気詰まりな事実だったとしても。それから、デイヴィッドはカフェテリアの話をして少し彼を苛立たせた。特に、父親についての打ち明け話をした後だっただけに、ジョゼフにはあまり適当なタイミングとは思えなかった。しかし彼はデイヴィッドを赦していた。すべてについて、平手打ちのことも、その他のことも。一緒にお祈りをした夜、デイヴィッドがひざまずいていた姿が目に浮かび、讃嘆の念を、ほとんど羨望の念を禁じえなかった。

肩が痛くて、彼は姿勢を変えずにはいられなかった。デイヴィッドが救われていることは疑いようがない。黙示録(7)に出てくる、選ばれた人々を見分けるあの刻印が、彼の額にはほとんど見て取れる。十五分ほどのあいだ、ジョゼフは古い屋敷の物音に耳を傾けながら、こうしたことを心の中で反芻した。頭上では軽い足音と、注意深くドアを閉める音が聞こえる。ミセス・ファーガソンの部屋はデイヴィッドの部屋と同じ側にあって、屋敷の背後に広がる庭に面しているのだが、彼の部屋は通りに面している。突然、頭上のほど近いところで、見えない存在に踏まれたように床がきしんだ。ジョゼフは目を開け、暗闇の中で窓のカーテンが微風に吹かれてそっと揺れているのを目にした。やがて頬に涼しい空気が流れ込んでくるのが感じられ、額の髪の毛が持ち上げられた。左の脇腹は心地が悪かったが、窓のところでこの白いレースの四角い布地が生きているように揺れているのを見ると、心が安らぐのだった。

自分の家に、両親の家に戻りたいという強い欲求が、不意に湧いてきた。ベッドのそばの壁にぶら下がっているトウモロコシの束、そして母親が古い布切れで彼のために作ってくれた雑多な色の掛布団が、相次いで目に浮かんでくる。そして、寝室のにおいが記憶によみがえってきた。胸がきゅっと締めつけられた。明日になったらすぐ母親に手紙を書いて、いつものように、元気でやっています、毎日聖書を読んでいますと伝えようと思った。記憶を通してみると、彼の家は望遠鏡で覗いているみたいにちっぽけに思える。家の前には木の柵で囲まれた町営の小牧場があって、柵板の何枚かは古く、降雨によって何本もの筋が刻まれていた。屋根裏部屋からは、灰色に塗ら

(7)「私は、刻印を押された人々の数を聞いた。それはイスラエルの子らの全部族の中から刻印を押された人々であり、十四万四千人であった」(「ヨハネの黙示録」第七章、(新)四四八頁)、「また、私が見ていると、小羊がシオンの山に立ち、小羊と共に十四万四千人の者たちがいて、その額には小羊の名と、小羊の父の名とが記されていた」(同、第一四章、(新)四五五頁)。

れた木造の小さな教会と長方形の鐘楼が見え、もう少し先には森があって、寒い夜が何日か続くころになると真っ赤に染まるのだ。この森はいいにおいがするので、分厚く積もった枯葉の上に寝転がり、地面からたちのぼってくるこのつんとする甘い芳香を吸い込みながら、夕方まで過ごしたいという気持ちになるのだった。

そんなことを考えすぎて、彼はとうとう絶望にも近い悲しみを覚え、目を閉じてまた眠ろうと努力したが、肩の痛みのせいでどうしても目が冴えてしまう。しかし自分にも言えない理由で、彼は姿勢を変えるのをためらっていた。少なくとも、別のことを考えようとすることはできる。ミセス・ファーガソンの青白い顔が頭に浮かんできて、反射的に、彼女は救われているんだろうかと自問してみた。彼女にとってはどちらでもいいことだとは、あえて考えなかった。そもそも、ある魂が救われているかどうかは、何を見ればわかるのだろう？　デイヴィッドの場合は特別だ。大半の人間については、どちらかわからない。不意に、口紅を塗って煙草をくわえたミセス・デアの姿が目に浮かんだ。そして一撃を食らったように、彼は両目を大きく見開いた。救われているんだろうか、彼女は？　冷たくて抑揚のない、刃のように薄い声が少年の記憶に響いてきた。「出て行くのね、デイさん？　ちょうど、モイラが明日やってくるの。また自分の部屋に入れるわ」。明日というのはつまり、今日のことだ。彼が床の上に横たわっているこのとき、モイラは自分のベッドで寝ている、三週間のあいだ、彼自身が寝ていたあのベッドに。腰のあたりがくぼんでいるので、ジョゼフは少し身を折り曲げてこのへこんだ形に体を合わせなければならなかったのだが、あのくぼみを彼女はまた感じているのだろう。マットレスのこの部分にくぼみをつけたのは、若い娘だったのだ。彼女の肉、肉の重みだったのだ。

彼の心臓は激しく高鳴り始めた。すべてがまた始まったのだ。いくつものイメージが、頭の中でひとりでに、何も狂わせることのできないメカニズムでふたたび形成される。彼はこれまでまだ、女のことを考えたことは一度もなかった。あったとしてもほんの束の間で、取るに足りなかったし、汚れた気もしなかった。しかし今夜は昨夜と同様、何かが彼の血を燃えあがらせている。「かわいらしい方ですよ、モイラお嬢さんは……」。年寄りの家政婦の陳腐な言葉が、途方もない優美さに彩られて頭によみがえってきた。心ならずも、彼はモイラの姿を思い浮かべようとしていた。特に肌が琥珀色で美しいにちがいない。そして明るく澄んだ目、それに胸、胸の、あの隠された場所の見えている部分……。

突然、彼は毛布をかなぐり捨てて立ち上がった。床が足元できしみ、暗闇のいたるところに何かがいるような気がする。半時間ほど前から、そんなはずはないと思いながらも、この壁の中にいるのは自分だけではないという考えが彼を不安にさせていた。幽霊というわけではなく――この種の話にはほとんど関心がなかった――、描写することもできず、名指すことさえできない、何かまったく別のものだ。いわば夜の中に拡散した存在のようなもので、空気のように彼を取り巻いている。彼は毛布を拾い上げると、それを肩にかけ、窓際に来てロッキングチェアに座った。チェアは彼の体の重みで後ろに傾いた。庭の向こうに、少しばかり明るい空を背景に黒く浮き上がる樹々のあいだから、外の通りがはっきり見える。白塗りの家の一角も見分けられ、彼は少し安堵した。無意識に、彼は「主は私の羊飼い……」(8)と唱えた。けれどもこれらの言葉は、唇の上で凍りついてしまったように思われた。自分の中に、何かこれとは反するものを感じたからだ。主は彼の羊飼いではなかった。

彼は身震いした。さらに涼しくなった微風が、水のように、顔と胸に流れ込んでくる。彼は毛布を耳のところまでたくしあげた。庭に向けられた目は半分閉じていたが、いまは眠り込まないように抵抗していた。彼の左側にはじっさい、あの大いなる闇があって、言葉にできない仕方で彼をうかがっている。窓のところに座るのではなく、ドアのところへ行ってスイッチを入れることをもっと早く思いつけばよかったと、彼は後悔した。いまではもう、部屋を横切ることはできない。彼は恐怖を覚えていた。自分でもすぐには気がつかなかったが、部屋の奥に時折ちらちらと視線を走らせ、本能的な動作で、チェアの中で少し右のほうへ体をずらした。数分後、彼は庭を見るのを完全にやめて、顔をドアのほうへ向けた。そこはさらに闇が深くなっている。〈寒い〉と、彼はぶるぶる震えながら思い、毛布をもっときつく体に巻き付けようとしてみたが、ざらざらした布地の上で引きつった両手は、大理石になってしまったかのようだった。ベッドの支柱や大きな方形の暖炉を見分けようとしてみても、うまくいかない。視線は黒い壁のようなものにぶつかってしまう。せいぜい見分けられるのは、ぼんやりと白く見える天井の一角くらいだ。不吉な暗闇の中心にある島を見るように、彼はこのぼうっとした染みに全神経を集中させようとした。いまや、少し前まで彼を魅惑していた不純な想像は消え、激しい恐怖にすっかり取って代わられている。そして彼の中でぶつかり合う雑多な想念のうちから、ひとつの考えがより明確に浮上して

（8）「主は私の羊飼い。／私は乏しいことがない」（「詩編」第二三章一節、（旧）八三九頁）。

きた。最初は人混みを我慢強くかき分けて進む人のように遠慮がちに、それからついには勝ち誇ったように、堂々と。〈おまえはまちがえた。神はそんなにすぐに赦してはくださらない。淫蕩な者は誰一人、神の王国を受け継ぐことはできないと聖書に書かれているのだから。[9] おまえは堕落した〉

彼は身動きしなかった。彼の内部で、何かあまりに深いものが打ちのめされたのだった。まるで自分の存在をまだ敵に隠していられると期待するかのように、ある種の慎重さから彼は息を止めたが、体全体があまりに重くなってしまって、指一本上げることができない。両耳の上と首筋のあたりの皮膚がこわばり、胸の中では心臓が、分厚い壁を叩くこぶしのような音をたてて高鳴っている。突然、彼は天井の白っぽい線状の染みを見るのをやめた。そして虚空に落ちていく人のように、体じゅうの血が首のほうへ逆流し、内臓が持ち上がるような気がした。

ふたたび目を開いたとき、見えたのは壁をひそやかに照らす灰色の微光に包まれたドアだった。二枚の白い羽目板が黒く縁取られていて、視線を下から上へ、左から右へと、際限なく導くように見える。やっとの思いで少し顔をひねると、支柱が光っているベッドが、次いで銅の取っ手のついた簞笥が見えた。何かが喉にこみあげてきて、泣きそうだなと思ったが、なんとかこらえた。すると、わけのわからない喜びが全身に満ちてきた。樹々の下では、一羽の鳥がか細い声をあげたかと思うと、不安にとらわれたかのように鳴きやんだ。ツグミの声だなとジョゼフは思い、幸福の溜め息をついた。〈眠っていたんだ〉と、彼は思った。〈ぼくは夢を見ていたんだ〉

X

朝食の数分前、デイヴィッドが来てドアをノックした。石鹸と歯磨き粉のにおいが彼の体から漂ってくる。黒くて艶のある長い眉毛の下で、上機嫌ぶりがあふれているかのように、ウルトラマリンの目がいつもよりさらに輝いていた。

「よく眠れたかい?」と、彼は尋ねた。

あまり快適な夜じゃなかったと答えて、ジョゼフは軽い満足を覚えた。けっきょく

(9)「コリントの信徒への手紙 一」第六章九―一〇節、(新)三〇〇頁(第一部注36参照)。

のところ、この部屋に住むことになったのはデイヴィッドのせいなのだから。

「牧師」の顔が急に曇った。

「ここが気に入らないの？」

「そうは言ってないよ」

デイヴィッドは彼の周りを見回した。

「いい部屋だと思うけどね。たぶん、ベッドになじんでいないんだろう。最初の夜だし……」

ジョゼフは思わせぶりな、と同時に我慢強い表情をして、何も答えなかった。デイヴィッドは注意深く彼を見つめた。

「どうやら何か問題があるみたいだね」と、彼は言った。

「ああ」と、ジョゼフは大声で言った。「知りたいのだったら言うけど、確かに、ちょっと問題がある……。馬鹿げたことさ。セーターを……今朝、寒かったからセーターを着ようと思ってね。簞笥の中を捜したんだけど、なかったんだ」

そして少し顔をそむけて付け加えた。

「ミセス・デアのところに忘れてきたにちがいない」

「捜し方が悪かったんだろう。ありえないよ」

「どうしてありえないんだ？」と、急にいらいらしてジョゼフは尋ねた。「衣装箪笥の奥にセーターを忘れることくらい、いくらだってありうるだろう。あっちにまだあるはずだよ、ぼくがいた部屋にね。全然特別なことじゃない！」

「確かにね。でも、そんなに興奮するようなことでもない。ギリシア語の時間と英語の時間の合間に取りに行けばいいさ」

「好きなときに行くよ」

「もちろんだ」と、デイヴィッドは微笑みながら言った。「とりあえず、朝食に行こう」

ギリシア語の時間が終わるとすぐに、ジョゼフはミセス・デアのところへ走って行き、息を切らして屋敷の前で立ち止まった。もう何か月も前にそこから出て行ったような、奇妙な感じがする。その屋敷は目新しくもあればなじみ深くもあり、思っていたより少し汚らしい、少し荒れ果てた印象で、心の中では嫌いだと思った。

いつもそうだったように玄関のドアは半開きになっていたので、ベルは鳴らさずに押し開けた。控えの間に入ると、台所と埃のなじみ深いにおいが襲いかかり、数々の記憶が頭によみがえってきたので、数秒のあいだ、彼は陶然とした思いに浸った。学生たちは授業に行っていたので、屋敷の中には静寂が満ち、それを乱すものといえば台所から聞こえてくる食器の音くらいのものだった。何も変わっていない。階段をのぼりながら、ジョゼフは自分自身が幽霊になったような気がしたが、できるだけ忍び足で歩こうとしてはみても、一段一段進むたびに、鞭でぴしっと打つような音がどうしても響くのだった。不安になって立ち止まり、逃げ出そうかどうしようかと思っていると、彼が住んでいた部屋のドアが急に開いた。

「あなたなの、セリーナ?」と、女性の声が尋ねた。

ジョゼフは完全に動きを止めた。まだ部屋のドアは見えないのだから、向こうからも自分は見えないはずだ。壁に両肩を押しつけて、彼は待った。

「どなた?」と、声がまた言った。

階段をのぼらずに、一段下がった。もう少しで名乗りそうになったけれど、思いとどまった。すると踊り場を歩く大きな靴音が聞こえ、その女性が手すりから身を乗り出して言った。

「ねえ誰なの？　返事してくれない？」

彼は彼女を見た。赤いドレスを着ている。くすんでいながらきつい赤で、彼は衝撃を受けた。小柄で細身の彼女は、話しながらか細い肩を揺らし、金属のブレスレットがいらいらした両手で音をたてていた。後ろにひっつめて念入りにブラシを入れた黒い髪の毛は、漆黒の炭のように輝き、あたかも兜(かぶと)のようになって、並外れて繊細な小さな耳をあらわにしている。逆光だったので彼女の顔立ちは見分けられなかったが、そもそも少し前から、彼は自分の目がかすんでいるような気がしていた。

「誰にお会いになりたいの？」と、彼女は尋ねた。

「誰にも」

声が詰まっていた。彼はなんとかこう言った。

「自分の部屋に忘れ物をしてしまったんです」

「どの部屋のこと？　ここにはあなたの部屋はないでしょう、私の知る限り」

「もとの部屋です」

「上がっていらっしゃい」と、彼女は言った。

彼は言われた通りにした。彼女の前まで来ると、じっと相手を見つめ、それから思わず目を伏せた。想像していた女性にはまったく似ておらず、もっと魅力的でもあり、それほど美しくないようにも思えた。頬骨が張っているが、頬自体は平らなその顔は、薄紫がかった白色で、海の色をした大きな目の輝きを際立たせている。そして花と見紛うばかりの繊細なその肌の上には、赤く塗りすぎた口がほとんど乱暴なほどの力強さで浮かび上がっていた。人間の顔というよりは、むしろ仮面を見ているような感じだった。

「どれがあなたの部屋だったの?」と、彼女は尋ねた。

彼は身振りでドアを指した。

「なんだ、私の部屋じゃないの!」と、娘は大声で言った。

突然、彼女は大笑いした。

「あなただったのね、赤毛の学生さんって!」

彼は呆然として彼女を見つめ、今度は深く動揺してまた目を伏せた。

「私の部屋には赤毛の学生さんが住んでいるって、確かに手紙に書いてあったわ。でも、こんなに赤毛だなんて思わなかった。まっすぐ見てちょうだい! 私がこわいかしら?」

「いいえ」と、また目を上げて彼は言った。

「黒い目」と、彼女はひとりごとのように言った。「あなたがこんな色の目をしているとは思っていなかったわ。ふつう、赤毛の人って……」

彼女は最後まで言わず、ヒールで床を叩きながら自室に入って行った。

「さあ、どうぞ！」と、彼女は命令した。「別に取って食ったりはしないわよ」

彼はおずおずとあとについて部屋に入った。ドレスや帽子やボール箱が山のように積み上げられていたので、家具がほとんど見えないくらいだった。白い絹のブラウスが、ちょっと淫らな感じでロッキングチェアの上で腕を広げている。乱れたままのベッドの真ん中には、肌色のストッキングとローズピンクのネグリジェが重ねて投げ出されている。彼はぞっとして、目をそらした。ためらうようなその視線は、次に暖炉へ向けられたが、そこには香水壜（びん）と化粧品の箱が適当に並べられていた。彼の勉強机の上には銀のコンパクトが開いて置かれ、小さな雲みたいな円形の白いパフがのぞいている。部屋の中にはおそろしく甘い、くらっとするようなにおいが漂っていて、彼は懸命にそれを吸い込むまいとした。リラのにおいだ。

もう一度、彼女は笑い出した。

「あんまり散らかってるのでそんな顔してるのかしら？　でも女って、散らかってる中で暮らしてるものよ。ほらね！」

片手のこぶしを腰に当てて、彼女は彼を見つめた。

「じゃあ、女の部屋を見たことがないの？」

〈母の部屋なら〉と言いかけたが、ぎりぎりで思いとどまった。彼が返事をしないのを見て、彼女は少し歌うような声で尋ねた。

「私の部屋に何を忘れたのかしら？」

「セーターを」

ひとことも言わずに、彼女は衣装箪笥の扉を開け、奥に腕を突っ込んで青いウールのセーターを引っ張り出すと、床に投げ出した。

「これ？」と、足先でその服を少年のほうへ蹴りとばして彼女は言った。「私の靴を磨くためのぼろ切れかと思ったわ」

彼は身動きしなかった。

「さあ」と、彼女は続けた。「何をぐずぐずしてるの？　拾って出て行ってちょうだい」

彼は内心激怒しながら、この女の前でさっと屈み込んだ。握りこぶしがウール地の中でぶるっと震えた。ドアに向かって歩き出すと、彼女が呼び止めた。

「ちょっと待って」と、彼女は言った。「私を見てちょうだい、こわくなかったらね」

彼はいやいや振り返り、怒りのあまり大きく見開いた目で彼女をじっと見つめた。突き出された娘の唇は、小馬鹿にしたように膨れあがっている。

「あなたって……」

彼女は言葉の途中で二、三秒中断し、それから軽く微笑みながら最後まで言った。

「……おかしな顔してるわね！」

ジョゼフは両耳と両頬がかっと熱くなるのを感じ、少したためらってから部屋を出て行った。階段の途中で、娘の声が一段一段追いかけてくるように聞こえてきた。

「名前を聞いてないわよ……」

返事をせずに、彼は階段を下り続けた。すると娘は女王然とした悠長さで階段の手すりのところまでやってきた。

「さよなら、ベイビー！」と、彼女は言った。

甘ったるい声で発されたこの言葉が聞こえてきたとき、彼は屋敷から出るところだった。ドアをバタンと叩きつけてやりたい気分だったが、なんとか自制して、逆にできるだけそっと閉めた。しかし彼の大きな白い手は銅の取っ手を力いっぱい握りしめていたので、しばらくたってからもまだそれを手のひらに握っているような気がした。

XI

三十分後、彼は殺風景な大教室に入って行った。学生たちがやる気なさそうにそれぞれの席についていく。その数は六十名ばかりで、彼らは足を引きずりながら歩き、顔にはいつもの陰気な無関心さを浮かべていた。能天気にぎらぎら光っている教授の顔つきとは対照的だ。その教授は痩せぎすのぴんとした小柄な老人で、少し凝った明るいグレーの服を着て教壇に立ち、教卓に両手を置いて皆が静まるのを待っていた。金縁の鼻眼鏡のレンズに太陽の光が当たり、白い肌に濃褐色の斑点があるその顔の中で、視線が赤く燃えあがるように見える。

履修科目を変えてからジョゼフがこの教室に入るのは二度目だったので、自分の席が見つからなかった。適当に一人の学生の隣に座ったが、慌てていたのでそれが誰だかはわからなかった。しかしその学生はすぐに立ち上がり、教室の奥に移ってしまった。少しざわめきの時間があり、それからジョゼフの隣の空席にはずんぐりした愛想のいい少年が座って、肘で彼を押した。

「そこはぼくの席だよ」と、彼は言った。「どうでもいいんだけどね、いまぼくが座っているのはプレーローの席なんだ」

この名前を耳にして、ジョゼフは振り向いてその少年をじっと見つめた。彼はおそろしい斜視で見返してきた。子どもっぽい丸顔で、鼻が低くてそばかすだらけだ。

「どうしてそんなしかめ面をしてるんだい？」と、ジョゼフは尋ねた。

「生まれつきやぶにらみなんだよ。家族はみんなやぶにらみなんだ。それに、少し背骨も曲がっている」

彼は片方の肩を耳の上まですくめてみせると、急に白い目をきょろきょろさせた。

ジョゼフは顔をそらした。肘でつつかれて、彼はびくっとした。

「名前はなんていうの?」と、隣席の学生は尋ねた。

「ジョゼフ・デイ」

「ふうん。ぼくはテレンス・マクファデン。歌に出てくるお人好しと同じさ、ダンスを習いたがっていたやつ。[10]でも、テリーと呼んでくれてもいいよ」

この会話は、教授のよく通る鼻にかかった声で遮られた。彼はチョーサーの講義を始めていて、すべての音節を朗々と響かせながら『カンタベリー物語』のプロローグを朗読していた。ジョゼフは眉をひそめて聞いてみたが、まだフランス語の味わいを残しているこの素朴で冗談めかした物語についていくことができず、自分は理解できていないのではないか、自分自身の母語の単語でさえ聞き取れていないのではないかと思って、またしても不安にとらわれるのを感じた。おそらくまだ心が激しく動揺していて、古い詩の流れがつかめなかったのだろう。じっさい彼は心ならずも、モイラとの会話の様子を細かいところまで思い出していた。あの高慢ちきで礼儀知らずの小柄な女、あれが彼女だったのだ……。彼はまったく違った感じの女性を思い描いていたのだが、本物のモイラは、醜いとは言わないまでも、少なくともじつに風変わりな、異邦人みたいな外見をしていて、とても感心できたものではない。異邦人、そう、まさにそれだ。遠い国の女なのだ。黙示録の淫婦のように赤いドレスを着て[11]、口紅を塗りたくっている。彼女の前で背中を丸めてセーターを拾う自分の姿が目に浮かんだ。あのざらざらしたウールで彼女の口をこすってやったら、どんなに気持ちいいだろう。彼女の頬を殴りつけて、あの横柄な態度を罰してやったら、そう、罰してやったら、どんなに恐ろしいほど気持ちいいだろう！　そう考えると血が頭にのぼってきた。

彼は冷静さを取り戻そうと努め、朗読される詩句に耳を傾けた。単調なリズムの声は畑を耕す馬の落ち着いた足取りのようで、怒りは少しずつ収まっていった。心の奥では、モイラが不純な夢の中で見たような女ではなかったことで、少しほっとしていた。そのほうがよかったのだ。神はお赦しにならなかったのだ……。「詩編」の断片が頭によみがえってきた。「主よ、私の救いの岩……[12]」。そして彼の胸は急にいっぱいになり、同時に聖書のさまざまな文章が、まるで大きな鳥たちが巨大な羽で空気をか

(10)　アイルランドの古い民謡への参照。

(11)　「女は紫と深紅の衣をまとい、金と宝石と真珠で身を飾り、忌まわしいものや、自分の淫行の汚れに満ちた金の杯を手に持っていた」(「ヨハネの黙示録」第一七章四節、(新)四五八―四五九頁)。

(12)　「主はわが岩、わが城、私を救う方／わが神、わが大岩、私はそこに逃れる」(「詩編」第一八章三節、(旧)八三二頁)。

き回すように、周囲で羽ばたき始めた。これらの言葉と比べてみれば、こんなつまらないチョーサーの詩句にいったいどんな意味があるというのだろう？　耳を傾けているのは、あくまでも念のためであり、勉強しなければならないからだ。腕組みをして、彼は朗読を聞いた。

どうしてプレーローを一日目に教室で見かけなかったのだろう？　この疑問が執拗に頭に浮かんできた。けれども易しいと評判のこの授業はたくさんの学生たちが履修していたので、目立たなかっただけということもじゅうぶんありうる。そもそも、プレーローがそこにいようがいまいが、どうでもいいではないか？　それでも彼はなんとなく気になって、肩越しに何度も後ろをちらちらと振り返った。次回はできるだけ奥の、教室の反対側の席に座ることにしよう。というのも、赤毛のせいで人に見られている、みんなに見られているような気がしていたからだ。まったく無意識のうちにいかにも気取ったような身振りをして、彼は片手を頭にやり、それからもう一度いかにも男っぽく腕組みをして、戦士のように胸を反らした。

不意に、きわめて平明な詩句が彼の耳を叩いた。若い近習(きんじゅ)が馬でカンタベリーに行く場面だが、詩人は子どもの言葉から借りてきたらしい語彙を用いて彼を描いている。

「花いっぱいの牧場のように、きれいに刺繡がしてある」衣装を身にまとい、髪は巻毛で、優雅さと力強さにあふれ、さらに老作家が付け加えて言うには、五月の季節のようにみずみずしい若者として。

上衣（うわぎ）は短く、袖は長くたっぷり広い仕立てでありました。
彼は馬に乗って上手に御するすべを心得ておりました。
歌を作曲し、歌詞をつくることから、
馬上槍試合をしたり、また踊ったり、絵を描いたり、物を書いたりする才能に恵まれておりました。
彼はじつに熱烈に恋をして、夜は
小夜鳴鳥（ナイチンゲール）ほどにも眠らぬという有様でした。(13)

(13) チョーサー『カンタベリー物語（上）』「総序の歌」桝井迪夫訳、岩波文庫、一九九五年、一七―一八頁。グリーンの引用はフランス語訳で、英語の原文にほぼ対応しているが、邦訳では改行の仕方が若干異なっている。ここでは英語およびフランス語の改行に合わせた。

驚いて、ジョゼフはぽかんとした。最後の二行は予想外で、なぜだかはっきりわからなかったが、顔が赤らんだ。〈これは詩なんだ〉と、彼は漠然と考えた。〈詩の中では、人は恋をしているときけっして目をつぶらない〉。けれどもこの「恋」という言葉には衝撃を受けたし、その前にある形容句はなおさらだった。「熱烈に恋をして」。こんなことは言うべきではないし、ましてや書くべきではない。チョーサーについても、シェイクスピアと同じような厄介さを感じることになるのだろうか？ 彼は周囲を一瞥した。同級生たちは注意深く耳を傾けている。隣の学生の顔に微笑みが浮かび、ふっくらした頬にえくぼができたのに気づいた。こんなくだらない作品に、どうしてみんな興味を抱けるんだろう？ でも彼らの頭の中には不純なことしかないんだ、恋の話が始まるや否や、みんな獣みたいになってしまう。業火が彼らを餌食にしようと待ち受けているなんて、少しは考えたことがあるんだろうか？

憐れみの気持ちがこみあげてきて、彼はテレンス・マクファデンのほうへ身を傾けると、耳元でささやいた。

「聞いちゃいけない！」

「いや、ぼくは聞くよ」と、マクファデンは何を言われているのか理解できず、口調を変えずに言った。「聞いててごらん、もう少ししたらバースの女房が出てくるから。捧腹絶倒(ほうふくぜっとう)だぜ。昨日読んだんだ」[14]

そして彼は握りこぶしで顎をはさむと、酔わせるような言葉が出てくる青白い顔に視線を集中させた。ジョゼフは黙って彼を見つめ、憐れみで胸が締めつけられた。急な衝動に駆られて、彼は紙切れに次のような言葉を書きつけてマクファデンのほうへ滑らせた。〈君はクリスチャンかい?〉

初め、このメッセージを向けた相手は注意を払わなかったので、ジョゼフは彼を肘でつついて紙片を指し示さなければならなかった。テレンス・マクファデンは眉をひそめ、それから澄んだ目を上げてジョゼフの目をじっと見つめた。

「もちろんさ!」と、彼はささやいた。

そしてこう付け加えた。

「ひょっとして、君、どこか悪いんじゃないの?」

肩をすくめて、彼はもとの熱心な表情に戻ったが、鼻のひしゃげたその横顔にはあ

(14)「バース近在から出ている立派な女房がおりました」(同前、三八頁)。この女房は五回結婚しており、それぞれの夫との生活を語った上で、女性は支配権を持つことで幸福になれると主張する。

る種の不機嫌さがにじみ出ていて、鼻が怒りで反り返っているかのようだった。ジョゼフは一瞬考え、それから別の紙片にこんな質問を書いた。〈長老派？　メソジスト派？　それともバプテスト派？〉[15]

　今度は紙を四つ折りにして、隣人の前、ちょうど両肘のあいだに置いた。マクファデンは初め、何も見なかったようなふりをしていたが、やがて好奇心に負けて紙片を開いた。低くて狭い額に、平行な二本の深い皺が寄った。激昂のあまり震える手で、彼は同じ紙に〈ローマ・カトリック〉と書いた。それからまた怒りに満ちた注意深さで教授を見つめ始めた。

　ジョゼフはわずかに身を引いた。出身地ではカトリック信者を見かけなかったので、彼らのことを考えることはめったになかった。たまに考えるとすれば、聖書の中でローマ教会が、緋色の衣を着た女、淫婦バビロンの姿ではっきり示されている一節を読むときくらいだった。[16]しかし今日は、自分がこれら地獄の息子たちの一人の横に座ることを神はお許しになったし、お望みになったのだ。というのも、太陽が高い窓越しに射し込んで、この教室の床にいくつもの大きな黄金の斑点を投げかけているのと同じくらい確実に、テレンス・マクファデンは堕落しているのだから。天の王国は、偶像崇拝者たちには永遠に閉ざされたままなのだ。

自分は神に見放された人間と同じ空気を吸っているのだという考えが突然頭に浮かび、彼は思わずぞっとしたが、そこには熱烈な関心が入り混じっていた。時折、隣の学生をちらっと見ては、彼がいたって平静で、自分にのしかかっている運命もほとんど気にかけていない様子を目にすると、わけのわからない激しい同情心に、ジョゼフは心を動かされた。けれどもこの偶像崇拝者は、詩人の時代遅れの冗談を聞いて子どものように微笑み、肉厚の唇のあいだから、食人鬼の歯のように植わった不ぞろいな歯並びをのぞかせているのだった。

(15) いずれもプロテスタントの教派。長老派はカルヴァンの流れを汲む長い伝統をもつ一派、メソジスト派は一八世紀の英国に生まれた一派、バプテスト派は英国国教会から分離した一派。ジョゼフが何派であったか作中には明記されていないが、作者グリーンの両親は長老派であった。

(16) 「その額には、秘められた意味の名が記されていたが、それは、「大バビロン、淫らな女や地上の忌まわしい者たちの母」という名である」(「ヨハネの黙示録」第一七章五節、(新)四五九頁)。宗教改革者たちは、この淫婦バビロンがローマ・カトリックを暗示するものとしていた。

XII

その後の数週間はこれといったできごともなく、ジョゼフは内面の平静を味わい、肉欲の誘惑をまだ知らなかったころの幸福な時間を思い出した。すべてはこの地に来て、少年たちが女にまつわる経験談を話すのを聞くようになってから始まったような気がする。しかも、モイラがいた……。しかしいまでは状況はよくなっていた。まず、ミセス・ファーガソンの家ではそっとしておいてくれるので、いわば保護されているような気がする。自分の部屋にも慣れた。それに、デイヴィッドが自分の近くにいてくれるのも嬉しかった。デイヴィッドは分別のある人間だったからだ。時にはモイラのことを考えることもあったけれど、それはけっきょくのところ、彼女は自分が思い描いていたような女とは似ても似つかないということを納得するためだった。そう考えると安心する。ある意味で、モイラには嫌悪感を覚えると言ってもいいくらいだった。彼女は体にぴったりのドレスをまとっていたので、いくつかの部分がくっきり浮き立って見えていたこと、そしてドレスが赤いということがこの淫らさをさらに際立たせていたことを思い出した。

この若い娘と会ったことについてデイヴィッドと話すのはなんとなく憚られたので、セーターが見つかったとだけ言っておいた。その代わり、誰かに打ち明け話をしたいというつもの欲求に駆られて、ある日、英文学の時間にテレンス・マクファデンと交わした紙切れでのやりとりについて彼に話した。

「君はまちがっていたと思うよ」と、デイヴィッドは言った。「知らない相手にそんな私的な質問をするものじゃない」

「でも、たぶんそうしないと彼がカトリックだということは絶対わからなかったと思う」

「彼がカトリックだとわかったからといって、何になるんだい？　だいいち、彼みたいな名前だったらカトリックでしかありえないよ(17)」と、彼は微笑みながら付け加えた。

(17)　マクファデン Mac Fadden という姓の Mac は、カトリックの多いアイルランドのゲール語で「……の息子」という意味。

いくつかの言葉がジョゼフの口をついて出かけたが、すぐに思いとどまった。いろいろな考えが頭の中で渦巻いていて、理解可能な仕方で言い表すことができなかったのだ。

「ついておいで」と、デイヴィッドは言葉を続けた。「庭をひと回りしよう。まだ一緒に行ったことはなかったよね。それに、君に言っておきたいこともあるし」

二人は裏のドアから屋敷を出て、イボタノキが両側に植わった小道を進んで行った。少し先まで行くと、ニレとシカモアの茂みがある。足元では分厚く積み重なった枯葉の層が滝のような音をたてて踏み分けられ、彼らの声をほとんどかき消していた。二人はそうして、黒い板で作られた小屋のところまで来た。小屋の背後には低い小さな塀があり、薔薇色の煉瓦がところどころ紫に変色している。

「庭仕事用の道具がここにしまってあるんだ」と、デイヴィッドはドアを押し開けながら説明した。「数年前、水撒き用のホースの後ろにガラガラヘビが見つかったことがあってね、それでミセス・ファーガソンはこの小さな塀を作らせたんだ。人なら簡単にまたげるけれど、ヘビは庭に入ってこられないからね」

ジョゼフは中を覗き込み、小屋の内部に熊手やシャベル、それにデイヴィッドが話題にしたホースがあるのを目にした。小さな塀の向こうには赤茶色のやぶに覆われた空き地があって、青白い空に単調なラインをまっすぐに引いている鉄道の土手までずっと広がっている。空の青は冷たく透明で、冬の訪れを告げていた。

「君に打ち明けたいことがある」と、デイヴィッドは少し芝居がかった感じで声を高めながら、唐突に切り出した。「君は友だちだ。だから知ってもらわないと。ぼくは婚約しているんだ」

ジョゼフは彼を見つめた。

「婚約だって！」と、びっくりして彼は繰り返した。

「そう。郷里の女の子とね。半年前からつきあってるんだ。写真、見たいかい？」そしてこの質問への返事を待たずに、彼は財布から写真を取り出した。ふっくらした愛らしい顔の小柄な娘で、腕がぽってりしており、おとなしそうに微笑んでいる。

「かわいいと思わない？」と、デイヴィッドは尋ねた。

彼はすぐに付け加えた。

「言っておくけど、写真写りがいいわけじゃないよ。顔の色がすばらしいんだ。天使だよ、神がぼくに遣わしてくれた天使なんだ。ぼくが牧師になったら結婚することになってる」

彼は破顔一笑すると、気軽な、ほとんど冗談めかした口調で言った。

「どうだい、うらやましいだろう！」

この言葉を聞いて、ジョゼフは相手の動きを止めようとするかのように両腕をつかむと、正面から顔を見つめながら、ゆっくりと言った。

「だめだ、いけないよ、デイヴィッド。結婚は危険な誘惑だ」

「何が言いたいの？」

「ぼくの言いたいことはよくわかってるだろう」と、ジョゼフは目を光らせながら続けた。「結婚すれば、肉欲、肉の快楽、それにありとあらゆる不純なことが……」

「黙りたまえ！」と、身を振りほどいてデイヴィッドは叫んだ。

「君はこの女性を抱きしめるとき、神のことを考えられるのか？」

デイヴィッドは返事をしなかったが、怒りで真っ赤になった顔をそらし、何歩か下がった。そこでジョゼフは勝ち誇ったように腕組みをすると、明確な落ち着いた声で聖書の言葉を引いた。

「淫らな者は、神の国を受け継ぐことはありません(18)」

沈黙があった。デイヴィッドは一、二分そのまま黙っていて、それから友人のほうに向き直った。

「ジョゼフ」と、微笑みながら彼は言った。「ぼくの将来の計画について話すのはもうやめよう。君には傷つけられたけど、そんなつもりはなかったんだよね」

「警告したはずだ。神は姦淫した者を呪われたと」

「警告したと言うならそれでいいさ。でもぼくたちが怒りを抱えたまま一日が終わってはいけない。手を貸して。ぼくはね、君が言っているような罪は一度も犯したことはないよ。それに君は忘れているけど、情欲に身を焦がすよりは結婚したほうがましだと、聖パウロは言っている。(19) 手を貸して、ジョゼフ」

少しためらってから、ジョゼフは疑い深そうに片手を差し出した。またしても、デイヴィッドはいい役回りを演じたのだった。ほとんどいつも、こんなふうに終わりになる。二人は握手すると、枯葉をばりばりと踏みながら、口を開くことなく下宿に戻

(18)「コリントの信徒への手紙　一」第六章九―一〇節(第一部注36および第二部注9参照)。

(19)「しかし、自制することができないなら、結婚しなさい。情の燃えるよりは、結婚するほうがよいからです」(「コリントの信徒への手紙　一」第七章九節、(新)三〇一頁)。

った。玄関前のステップをのぼるとき、デイヴィッドはふと立ち止まってささやいた。

「君がよく使う、あの……姦淫した者とか姦淫の罪といった言葉は、何か耳障りで不愉快な感じがするね。聖書に出てくることは百も承知だけど。でもやはり、こうした言葉はよく考えた上で使わないとね、わかるかい?」

ジョゼフは返事をしなかった。

「ちょっと言ってもいいかな……君のために、そう、君のために」と、デイヴィッドは続けた。「言ってもいいかどうか、正直迷ってるんだ。君がいやだと言うならやめておくけど」

彼は数秒間待ってから、ジョゼフの腕を強くつかむと、恥ずかしそうな声で口ごもりながら言った。

「こんなことを言って申し訳ないんだけどね、ジョゼフ、君はちょっと……姦淫の罪のことを、君が姦淫の罪と呼んでいるもののことを、考えすぎなんじゃないかな。それを避けていることは知っているよ、でも君はそのことを考えている」

「人が自分の嫌いなものについて考えるのと同じように考えているだけさ」と、ジヨゼフはしゃがれ声で言った。

デイヴィッドは不安に満ちた目で彼のほうを見上げた。

「ジョゼフ」と、彼はようやく言った。「どんなふうにであっても、そのことを考えるべきじゃないよ」

このせりふはきわめて切迫した深刻な口調で言われたので、ジョゼフは喉が締めつけられるような気がした。

「考えずにはいられないんだ」と、彼はささやくように言った。

XIII

彼は部屋に戻って閉じこもった。デイヴィッドとの会話に深く心を揺さぶられたので、立ち直るにはベッドに横たわらずにはいられなかった。けれども彼自身の口から出た最後の言葉の記憶は、友人の説教より遥かに強く彼を動揺させていた。ぼくが姦淫の罪のことを考えずにはいられないというのは、本当なんだろうか？　どうしてあんなことを言ったんだろう？　数分のあいだ、彼はこれらの疑問を頭の中で何度も繰り返し、それから不意に腹ばいになると、腕で顔を覆った。注意深く耳を傾けているかのようなこの部屋の沈黙の中に、強い不安のあまり前より静かになった声が湧き上がってきた。

「主よ、われに純潔な心を与えたまえ！」

だが、いったいこの世の誰が純潔な心を持っているというのだろう？　デイヴィッド自身でさえ、肉の交わりのことを考えているではないか？　人類はほとんど完全に堕落しているのだという考えが、不意に彼の頭をかすめた。性欲が目覚めるや否や、悪魔は自らの権利をふるうのであり、ただ子どもたちと何人かの聖人だけが、天国に神を見出すのだ。その他の者はみな、果てしなく情欲に身を焦がす、永遠に身を焦がす。

ベッドを離れると、彼は窓のほうへ行き、無意識の動作で胸に手を当てた。〈聖人たちか〉と、彼は考えた。聖書の中には何人かいたし、たぶんほかにもいるのだろう。そして確かに彼は、デイヴィッドもその一人だと信じていた。しかしあの結婚計画は、選ばれた者、栄光を約束された者についてジョゼフが抱いてきたイメージにはそぐわない。不忠実な教会の天使に向けられた主の言葉が思い出された。「あなたは初めの愛を離れてしまった……あなたの燭台をその場所から取りのけよう……」[20]。かつてデイヴィッドに授けられていた恩寵は、たぶん別の人間に与えられたのだ。彼の胸は高鳴った。この部屋で、突然、すべてがなんと神秘的に思えたことだろう……。目に見える世界を、目に見えない世界から隔てる仕切りが、次第に薄くなっていくかのようだ。何ひとつ変わってはいないのに、何ひとつ以前の見慣れた様子をしていない。陽光そのものでさえ、夕焼けで火事のように赤く染まった空とは別のところから注いでくるかのようだった。

長いあいだ、彼はじっと動かずにいた。身動きして秘密の秩序を乱してしまうのを恐れているかのように。そして理由はよくわからなかったが、深い喜びを覚えた。いくつかの言葉が何度も、奇妙なほど執拗に頭に浮かんできた。「……私はこの地では寄留者です……」[21]。しかしこれらの言葉が心の中で響いても、それで悲しみを覚える

(20)「ヨハネの黙示録」第二章四―五節、(新)四四一頁。
(21)「詩編」第一一九章一九節、(旧)九四三頁。

ことはなかった。むしろ逆に、それらはえもいわれぬ甘美さで、少しずつ彼を高揚させるのだった。

夜の帳(とばり)がほとんどまたたく間に下り、ジョゼフは手探りで卓上のランプを探した。奇妙な夢から覚めたような気分だった。その夢のおかげで、彼は舞台装置の後ろ側を通るようにして、世界の向こう側に移っていたのだった。いつもの動作を思い出して、机の上に本を並べ、それらを開いて自分が読んでいることを理解できるようになるには、ある程度の時間が必要だった。この漠然とした恍惚感の余韻だろうか、じっさい、軽く酔っ払ったような感じは残っていて、それが心地よかったので何がしか残しておこうと努めてはみたものの、それも速やかに消えていった。十五分後には、ギリシア語文法の練習問題に熱中して、もう*μι*(ミ)動詞の活用のことしか考えていなかった。

ドアがノックされるのを聞いたときには、面倒だなという気持ちがして、初めは返事をせずにおこうかとも思った。しかし意に反して、彼は「どうぞ！」と言った。

キリグルーが姿を見せた。緑色のラシャの服をまとい、畝織(うねおり)の分厚いウールの靴下まで垂れたニッカーボッカーズを穿(は)いている。その姿を見ると、旅行者かゴルフプレイヤーのようだったが、表情はまじめで、口調もいつもより硬かった。

「やあ、ジョー」と、彼は鼻にかかった生気のない声で言った。「お邪魔じゃないといいんだけど。ミセス・デアから住所を教えてもらったのでね」

周りをさっと見回してから、彼はロッキングチェアに腰を下ろした。

「きれいな部屋ですね」と、彼はチェアで体を揺すりながら言った。

腕組みをして、ジョゼフは黙って彼を見つめた。

「煙草を喫ってもいいですか？」と、ポケットから緑色の翡翠製の長い手巻き煙草用ホルダーを取り出しながら、キリグルーは尋ねた。そして返事を待たずに説明を加えた。

「気が落ち着くんでね。失礼しますよ」

煙草に火をつけると、彼は話し始めた。

「何人かの話をしようと思って来ました。特に君と、サイモンと、それから……」

「サイモンの話は聞きたくありません」と、ジョゼフはくぐもった声で言った。

「彼について疑問に思ったことは全然ないんですか？」

「ありません。ひとつも。彼のことはほとんど知らなかったし」

キリグルーは少し首をかしげ、ジョゼフをさらに注意深く見つめた。

「そうですか、ではサイモンの話はやめておきましょう」と、彼はゆっくりした口調で言った。「でも、サイモンは本当のことを言っていた。君の前ではけっして口に出せない言葉がある、だって言えないんだからってね。君は彼をこわがらせていました。ぼくは別にこわくありませんけど、でも……彼が黙ってしまったのは理解できます」

この言葉のあとに短い沈黙があり、それから彼は続けた。

「君はあまりにも……」

彼はためらい、微笑み、煙草の煙をひと口吐くと、ようやく言った。

「……うぶすぎる！」

ジョゼフは赤くなった。

「滑稽ですよ」と、彼はつぶやいた。「あなたの言っていることは滑稽だ」

けれどもキリグルーは、病人に話しかけるときのようなわざとらしい穏やかさで続けた。

「別にショックを受けるような言葉じゃないでしょう。でも、少し動揺しているのはわかりますよ。だって、君を不安がらせている、というか、怯えさせている問題に関わる言葉ですからね」

「ぼくにはわかりません」と、ジョゼフは言った。

「君自身のある部分が、君をぞっとさせているんです」

「ぼく自身のある部分が……」

「君の肉体ですよ」と、キリグルーは声を変えて言った。

ふたたび彼らは黙り込んだ。訪問者は不意に真っ青になってジョゼフをじっと見つめ、ジョゼフはちょっと乱暴に顔をそらした。少ししてから、キリグルーは言葉を続けた。

「君は自分の肉体の中に敵しか見ていない。君の頭の中では、肉体は悪魔から来たものなんです。君の目から見ると、肉はすべて呪われているんです」

彼は話しながら勢いづいてきて、手巻き煙草用ホルダーを窓の縁に置いた。

「いまは一九二〇年ですよ、ジョー。君の考えは昔のものです。目を覚まさなくてはいけない、自分自身の外に出て、君の周りで言われていることを聞かなくては……」

ジョゼフは相手を見つめた。

「もう何度も聞きましたよ」と、彼は言った。「聞きたくなかったけど、耳に入ってきましたからね。あなたがマック・アリスターやほかの連中と話すのも耳に入りましたよ。ぞっとしました」

「何が耳に入ったのかはわかりません。たぶん、気軽に話してたんでしょう、男たちがよく仲間同士で話すようにね。おそらく、セックスのことが話題になっていたんでしょう。われわれの年頃の男たちはそのことしか考えていませんよ、ジョー。まったく自然なことです」

意地悪そうな微笑が彼の顔に浮かんだ。少し顔を前に出して、彼は付け加えた。

「君自身だって、ジョー、きっとそのことを考えているでしょう」

椅子から立ち上がると、ジョゼフは後ろ手を組み、怒りに燃えた目で訪問者を見つめた。

「放っといてください、キリグルー!」と、彼は言った。

「怒らせるつもりはなかったんです」と、キリグルーは控え目な口調で答えた。「ここに来たのは善意からなんですよ。知ったらきっと驚くと思いますよ、ぼくがどれほど……」

彼は口をつぐみ、ジョゼフが黙っているのを見てから言葉を続けた。

「君には大学でたくさんの友だちができるでしょう。別にほめ殺しにするつもりはないけれど、でも……」

彼は軽くチェアで身を揺すると、つぶやいた。

「君には人に好かれるすべてがある」

その後の数秒間は、ロッキングチェアの下できしむ床の音しか聞こえなかった。それからキリグルーがまた声を出したが、今度はおずおずとした口調だった。

「そう言われたことは一度もありませんか?」

ジョゼフは身動きしなかった。モイラの言葉が突然頭によみがえってきた。〈あなたって、おかしな顔してるわね!〉

「ありませんよ」と、彼は不意に力をこめて言った。「ぼくが知っているのは、自分がおかしな顔をしているってことです。そう言われたんです」

「何ですって!」と、キリグルーは叫んだ。「いったい誰ですか、何も見えていないというか、まったく馬鹿な男だな……」

「いやいや、男じゃありませんよ! でも、そんなことどうだっていい」

「君にそんなことを言ったのは女なんですか?」

「ええ、女です」

この言葉を聞いて、キリグルーの顔は石に変わってしまったかのようになり、両目が点のようになった。

「どの女?」と、彼は尋ねた。

「あなたには関係ないでしょう」

「それは違いますよ、ジョー。ぼくがここに来たおもな目的は、まさにそれなんだから。ぼくは君の役に立つために、君を守るために来たんです」

「何をおっしゃりたいのかよくわかりません」

「その女の名前は言わなくてもいいから、この土地の女かどうかくらいは教えてくれてもいいでしょう」

「ええ、この土地の女です」

キリグルーはチェアの上でのけぞった。

「それ以上は言わなくていい」と、微笑みながら彼は言った。「言い方からして、問題の女性は完全にわかりましたから」

窓に目を向けて、ジョゼフは沈黙を守った。

「モイラでしょう」と、キリグルーは言った。「彼女が君に会ったことは知っています。マック・アリスターに彼女がそう言っていましたからね。それに、君はこの町に女性の知り合いがいない。この下宿の女主人とミセス・デアは別だけど、どちらも君にそんなことは言わないでしょう。残るのはモイラだけだ。当たってますか?」

ジョゼフは唇を噛んだ。

「もちろんモイラでしょう」と、体を揺すりながらキリグルーは言葉を続けた。「でも言わせてもらえば、あの……あの女の言うことなんて、まったく取るに足りませんよ。ゴリラに口説かれたらゴリラにだって身を任せる女です。でも君は、もちろん彼女を口説いたりしない。それが気に食わないんです。彼女を意のままにした男の子は数え切れませんよ。素行が悪くて学校を追い出されたので、ここに戻ってきたんです。ここなら気に入る学生も何人か見つかるだろうから。三日間いることになってるらしいけど、三日間ねえ! 立ち去る気なんかこれっぽっちもありませんよ。あれはラテン民族がルーパ[22]と呼んでいたやつだ、雌狼、いつも飢えている獣……」

「そんな話は聞きたくありません」と、ジョゼフは動かずに言った。

(22) 原語はラテン語の *lupa* で、雌狼のほか、娼婦という意味もある。

「彼女が挑発的な格好をしているとか、君をぞっとさせるたぐいの女みたいに化粧しているとかいったことを、否定できますか？　彼女の周りには、ある種の館に漂っているようないかがわしい香水のにおいがぷんぷんしている。別に道徳家ぶるつもりはありませんよ。ぼくがそんな態度をとれば、滑稽だろうから。でも本当に、彼女はどちらかというと……むかつくような女ですね。そしてたぶん、危険な女だ」

「危険？」

「そうですとも、ジョー。君は極端に無邪気です。ある種の女たちは危険だということを、誰かが言っておくべきだったんだが」

「知ってますよ」と、ジョゼフは不意に言った。「そう言われました」

「それに」と、キリグルーは続けた。「こうして話していて、もう言ってもいいかなという気になりました。そう、君には絶対にこんなことは言うまいと決めていたんだけどね、君にたいして何かが仕組まれていますよ」

「ぼくにたいして？」

「まあ、大げさに言うのはやめておきましょう。ちょっとした悪だくみというか、学生の悪ふざけみたいなものかな。先週のことだけど、連中はとても気の小さいスチユアートの純潔を失わせてやろうと示し合わせたんです。彼にはミセス・デアのところで会ったことがあるでしょう。連中は彼に酒を飲ませて、ほとんど無理やり町に連れて行きました。それで、彼はみんなの見ている前で女とある行為をしてしまったんですよ。わかりますか？」

「わかります」

「連中はいたずらを仕掛けるつもりなんですよ、君にもね。同じいたずらとは言いませんが、でも……」

「だから？」

ジョゼフは急に、いたく冷静な態度で尋ねた。

「だから、用心しなくてはいけません。君の少し狂信的な道徳観に、彼らは苛立っているんです。君が滑稽な、評判を落とすような状況に陥るのが見たいんですよ」

「神が彼らを罰するでしょう」と、ジョゼフは穏やかに言った。

「いずれにしても、君に警告しておきたかったんです」

ジョゼフは返事をしなかった。体を揺すりながら彼を見つめているキリグルーから少し距離をとって立ったまま、彼は窓から遠くを眺めていた。まるで空の向こうに、ある問いにたいする答えを探しているかのように。名状しがたい悲しみが、まずは目に、それから口にと、次々に顔のあちこちに波及しながら彼の表情に広がっていった。

そのとき、ドアをそっとノックする音がして、夢から覚めたように、ジョゼフは大声で言った。

「どうぞ!」

するとドアが開き、黒い服を着て、足まで垂れた白いエプロンを身にまとった黒人の老女が入ってきた。象牙のような艶のある顔には唇と睫毛が薄紫色に浮かび上がり、インクで描いたかのような皺が頬と額に溝を穿(うが)っている。はがねのフレームの眼鏡が賢そうでいかめしい感じを与えていて、伸ばした両腕には念入りに四つ折りに畳まれたウールの大きな毛布が抱えられていた。

「毛布がもう一枚ご入用なんじゃないかと、ミセス・ファーガソンがおっしゃったので」と、荷物をベッドに下ろしながら彼女は言った。

彼女はジョゼフをちらっと見たが、彼はじっとしたまま、ひとことも発しなかった。

「確かに、夜はずいぶん寒くなってきましたからね」と、キリグルーが言った。

チェアから立ち上がると、彼はベッドのほうへ行き、まるで自分のベッドであるかのように、毛布に触ってみるそぶりをした。

「ずいぶん分厚いなあ！」と、彼は感嘆したように微笑みながらつぶやいた。「きっととても暖かいでしょうね」

「とにかく、重たくて運ぶのは大変ですけどね」と、部屋から出ながら家政婦は言った。

彼女がドアを閉めると、キリグルーはジョゼフのほうへ何歩か歩み寄り、少しあやふやな視線を向けた。

「君は何も言いませんでしたね」と、彼は言った。「代わりにぼくがしゃべったけれど」

ジョゼフは返事をしなかった。

「どうしてそんなに深刻そうな顔をしてるんです？」と、キリグルーは小声で尋ねた。「ずいぶん人見知りなんですね……」

そして共犯意識と懇願のあいだで揺れ動いている口調で、付け加えた。

「きっとね、ぼくたちは友だちになれるんじゃないかな、君さえよければ……」

彼の手が用心深く伸びてきて、ジョゼフの手にそっと触れるように重ねられた。ジヨゼフはびくっとした。二人の男の視線が交差した。

「どうしてぼくに触るんですか?」と、ジョゼフは急にこぶしを丸めて叫んだ。

キリグルーは真っ青になり、両目が眼鏡の奥で揺れた。話そうとして口を開いたが、何も言わなかった。彼の手はまた、だらりと落ちた。

「出て行ってください!」と、ジョゼフは命令した。

XIV

数日後、ジョゼフがデイヴィッドと一緒に授業に行く途中、大通りで二人はモイラとすれちがった。マリンブルーのコートが彼女の全身を包んでいて、細いながらもたくましい両脚がのぞいている。高すぎるハイヒールの踵(かかと)が、いかにも厚かましい音をたてて歩道を叩いていた。ジョゼフは顔をそむけたが、通りすがりに自分に投げかけられた侮蔑的な視線を目の端でとらえ、血が頬にのぼってきた。

曲がった枝がまだ黄葉をまばらにつけているシカモアの下をしばらく歩いてから、ジョゼフは不意に言った。

「さっきすれちがったのは、ミセス・デアの養女だよ。名前はモイラ」

彼は一瞬口をつぐみ、デイヴィッドが質問してくれないかとひそかに期待したが、けっきょく続けて言った。

「このあいだ、話す機会があったんだ」

「それなら」と、デイヴィッドは落ち着いた声で言った。「ぼくだったら挨拶したけどね」

「わざと挨拶しなかったんだよ、したくなかったんだ」

この断言のあとには深い沈黙が訪れたが、ジョゼフは自分が口にしたことで気が軽くなったようだった。二人の少年はひとことも交わさず、広い芝生に沿った回廊のところまで来た。そのとき、ジョゼフはふたたび口を開いた。

「デイヴィッド、ぼくはテレンスを改宗させようと思うんだ」

「テレンス?」

「そう、テレンス・マクファデン。数日前に君に話したカトリック信者だよ。昨夜、神が彼を救うようぼくに望んでおられると確信したんだ」

大喜びするだろう、たぶん感極まって叫びさえするのではないかと期待して、彼は友人のほうへ目を向けたが、デイヴィッドの賢そうで折り目正しい横顔にはいかなる感情の動きもうかがえなかった。

「君にアドヴァイスできるとしたら」と、デイヴィッドはようやく言った。「慎重に行動すべきということだね。君はカトリック信者を知らない。その学生はそっとしておいたほうがいいよ」

「でも、彼が堕落に向かって行くのを見ていながら、何もしないわけにはいかないよ」

「この世の誰一人、彼が堕落に向かっているなんて断言することはできない。君もぼくも、救われるには洗礼を受けてキリストを信じさえすればいいと教わってきただろう。テレンス・マクファデンがこの二つの条件を満たしているのなら、彼は天国に行けるさ」

「デイヴィッド！」と、ジョゼフは立ち止まって叫んだ。「本気でそんなことを言ってるのかい？」

デイヴィッドも立ち止まり、冷静な目でジョゼフに視線を向けた。

「一点の疑いもないね」

彼らはふたたび歩き出した。ジョゼフは頭を胸のほうにかしげて、深く考え込んでいた。悪は思っていたより大きい。デイヴィッドの目を見えなくさせているのは、例の結婚計画だ。すでに彼の内で頽廃が始まっている。だが、自分は彼を救うだろう、彼らみんなを救うだろう。

急に情愛がこみあげてきて、彼は片腕で友人の肩を抱き寄せ、少し高い調子の声で尋ねた。

「ぼくたちは救われているといまでも信じてるかい、デイヴィッド？　二人とも救われて、選ばれた者たちにキリストが約束してくださった通り、太陽のように輝くだろうって？」

「うん」と、デイヴィッドは言った。「でも、君はあれこれ考えすぎだよ」

二人は長い回廊を過ぎて、むき出しの広い空間に出た。彼らの会話の声は澄んだ冷たい空気の中に吸い込まれていく。新古典様式の建物が片方をふさいでいるが、右手のほうには金色の斑点のように黄葉がついた樹々のあいだから青い丘が見える。この景色を見て、ジョゼフは心臓が胸の中で躍るような気がした。

「すぐにでも死んで天国に行きたいと思う瞬間が時々あるよ」と、彼は遠くを見つめながら小声で言った。

デイヴィッドは笑い出した。

「君は子どもだね、ジョゼフ」

そのとき鐘が鳴り、授業の終わりを告げた。学生たちが最初は一人ずつ、それから十人くらいずつ芝生を横切ってきて、やがてあちこちから出てくるように思われた。少しのらくら歩いているのは上級生、まじめな顔をしてせかせか歩いているのは一年生だとわかる。デイヴィッドとジョゼフは彼らから離れて歩こうとして、歩を速めた。

「君に聞きたいことがあったんだ」と、ギリシア語の授業がある建物に近づいたときジョゼフは言った。「さっきすれちがった女、モイラ・デアだけど……」

「それが？」

「全然美人じゃなかったよね、そう思わない？」

「何もわからないよ」

「ずいぶん厚化粧だったのに気がつかなかった？　口だって……」

デイヴィッドはジョゼフの目をまっすぐに覗き込んだ。

「ぼくは通りすがりの女の人をじっと見たりしないんだ」

ジョゼフは唇を噛み、返事をしなかった。

二人は列柱回廊につながる階段を黙ってのぼった。ジョゼフがドアを開けようとすると、内側からドアが開き、出てきたプレーローと危うくぶつかりそうになった。日焼けした顔の両頬には血の気があふれ、そのせいで黒い瞳の輝きがいっそう生き生きとして見える。空気は冷たいのに、襟がわざとらしく無造作に開けられたシャツから首がのぞいていて、肩を後方に引っ込めて頭を反らしたしぐさには、少しばかり挑戦的なところがあった。それでも彼は、ジョゼフを見ると後ずさりするようなそぶりを見せたが、すぐに気を取り直すと、長く続く芝生の反対側に見える図書館の大時計を見つめながら、彼の前を通り過ぎて行った。ジョゼフは前を通るプレーローを思わず振り返り、一瞬、そのあとを目で追わずにはいられなかった。〈セーターを捜しに行ったとき、彼女は相手が彼だったら、ぼくにたいするような口のきき方はしなかっただろう〉と、彼は考えた。〈そして彼もけっして、彼女の前で屈み込んだりはしなかっただろう〉。大学に来てから味わってきた数々の屈辱的なできごとを思い出すと、急に怒りがこみあげてきて顎がぎゅっと締めつけられ、額に皺が寄った。

「どうしたんだい?」と、デイヴィッドは尋ねた。「さっきから心配そうに見えるけど」

彼らは石膏像の前を通っていて、ジョゼフはいつものように目を伏せていた。

「なんでもないよ」と、彼はしゃがれ声で言った。「構わないでくれ」

XV

翌朝、服を着ているとき、上着のポケットのひとつが家具の鍵に引っかかり、まっすぐに破れてしまった。この思わぬできごとで、彼は動転した。どうしたらいいかデイヴィッドに聞きに行こうと思ったが、すぐに考え直した。なすべき唯一のことは、新調のスーツを着ることだ。おそらくデイヴィッドは違う意見で、遥かに理にかなった別の解決策を提案するだろうけれど、今度ばかりは自分の好きなようにしようと、ジョゼフははっきり心を決めていた。三分後、彼は晴れ着のような服装で部屋を出た。ひどく驚いたことに、連れは普段と違ったことには何も気づいていないかのようだった。彼らはいつものように、ミセス・ファーガソンの亡き夫に見守られながら、二人きりで朝食をとった。ミセス・ファーガソンは、いつも彼らよりあとに起きてくるのだった。陽の光が、堂々たる形をした大きな銀のコーヒーポットを輝かせ、小さなスプーンで果汁一滴も残すまいと注意深くグレープフルーツをすくっているデイヴィッドの手を照らしている。

「明後日、もしよかったら」と、彼は目を上げずに言った。「一緒にカフェテリアに行こう」

〈このスーツを見て、ぼくに二十ドル貸していることを思い出したんだ〉と、ジョゼフは考えた。〈彼はちゃんと目にしているのに、何も言おうとしなかった〉

どうしてその二十ドルをいま、食卓の上に、現金で持っていないんだろう、そうすれば借金を返して、彼をお気に入りのカフェテリアと一緒に追い払ってやれるのに！食卓の下で手を組み、彼は指の関節を力いっぱいぽきぽき鳴らした。その音に乗せて自分の不満を伝えようとするかのように。

「ぼくの言ったこと、聞こえたかい?」と、デイヴィッドはスプーンを置いて尋ねた。

「ああ、もちろん」

「じゃあ、それでいいね?」

赤毛の頭が、かなりぶっきらぼうに縦に振られた。二人は黙ったまま、湯気をたてているほかほかのパンを指先で裂きながら何口か食べた。そして数分後、若き「牧師」に挑みかかりたくなって、ジョゼフは一気に言った。

「ぼくが新調のスーツを着ているのに気がつかなかったね」

「気がついてたよ」と、相手にコーヒーを注いでやりながらデイヴィッドは言った。

「なぜだか知りたいとは思わないの?」

デイヴィッドは自分のカップを満たし、中身をスプーンでかき混ぜた。

「ぼくはいつも、できるだけ質問はしないようにしているんだ」と、彼は穏やかに言った。

「ああ」と、ジョゼフは微笑みを浮かべて言った。「ぼくはいつも、君に欠点がないことを忘れてしまうんだ」

この言葉にたいする言い返しはなかったが、食堂から出るとき、デイヴィッドはジョゼフの腕をつかんで言った。

「昨日はぼくの誕生日だったんだ。両親がプレゼントを送ってくれた。これからする質問に、イエスと答えると約束してくれるかい？」

「いやだよ」と、ジョゼフはびっくりして答えた。「だって、質問によるじゃないか」

「いずれにしても、よく考えて、すぐにノーと言わないと約束してくれるかい？」

「わかった」

「ぼくにたいする君のちょっとした借金はね、ぜひ帳消しにしたいんだ。いいかな？　いや、今日返事をしなくてもいい」

ジョゼフは赤くなった。

「そうすれば」と、デイヴィッドは彼に話す暇を与えずに続けた。「君がカフェテリアで稼ぐお金は全部君のものになる。ぼくに借金を返すために君が働くなんて考えると、とても耐えられないんだ。それに、君はもうイエスと言ったと思ってる、もし君がノーと言ったらぼくはすごく傷つくだろうからね。場合によっては、与える気前のよさと同じくらい、受け取る気前のよさというものもあるということを、君も知らなくちゃいけないよ。さあ、行こうか」

こう言うと、彼は大人が子どもを押すように、ジョゼフをドアのほうへ押していった。

XVI

部屋で一人になると、ジョゼフはギリシア語の文法書を手に取り、力いっぱい床に投げつけた。

「いやだ!」と、彼は叫んだ。

だが、いくらいやだと言ってみても、いつもデイヴィッドに打ち負かされてしまうのだった。デイヴィッドはけっしてまちがえることがなく、選ばれた者のように行動する。おまけに、ジョゼフの考えていることも、いともたやすく読み取ってしまうのだ。ジョゼフは時々、彼のことが嫌いになることがある。彼の声、目、髪の毛、オールドミスみたいなしぐさでグレープフルーツを食べるやり方、要するにデイヴィッドをデイヴィッドたらしめているすべてのことが。今朝は特にそうだった。まさにその極みだった、あのちょっとした演説に包まれたプレゼントは……。だが、受け取るつもりはない。すでに頭の中で、彼は今晩にでも言ってやるつもりのせりふをあれこれ考えていた。「たとえ指の関節を痛めるまで皿拭きをしてでも……」。けれどもこのせりふは滑稽な感じがしたので、口にはしないだろう。彼にはよくわかっていた、自分はこのせりふを口にしないであろうということ、それどころか、自分がさっき言ったことについて、また、庭で先日言ったことについて、デイヴィッドに赦しを請いに行くであろうことが。まさにそれだからこそ、彼はギリシア語の文法書を床に投げ捨て、足で踏みつけたりしているのだ。しかしすぐに恥ずかしくなって、彼はそれを拾い上げ、袖の裏側で拭うと、あたかもいましがた受けたひどい扱いからその本を癒すかのように、表紙に手を置いた。

控えの間に行くと、九時の授業に行くために彼を待っているデイヴィッドがそこにいた。

XVII

デイヴィッドの部屋は相変わらず快適だった。戸口をまたぐや否や、触れることのできない衣服のように甘美な暖かさが体を包み、幸福感で思わず微笑んでしまう。卓上のランプは穏やかな光を発散し、天井に大きな黄色い円形を描いている。そしてデイヴィッドは本に囲まれ、いかにも思慮深い表情をしていて、何があっても動じないように思われた。ここでも戸外でも、彼は永遠に手が届かないところにいるような、不思議な印象を与える。それをジョゼフは感じていて、あるときは激しい苛立ちを覚えるのだったが、あるときはまったく逆に、デイヴィッドと会話することで内面から喜びがこみあげてくるのだった。

少し前から、彼らは二人とも胸がいっぱいになって、黙っていた。ようやくデイヴィッドが勉強机越しに手を伸ばし、ジョゼフの手に触れた。

「今後はもう二度とこんな口のきき方はしないでくれよ」と、彼は微笑みながら言った。「二度と謝ったりしないでくれ。恥ずかしくて死にそうになるから」

声をひそめて、彼は手を引きながら付け加えた。

「君にはすごく愛情を感じているから、君が何を言ったってぼくはけっして傷ついたりなんかしないんだ、わかるだろう？　このあいだ、小屋の近くで君が結婚に関して言ったことも、君が今晩またその話をしなかったらもう忘れていたところだったよ」

ジョゼフは黙って彼を見つめた。

「結婚に関して、ぼくが引用した聖パウロの言葉を覚えてるかい？」と、デイヴィッドは続けた。

「情欲に身を焦がすよりは結婚したほうがましだ」と、ジョゼフは引用した。

デイヴィッドはうなずいた。

「この言葉は、ぼくたちみんなにあてはまる」と、彼は言った。「ほかの人たちと同じように、ぼくにもね」

「君にも！」と、ジョゼフは叫んだ。「ありえないよ。君も時々、誘惑に駆られることがあるのかい？」

デイヴィッドは軽く肩をすくめた。

「ぼくたちは違う粘土でできているとでも思うのかい？」と、彼は尋ねた。

沈黙があり、それからジョゼフはつぶやいた。

「だから君は結婚するの？」

「ぼくが結婚するのは……恋をしているからだよ」と、デイヴィッドは少し遠慮がちに言った。

ジョゼフは真っ赤になり、目を伏せた。できることなら、罪を隠しているように思われるこのいかがわしい単語は使わないでほしかった。もちろん、結婚相手の女性について聖人たちの恋愛をもちだすことはできる。旧約聖書ではヤコブがラケルを見て愛情の涙を流すし(23)、新約聖書でも、ペトロとその妻の例がある(24)。しかしヨハネは結婚していなかった。でも、議論を蒸し返さないほうがいい、とにかく今晩はそのほうがいい。その晩、神秘的で、少し口に出しにくい質問をこれからしようと思ってはいたけれど、彼はデイヴィッドのすぐ近くにいるような気がしていたのだから。少し考えてから、彼はためらいがちな声で言った。

「君に聞きたいことがあるんだ、むずかしいことなんだけど。じっさい、そんなことは考えてもいけないような気がする。でも、知りたいんだ」

「何のことかな？」

「キリストは荒れ野で試みを受けたね、空腹だったから。(25) その試みは飢えだった、肉体の飢え……」

「そうだね」と、質問を予感してデイヴィッドは言った。

「で、もうひとつの飢えなんだけど、デイヴィッド……あの方がそれを経験したかどうかわかるかい？」

デイヴィッドの目は、急な恐怖に襲われたように大きく見開かれた。

(23) 「ヤコブはラケルに口づけし、声を上げて泣いた」(「創世記」第二九章一一節、(旧)四三頁)。

(24) 「イエスはペトロの家に行き、そのしゅうとめが熱を出して寝込んでいるのを御覧になった」(「マタイによる福音書」第八章一四節、(新)一三頁)、「私たちには、他の使徒や主の兄弟たちやケファのように、信者である妻を連れて歩く権利がないのですか」(「コリントの信徒への手紙 一」第九章五節、(新)三〇四頁。ケファはペトロのこと)など。

(25) 「さて、イエスは聖霊に満ちて、ヨルダン川から帰られた。そして、霊によって荒れ野に導かれ、四十日間、悪魔から試みを受けられた。その間、何も食べず、その期間が終わると空腹を覚えられた」(「ルカによる福音書」第四章一―二節、(新)一〇五―一〇六頁)。

「わからないよ」と、彼は息を吐きながら言った。「考えたこともない。そんなことは考えないほうがいいよ、ジョゼフ。ほとんど冒瀆に近い」

「別に冒瀆するつもりはないさ」と、ジョゼフは小声で言った。「でも、あの方もやはりそうしたことで苦しんだのだと言ってもらったら、自分がもっと強くなれるような気がするんだ。〈あの方だって……〉と思えれば」

「わからないよ」

二人は黙った。デイヴィッドの頬からは血の気が失せ、動揺を隠そうとして彼はまぶたを伏せた。たっぷり一分間、彼は完全に身動きせず、それから気を取り直して不意に言った。

「ぼくは時々、君のことが心配になる。君のことが大好きだからだよ。君の中の善良な部分が、何か行き過ぎの域に達しているような気がするんだ……」

「何が言いたいの?」

「じつはね、先日の晩、キリグルーがぼくのところに来たんだ。知り合いじゃなかったんだけどね。彼は君の話をした」

「あの人は好きじゃない」と、ジョゼフは暗い表情で言った。

「じつをいえば、ぼくもほとんど彼には惹きつけられなかったと言わざるをえない。彼には話しかけないほうがいいよ」

「あいつに話しかけるだって！　それどころか、あいつには反吐が出る。あいつの何かがむかつくんだ。人をじっと見つめるときには、まるで触ってくるような気がする。あいつは堕落しているんだ、女の尻を追いかけてるにちがいないさ」

「いや」と、デイヴィッドは重々しい口調で言った。「彼は女の尻を追いかけたりはしていないよ。でも、問題はそこじゃない。キリグルーは、君と交わした会話のことを話してくれたんだ。ほら、君がシェイクスピアの本を破った日のことさ」

「それで？」

「それで、君がこの詩人にたいして先入観を持っていることは、これまで受けてきた宗教教育で説明がつく。でも、やはり読まなくちゃね」

「いやだよ、とんでもない！」

「まあ聞いて」と、デイヴィッドは続けた。「ぼくたちが出会ったのは偶然じゃない。ぼくたちがおたがいに助け合うようにと、神が望まれたんだ。もし君が、神の王国を拡大しようと努力するつもりがあるのなら、いまからその準備をしなくては。勉強して……」

「勉強ならしてるさ！」

「……学んで、ひたすら学んで、誰とでも対等に話せるようにならなくちゃいけない。相手がどんなに教養豊かな無信仰者であっても、それが救済すべき対象だったらね。でないと、人から尊敬されないよ。話を聞いてさえもらえない。つまりシェイクスピアを読んだことのない人間なんて、無教養な人間なんだ」

ジョゼフは下を向いた。

「ぼくが『ロミオとジュリエット』で読んだ箇所を、君は読んでないだろう」

「察しはつくさ。いつだったたか、シェイクスピア劇の削除版の話をしたことがあったね。君がほのめかしているような詩句にショックを受けたのは、君だけじゃないんだ。だからシェイクスピアには、この種の箇所を取り除いた版が存在するんだよ。バウドラー(26)という人物が前世紀にそうした仕事をして、完全に人畜無害なシェイクスピアを提供したというわけさ。ぼくが持っている小型本には、『ハムレット』、『オセロー』、『アントニーとクレオパトラ』といった、最も有名な悲劇の要約と抜粋が収録されている。こんなやり方でもいいから、これらの作品を知っておくことは絶対に必要だよ」

「そう思うかい？」

「思うとも。人間の心とは何かを学ぶためだけだとしてもね」

「人間の心？　本当にそう思うの？」

「もちろんさ。ぼくたちは十八歳だよ、ジョゼフ。もう子どもじゃないんだ。ほら、ごらん」

こう言って、彼は勉強机の抽斗を開け、分厚い小型本を取り出してジョゼフの前に置いた。

「君にあげようと思って、このあいだ手に入れたんだ」と、少し控えめな微笑を浮かべながら彼は言った。「見返しのところにぼくが書いたことを読んでみて」

ジョゼフは言われた通りにした。彼の名前があり、その上にデイヴィッドは自分の名前と、一九二〇年十一月二十五日というその日の日付を書いていた。

(26)　トマス・バウドラー（一七五四―一八二五）はシェイクスピアの作品から公序良俗に反すると思われる箇所を恣意的に削除して、『一九世紀英国家庭のためのシェイクスピア戯曲全集』（一八一八）を刊行した。この版は大ベストセラーとなり、「バウドラー化する」という単語が作られたほどであった。

今度はジョゼフが微笑を浮かべた。何と言えばいいのかわからなかった。たぶんあまりに感激していたためだろう。

「ありがとう」と、ようやく彼は言った。「この本は読むよ、ぼくの役に立つと君が言うんだから」

「聖書の言葉を付け加えたかったんだけどね」と、デイヴィッドは言った。「でも世俗的な本のページに聖書を引用するのはむずかしい気がして。さて、あとは何て書けばいいかな?」

「何か人間の心に関することを」と、ジョゼフは提案した。「聖書の言葉があればもっといいような気がするんだけど」

デイヴィッドはペンを手にして考え始めた。突然、ジョゼフは叫んだ。「たとえ心に責められることがあろうとも、神は、あなたがたの心よりも大きい!」(27)

彼の顔には酔ったような表情が浮かんだ。喉が詰まるような声で、彼は聖書の言葉を繰り返した。

「そうだね」と、デイヴィッドは言った。「でも、いったいどうしたんだい?」

「わからないよ。この言葉がひとりでに口をついて出てきたんだ。君は心に責められることは全然ないの、デイヴィッド？　ぼくは大学に来てからというもの、毎日心に責められているような気がする。そして、この言葉が答えてくれるんだ」

「この一節を書いてほしいの？」

「神ご自身が語っておられるんだ」と、相手の言葉を聞かずにジョゼフは言った。「まるでこの言葉を口に浮かべながら、この部屋に入ってこられたみたいにね。恐れのあまりか喜びのあまりか、死んでもいいくらいだよ、デイヴィッド。永遠なる神はぼくたちのもとへ来て、ぼくたちを叱責して救うためにこのことを言ってくださっている。ぼくたちが拠り所をなくして、絶望に陥っているときにね」

「絶望に？」と、デイヴィッドはペンを握ったまま繰り返した。「何が言いたいの？」

「君には絶対にわからないだろうな」と、ジョゼフは熱をこめて続けた。「だって君は心に責められることがないんだから。君は義人だよ、デイヴィッド。ぼくはそうじゃない。君が誘惑に駆られるといくら言ったって、信じられない。ぼくは君のことを悪く思っていた、結婚には性的な渇望を満たすことしか求めていないんだと想像して

(27)「ヨハネの手紙　一」第三章二〇節、(新)四三二頁。聖書の原文では「私たちの心」となっているが、ジョゼフは「あなたがたの心」と言い換えている。

いた、だって、君もぼく自身がそうであるような人間だと思っていたから。いや、今度はぼくにちゃんとしゃべらせてくれ。いまでは君をあるがままに、最初に思っていたような人間だと、ぼくは思っている。君はぼくみたいに罪を犯すことはありえない。君には永遠に平安が与えられていて、心の中にはいかなる混乱もない。でもぼくの中にあるのはすべて激しさなんだ。君にはこれまで自分のことを本当に話したことがなかったけど、何も本当に話したことがなかったけど、今晩は聞いてもらわなくちゃ」

彼は不意に話すのをやめ、デイヴィッドの目をまっすぐ覗き込んだ。そして少ししゃがれた声で、次のように語った。

「できることなら、ぼくだって初期キリスト教の聖人たちのような聖人になりたかった。子どものころから、自分は神の友人になるんだといつも考えていた。神を愛していた。畏れる前に、神を愛したんだ。いまではすべてが変わってしまった。自分の中で起こっていることは、とても君には言えない。この点については、ちゃんとした形では話せないんだ。言葉がぼくに逆らって、裏切ってしまう。君が心に抱いているその希望、それはぼくだって持っているけど、ぞっとするような恐怖と隣り合わせなんだ。君は神を見出したんだし、神はこれからもずっと失われることはないだろうけど、ぼくは神を失うんじゃないかと、いつも不安でたまらない。だって、目の上までどっぷり罪に浸かっているような気がするんだもの。ぼくは情欲に身を焦がしているんだ、デイヴィッド。女とそういう関係になっていないのは、神がフィリスティア人のアビメレク(28)をお守りになったように、ぼくをそこから守ってくださっているからなんだよ。でもぼくは恐ろしいほど、自分が犯していないこの罪を欲している。この肉体の飢えがどんなものか、君にはわからないだろう。ぼくは時々、自分の肉から切り離されているような気がする。まるで自分の中に二人の人間がいて、一方が苦しんでいるのを、もう一方がじっと見ているみたいな感じなんだ」

ふたたび彼は口をつぐんだ。デイヴィッドはうなずいた。

「話してくれてよかったよ」と、ためらいがちな声で彼は言った。「祈らなくてはいけないね。お祈りするよ……」

「気になっている女がいるんだ」と、ジョゼフは一気に言った。

(28)「創世記」第二〇章に登場するゲラル地方、フィリスティア人(ペリシテ人)の王。この地に滞在したアブラハムが妻であるサラのことを妹だと言ったので、王は危うくサラと姦淫の罪を犯しそうになるが、神が夢に現れて事なきを得た(旧)二五―二六頁)。なお、「創世記」第二六章にもアビメレクという名の王が登場するが、これは息子というのが定説になっている。

もう一度、デイヴィッドの目に激しい恐怖が走った。

「いけないよ」と、彼はささやいた。「知りたくない。ぼくには関係ないよ」

「でも、誰のことか知ってるよね。彼女の名前を言っておきたいんだ。君に名前を言えば気が軽くなるような気がする」

「言ってほしくない」

ジョゼフは黙って相手を見つめた。

「彼女は神とぼくのあいだにいる」と、彼はようやく言った。「彼女のことは嫌いだ。本当は嫌いなんだ」

「誰のことも嫌ってはいけないよ」

二人は口をつぐみ、たがいに目をそらした。少ししてから、ジョゼフは立ち上がった。

「たぶん、さっき話したようなことは君に言うべきじゃなかったんだろうな」と、冷静な口調になって彼は言った。「でも、言わずにはいられなかったんだ。何か月ものあいだ黙っていたけど、いつか耐え切れなくなる日が来る。君は誰のことも嫌ってはいけないと言ったけど、それは正しいよ。君はいつも正しい。ぼくはいつも、いずれにせよまちがっているんだ」

返事をせずに、デイヴィッドは置いていたペンを持ち直し、シェイクスピアの本の見返しページに何語か書きつけた。

「たとえ心に責められることがあろうとも……」と、ジョゼフは声に出して読んだ。彼は一人うなずき、その小型本をポケットに入れた。

XVIII

その夜もまた、彼は眠りにつけなかった。デイヴィッドとの会話が絶えず頭に浮かんできて、彼はそれを、できればそうしたかったようなやりとりに作り直してみるのだった。というのも、口にしてしまったいくつかのせりふが恥ずかしかったからだ。一度ならず、言いたくなかったことも言ってしまった。心ならずも口から出たこれらの言葉は、それまで自分自身の奥底に隠れていたものをはっきり表しているので、彼はいつも驚いてしまう。たとえば、かつて聖人になりたかったというのは本当だけれど、この願望を言葉にしたことはなかったし、自分でもはっきり意識したことはなかった。ただ魂の目立たない場所で、そんな考えが自分を悩ませていることをかすかに感じていただけだ。ところが突然、それを口にしてしまった。ああ、滑稽な文章を書きつけた紙切れを破り捨てるみたいに、あの言葉を取り消すことができたら！

モイラについて言ったことも同様だ。でも、モイラのことは考えないようにしなくては。彼は目を大きく開いて、一方へ、それからもう一方へと、ベッドの上で寝返りをうった。食堂の振り子時計が、せかせかとせわしない音で三時を告げた。それからずっと遠くの夜の奥底で、今度は大学の大時計がけだるそうに、眠っているかのような音をたてた。

これまで一度も、午前三時の鐘を聞いたことはなかった。彼の手は枕元の小さなランプを探し、スイッチを押した。部屋が明るくなったが、まるでいま眠りから覚めたばかりのようだった。というのも、すべては新奇な、ほとんど不気味な様相を帯びていたからだ。右の肘をつき、顎を手のひらに載せて、彼は大きな暗い目で不安そうな視線を周囲にめぐらした。暗がりで考えることは明るみで考えることと同じではない。

いた。

明かりを消せば、またモイラのことで頭がいっぱいになるであろうことを彼は知っていた。

〈それでも彼女はあまり美人ではない〉。一日に二十回も、彼はこの言葉を心中で繰り返していた。この点では正しいと感じていたからだが、それでもなお彼女に惹かれるのであってみれば、正しいということなど、いったい何になるだろう？　確かに彼女は恐ろしいほど蠱惑的だ。激しい怒りに胸を詰まらせて、セーターを拾うために彼女の前で身を屈めたまさにあのとき、彼はすでに自由に振舞うことができなかった。しかしそのことは、いまになってようやく理解できたのだった。三時数分過ぎ、十一月のこの寒い朝に、自分はほかの連中と同様に堕落しているのではないかという疑念が彼の頭をかすめた。

腕がしびれてきた。それでも彼は身動きしなかった。周囲では何も変わっていないのに、いろいろなものが幻想小説の中でのように彼を見つめているような気がした。不意に彼は毛布をはねのけ、立ち上がった。眠れないのだったら、本を読もう。

裸足で歩くと、庭から流れ込んでくる冷気が感じられた。ぶるぶる震えながら、彼は窓を閉めに行った。本能的な動作で、勉強机の上の聖書を手に取ったが、すぐにまた置き直した。この書物のページには、白地に黒文字で彼自身への断罪の言葉が書かれているのではないか、あたかも彼だけが狙われているかのように？　そうした文章はいくらでもある。

歯がガチガチ鳴っているのに気づき、彼は数秒間あたりを見回したが、そのときふと、デイヴィッドがくれたシェイクスピアの本を覗いてみようという気になった。部屋を横切り、上着のポケットに手を突っ込んで小型本を取り出すと、ベッドに戻り、震えながら毛布の下に滑り込んだ。彼の体は自分が残した心地よいぬくもりに包まれた。

本を開いて顔の高さにじっと持っている以外には何もできないまま、少しの時間が過ぎた。身を縮こまらせ、両脚を組み合わせたまま、彼はまだ震えていたが、それでも少しずつ暖まってきた。指先で何ページかめくると、『オセロー』の要約に行き当たった。最初は上の空で、それからこの物語の意味を把握しようと集中して何度か読んだが、その結末が特に、馬鹿げていて嫌悪すべきものに思われた。男が愛する女を殺すなんてことがどうしてありうるのか？　殺すのは敵だけだ。確かに本の中の話ではある。これは作り話だ、嘘なんだ。それに、枕で白人女を絞め殺す黒人男なんて……。

こんなものを読まなければいけないとデイヴィッドが言ったことが信じられない。これが人間の心を知るということなのか？　もちろん、文体は重要だ。シェイクスピアを読んでおかなくてはいけないということは、誰もが知っている。

彼が感じていたこと、それは書物の中には見出せなかったし、詩人たちの詩句の中にさえ見つけられなかった。それでも、愛という言葉だけは奇妙に彼の心を動かしていた。神を愛する、隣人を愛するといった言葉は、彼にとっては燃えるような新しさを保持している表現だったが、愛というのは優しさであり喜びであって、死や、罪や、恐ろしい行為ではありえない。どうして人間同士の愛には罪がなければいけないのだろう？

逆方向にページをめくっていくと、デイヴィッドによって書かれた言葉が刻まれている最初のページに行き着いた。彼はそれを視界が曇るまでじっと見つめた。文字が目の前で揺れている。「たとえ心に責められることがあろうとも、神は、あなたがたの心よりも大きい」。彼は本をそっと顔に近づけ、キリストに愛された弟子(29)の文章に唇を押し当てた。不意に情愛がこみあげてきて、感情が高ぶった。さっきまで不安だ

(29)　聖ヨハネのこと。

ったけに、この瞬間の喜びも大きかった。彼はこの接吻に、可能な限りの情熱をこめた。あたかも彼の魂と肉が、ついに和合して、彼の口が押しつけられているまさにその場所でふたたび結ばれたかのようだった。

そうとはわからぬうちに、本が指のあいだから滑り落ち、彼は眠りに落ちた。

XIX

翌日、午前中の最後の授業が終わったあと、彼はデイヴィッドと一緒にカフェテリアに行った。長い建物で、遠くから見るとネオグリーク様式の寺院と見紛うばかりだ。煉瓦造りの高い煙突を恥ずかしがっているかのように、その建物は体育館の後ろに広がる土地の起伏に隠れている。脇の小さなドアから入ると、二人の少年は白いエプロンを着けた数人の女たちが忙しく働いている広いキッチンに出た。彼女たちの一人が彼らのほうへ来て、迷惑そうに頭で合図した。太っていて背が低く、顔がてかてかと光っているその女は、腰に片手のこぶしを当ててまずジョゼフの足元を見つめ、それから不満そうな視線を少年の顔まで上げていった。少年は身動きしなかった。デイヴィッドも同じように品定めされた後、友人をしゃべらせようと肘でつついたが、ジョゼフは黙ったままだった。

「二人は必要ないんだけどね」と、女は言った。

デイヴィッドは、自分は友人を紹介するために来ただけだと説明した。

「そうです、ぼくを紹介するために」と、ジョゼフは身振りをまじえて繰り返した。そして赤くなった。

「ここでは昼間だけ働いてもらうことになってるからね、夜はなしよ」

二人の少年はうなずいた。

「あそこで必要なものを取っていらっしゃい」と、キッチンの奥を指差しながら彼女はジョゼフに命令した。

デイヴィッドは軽くジョゼフの腕を握ると、立ち去った。

十五分後、ジョゼフはレストランの大ホールに入って行った。右と左に二列、表面が大理石でできたテーブルが長く続き、ずっと奥にはカウンターのようなものがあって、食物をふんだんに載せた皿がずらりと並んでいる。一方は肉と野菜、もう一方はデザートだ。学生たちは入口でトレーと錫のナイフ・フォーク類を受け取り、食事を選びに行き、支払いを済ませてからテーブルにつく。ジョゼフの仕事はつまるところ、このホールで客が席を立つたびに食器を片付けることだったが、この役目を担っているのは彼だけではなかった。じっさい、ほかにも五人のボーイたちが彼と同じように壁沿いに立ち、後ろ手を組んで出番を待っていた。全員がくるぶしまである白いエプロンを着け、金属のボタンのついた粗い布地の窮屈な上っ張りに上半身をきつく締めつけられている。少しわざとらしいくだけた感じで、彼らはたがいに微笑み合い、冗談を交わしていたが、ジョゼフは見るからにこの新しい状況を受け入れがたい様子で、まっすぐに前を向き、正面の壁の一点をじっと凝視していた。白いエプロンが胴を締めつけているし、白い上っ張りの短いカットも、腰の部分がむき出しになるような感じで気に入らなかった。しかも、彼はみんなに馬鹿にされているような気がしていて、ナイフやフォークの音と入り混じった会話のごうごうという騒音の中で、何度か自分の名前が口にされたように思った。たぶん呼ばれたのだろう。とにかく、聞こえないふりをしたほうがいい。おそらく知り合いの学生たちがホールにはいるだろうが、そう考えるとなおのこと居心地が悪くなるのだった。彼は自分の上にいくつもの視線が手のように置かれるのを感じていた。体に、顔に、耳に、特に髪の毛に。その赤い色が燃えさかる火に似ているように、天然のウェーブがゆらめく炎に似ているこの髪の毛を、いったい何度平らに撫でつけようとしたことだろう！　いつも目立たないでいたいと思うのに、灯された松明が暗闇では隠せないのと同じで、彼は身を隠してはいられないのだ。そして脚にばたばた当たってスカートみたいな感じがするこのエプロン……。たぶんこのせいでみんなは笑っているのだ。

誰かが肩に触れてきた。

「デイヴィッド！」と、彼はびくっとして言った。「まさか来るとは思わなかった」

「万事順調かどうか、見に来たんだ」と、デイヴィッドは微笑みながら言った。「長居はしないさ」

「順調だよ」と、ジョゼフは答えた。

声にも、目つきにも、感情の急な高まりが見られた。彼は付け加えた。

「特に、君がいてくれればね！　何ていうか、君がいるとなんとなく元気になれるんだ。ここでこんな打ち明け話はしないほうがいいね。場をわきまえないと」

「いやいや。かまわないさ。ただ、君は誰にも頼ってはいけないよ。ぼくにも、ほかの人にも。どうしてそんなに落ち着きがないの？」

「みんながぼくを見ているんだ。それが気詰まりで」

デイヴィッドは肩をすくめた。

「誰も君に注意を払ったりしてないよ。テーブルをよく観察して。見たところ、もう何人かデザートまで進んでる」

「キリグルーがいるかどうか教えて」

「見えないけど」と、ホールをざっと見渡してデイヴィッドは言った。「いや、あそこにいた。奥のほう。カウンターの近くの、いちばん端のテーブルだ」

「あいつがいるのはいやだな」

「おかしなやつ！　もし君に近寄ってくるのが目に入ったら、顔をそらせばいいだけの話じゃないか」

「で、マック・アリスターは？」

「知らないよ。それより、自分のことを見たまえ。いったいどうしたの？」

「こんな騒音には慣れていないんだ」と、ジョゼフはつぶやいた。

彼の不安そうな目が、立ち去るそぶりを見せるデイヴィッドに向けられた。

「ここにいて！」と、彼は言った。

「そうはいかないよ。午後にまた会おう」

ジョゼフはデイヴィッドがある種の苛立ちを見せて消えていくのを見送り、いつも牧師らしい微笑を口元に浮かべてはいるものの、彼は少し冷淡だと思った。さっき彼に言った情愛あふれる言葉を後悔さえするくらいだったが、それでもあらためて、自分は心をまったくコントロールできていないのだということを確認した。おそらくこんなに臆病なところを見せてしまって、デイヴィッドはぼくを軽蔑していることだろう。キリグルーやマック・アリスターがいるかどうか確かめるために、周囲を見回してみることさえしなかったのだから。何はともあれ、口から出かかっていた質問をしなくてよかったと思った。自分にとって目にしないことが——あるいは目にすることが(もうどちらかわからなかった)——問題だった人物、それはモイラだったからだ。彼女のせいで、また彼女が陥れた動揺のせいで、彼はもう少しであの哀れなサイモンがホールにいるかどうか、デイヴィッドに聞くところだった。あの変わり者の少年を思い出したことは、厄介な前兆のように思われた。彼のことは考えないようにしていたからだ。別の理由で、モイラのことを考えないようにしていたように。世の中には、考えてはいけないものごとや人々が満ちあふれている。

そのとき二、三人の少年が席を立ったので、彼は食器を下げに行った。わりと器用に、汚れた皿をトレーに重ねて置き、コップやナイフ・フォーク類を集めていったが、そのあいだも誰とも目を合わせないように、目を伏せたままでいた。それでも上っ張りの下で、彼の心臓は高鳴っている。早く片付けようと思ってトレーを右に傾けすぎ、危うく皿が全部滑り落ちそうになった。なんとか落とさずに済んだものの、額には汗がびっしょり流れていた。

キッチンでは少しせきたてられた。サロンにでもいるつもりなの？　お皿の山はそこ。ナイフとフォークとスプーンは流しに置いて。さっさとホールに戻りなさい！

「さあ、体を動かして！」と、さっき彼を迎えた女が大声で言った。

彼はキッチンから出た。ホールではほとんどすべての客が同時に席を立ち、エプロン姿のボーイたちが、ジョゼフには真似のできない手荒さでナイフやフォークをかき集めては、がちゃがちゃと大きな音をたててこれら錫製の器具類をトレーの上に投げ出していく。この喧噪に頭がくらくらして、仲間たちの動作を懸命に真似てみようとしてもうまくいかず、彼の呆然とした様子はみんなの恰好の笑いものになった。そんなにのろのろしてるのは、彼女といちゃいちゃしたときのことを考えてるからかい、と聞いてくる者もいて、彼は耳まで真っ赤になった。しかしジョゼフをほかのどんなことよりたじろがせたのは、これらの男たちがごく普通の会話の中に神を穢す罵り言葉を平気で混ぜていることだった。キリストの名が絶えず罵られるので、ジョゼフはどうしてもなじむことができず、そのたびにショックを受けるのだった。どうしてこんなことができるのだろう……。彼の生まれ故郷の小さな町では、こんなふうに罵ったりはしない、酔っ払いでもしない限りは。

かなり危ういバランスでトレーをキッチンに運んで行くとき、エプロンの紐が引っ張られてほどけるのを感じた。肩越しに怯えたような視線を向けてみたが、近くを通る人が多すぎて、誰の仕業かわからない。すると、命令口調の声が聞こえてきた。

「放っておけよ！」と、その声は命じた。

ほとんど同時に、力強い手で紐が握られて結び直され、プレーローが人混みの中に遠ざかって行くのが見えた。彼が耳にした声は、横柄そうな顔で他のすべての人々を支配しているかのような、あの敵の声だったのだ。ジョゼフは心ならずも、数秒のあいだ彼のあとを目で追った。

キッチンで、彼は手が少し震えているのに気づき、急に疲れを感じたが、もう一度ホールに行って最後の片付けをしてくるように言われた。そしてまたしても、食器類のぶつかり合う音に混じって、キリストの名前が侮辱的に口にされるのが耳に入った。彼はどうすべきか自問した。すでに大学ではしばしば、ほとんど毎日のように、世界で最も神聖なこの名前が意味もなく口にされるのを耳にしていたが、今朝のように、この打撃をもろに胸に受けて思わず顔をしかめてしまうようなことは一度もなかった。そして突然、さっきの心配ごとが、滑稽とは言わないまでも、少なくとも無意味な、ほとんど非現実的なものに思えた。唯一の現実、それはたとえ罵り言葉においてであっても、神の許可なくしては口にできないこの名前なのだ。もうひとつの現実、肉の現実、欲望の現実、それは時としてどんなに残酷なものであったとしても、いまこの瞬間には空しく思える。二つの王国があるのだ、神の国と地上の国と。これら二つの王国は、たがいに人間の心から相手を排斥し合っている。そしてキリストの名を穢しているこれらの少年たちは、そうとは知らずに見えない秩序を取り戻しているのだ。

皿の山に両手を載せたまま、彼はじっと動かなかった。

「おい君、もう決まったかい？」

この言葉を口にした男は、にこやかな黒い目をしていて、両頬は子どものように丸かった。彼は続けた。

「その皿、片付けるのかい、それとも曲芸でも見せてくれるのかな？」

ジョゼフは唾を呑み、感情が高ぶってすっかりかすれた声で、こんな言葉を発した。

「君がしょっちゅうキリストの名前を口にするので、知りたいんだけど……」

「何を？」と、男はテーブル越しに身を屈め、二つのコップを片手の指でつかみながら言った。

「……君は見つけたのかどうか」

「ぼくが何を見つけたって、赤毛君？」

「イエスを」

男はコップを置いてジョゼフのほうを振り向いた。

「君、一年生か？」

ジョゼフは黙っていた。どうしてほかの音ではなく、いくつかの音が唇に浮かんでしまうのだろうと、彼はまたしても自問した。だが、彼にはどうにも抑えられないのしまう。

だ。そんなときには何かがこみあげてきて、慎重さも恐れもすべて一気に押し流して

「なあ君」と、黒い目をした男はひと握りのフォークをトレーの上に投げ出しなが
ら続けた。「君の言うキリストってやつは、存在したかどうかも確かじゃないんだぜ」

「ぼくは確信している」

彼は目を伏せたが、無理にまた上げて、話し相手に幻視者のようなまなざしを向け
た。

「ぼくは確信している」と、彼は力をこめて繰り返した。「あの方はここにいる、ぼ
くたちのそばに、君のそばに」

これらの言葉はあまりに強い確信をこめて口にされたので、相手の男は思わず自分
の背後をちらっと見た。

「さあ」と、彼は少し苛立って言った。「じゃあ近いうちに、椅子の上に立って地獄
の話でもしてもらおうじゃないか。いまはとりあえず、皿を片付けなよ」

ジョゼフは額を赤く染めて、言われた通りにした。たぶんこの種のことを人間の立
場で考えるのであれば、こんな話をしたのは場違いだったのだろう。でもひそかにぼ

くを見ておられる神は、おそらく違った判断をされるはずだ。この考えで心がいっぱいになり、彼はトレーをつかんでキッチンに戻った。そしてすぐに、お湯を張った洗い桶と積み上げられた洗い物の山の前に立たされた。

XX

椅子の上に立って、人々に地獄の、彼らの魂の、罪の話をすること、何も消すことのできない業火の炎から彼らを救い出すこと、それこそがぼくの天命なのだ。そして神はそのことを、あの見知らぬ男の口を借りて教えてくださった。ジョゼフは、天が自分を選択してくれたと考えるだけで、目に涙があふれてくるのを感じた。彼は救われていた。一時間前から何かがそのことを繰り返し告げていて、彼の心は愛で張り裂けんばかりだった。キリストからあらゆる被造物に向けられた、広大で漠然とした愛で。だからこそ、彼はこのレストランの大ホールに来て、テーブルの片付けの仕事をし、彼を進むべき道に導くあの無信仰者に出会わなければならなかったのだ。けれどもその前に、カフェテリアで働くよう勧めてくれたデイヴィッドのアドヴァイスがなければならなかった。そしてさらにその前には、新しいスーツのできごとが。あれがなければ、ジョゼフがホールのボーイをすることなど問題にならなかったにちがいない。そうしたすべてのことは、なんと昔のことのように思えるのだろう、しかしすべてはなんと緊密につながっていることだろう……。神がすべてを導いているのだ。その手に身を委ねさえすればいい。

走り出して叫びたいという欲求に駆られたが、馬鹿にされるのではないかと思ってやめた。握りしめた両手をコートのポケットに突っ込んで、彼は凍てつく風に吹き払われた長い並木道を足早に歩き出した。空は灰色に曇り、樹々は裸で、寒気が地上を覆って人々の心にまで及んでいたが、にもかかわらず、彼は誰も与えてくれないような喜びに満たされていると感じていた。さまざまな誘惑が彼の精神によみがえってきたが、それらはいまや遠いことのようで、あたかも他人に訪れた誘惑みたいな気がする。この精神的な高揚感があまりに強烈だったので、ミセス・ファーガソンの屋敷の前を気がつかずに通り過ぎてしまい、町の家並が始まるあたりまで来て引き返さなければならなかった。

ドアをノックもせずに、彼はデイヴィッドの部屋に入って行った。デイヴィッドは机の前に座っていて、問いかけるような目でジョゼフを見上げた。

「話したいことがある」と、壁を見つめたままジョゼフは言った。「そう。何かが起こったんだ」

「カフェテリアで?」と、軽い不安をのぞかせてデイヴィッドは言った。「そんなにあちこち歩き回らないで。コートを脱いで座りたまえ」

しかしジョゼフには聞こえないようだった。少ししてから彼は動きを止めて、ようやく言った。

「ぼくは召命されたんだ、君と同じように。キリストに召されたんだよ。そう感じるんだ。わかるんだ」

「でも、ずっと前からぼくにはわかっていたよ」と、デイヴィッドは椅子から立ち上がりながら言った。「そんな話をしたよね。いまさら言うまでもないことさ」

ジョゼフは部屋の真ん中に立ったままだった。

「ぼくはわかっていなかったよ、今日になってわかったんだ。さっき、罵り言葉を口にしているあの連中に囲まれていたとき、キリストの名前がぼくの中で雷鳴みたいに響き渡ったんだ。ぼくは……」

彼は最後まで言えなかった。デイヴィッドは彼に近づいた。「神は君をお選びになった」

「話してくれなくてもわかるよ」と、彼は小声で言った。「神は君をお選びになったと、ずっと確信していたからね」

たがいに肩が触れるまで近くに立って、彼らは狭い庭の樹々を黙って見つめた。

「一緒にお祈りをした夜のことを覚えてるかい?」と、デイヴィッドは尋ねた。「あの夜は、あの方がぼくたちのそばにおられるような気がした」

「ぼくもだよ」と、ジョゼフは言った。「そんな気がした……」

「もしぼくたちが神に見放された人間だったとしても、あの方は二人ともこうして愛してくださると思うかい?」

この質問にジョゼフは答えなかったが、彼の手はデイヴィッドの手を取り、軽く握りしめた。何分かが過ぎたが、どちらも話したいとは思わなかった。不意に、デイヴィッドが口を開いてつぶやいた。

「見てごらん。雪だ」

確かに、灰色の大気の中、ようやくそれと見分けられる黒い枝のあいだを、ゆっくりと雪片が舞っていた。ジョゼフの肩に震えが走り、雪は好きではないんだと言おうとしたが、必ずしも本当ではないような気がした。雪、それは子どものころは喜びだったからだ。ただし黄昏の中で織りあげられるこの白さは、彼に大きな不安を引き起こした。訪れつつある夜の手前に、まるでそれを彼の目から隠すためにカーテンが下りてくるかのような気がして、彼の心臓はぎゅっと締めつけられた。

デイヴィッドはランプをつけ、ブラインドを下ろした。こうして壁に囲まれていると、なんと人生は快適に思えることだろう！　天井には黄色い光の環が穏やかに輝き、棚に並んだ本はこの静かな光を少しばかり浴びている。二人の少年は向かい合って座り、ジョゼフはカフェテリアで彼の身に起こったことを語って聞かせた。騒音と罵り言葉の中で、どのようにして声の中の声を聞いたと思ったのか、そしてどのようにして自分が一気に別の人間になったような気がしたのか。それはまるで奇跡のようだった。

「確かにそれは奇跡だよ」と、デイヴィッドは指摘した。「最も大きな奇跡というのは、この種のものなんだ。ラザロの復活[30]にしても、魂の突然の昇天にしても、別に驚くようなことじゃない」

「君みたいな話し方ができたらいいのに！」と、ジョゼフは叫んだ。

そして何か抗いがたいものに突き動かされて、彼はデイヴィッドに、群衆に語りかけて人々を悪魔から救い出したいという欲求を打ち明けた。彼の生まれ故郷の町では、突然立ち上がって神のお告げを途方もない説得力で語り出す人を何人も見たことがある。一度など、ほとんど教会でも見かけたことのない家具職人が石鹸箱の上に立ち、「コリントの信徒への手紙」で語られている、預言の霊が乗り移った人[31]のように語り出したことがあった。三人の女性がその場で回心した。みんなが「ハレルヤ！」と叫んでいた。

デイヴィッドは、こうした即興の説教師にたいしては少し不信感を示した。

「自分がしていることについては、ちゃんと確信がないとね」と、彼は言った。

「精霊にとらえられたら、精霊に身を任せるべきだ！」と、目を輝かせてジョゼフは叫んだ。「ここでも、ぼくらの大学があるこの平野の町でも、何千という魂が永遠の業火の危険にさらされている。彼らに警告することを神はお望みだ。必要だったら、このぼくが彼らに語りかけるよ。椅子の上に立って、地獄の話をして聞かせるよ」

「でも君は、人前では話せないとしょっちゅう言ってたじゃないか」

「できるよ、必要とあらば」

「実際問題として、何をするつもりなの？」

「学生たちを集めるんだ、どこでもいい、ぼくの部屋でも戸外でも。そして、そう、彼らを揺さぶるんだ、デイヴィッド。揺さぶって、神への畏れから、病める獣のように這いつくばらせるんだよ、わかる？　ぼくは自分の中に持っている、神への畏れをね。それを彼らの骨の髄まで行き渡らせるんだ、聖書が言うように、内臓が溶けるまで。(32)そして、もうその目で女を見ることさえできないようにする。大半の連中は、

(30)「ヨハネによる福音書」第一一章四三―四四節、(新)一八六頁。病死したラザロは、四日後にイエスによって蘇生したと言われる。
(31)「コリントの信徒への手紙　一」第一二章には、霊によって「ある人には預言する力」が与えられるとあり、同じく第一四章には「霊の賜物、特に預言するための賜物を熱心に求めなさい」、「預言する者は、人を造り上げ、勧めをなし、励ますために、人に向かって語っています」とある(新)三二〇―三二一頁)。
(32)「私はあなたがたを集め、私の激怒の火を吹きつける。すると、あなたがたはその中で溶ける」(「エゼキエル書」第二二章二一節、(旧)一三二一頁)。

ほとんどそうとわからないうちに地獄落ちさ、宗教心がないんだから。彼らは獣みたいに地獄でひしめき合うんだ。獣みたいに町の売春婦のところに行くんだから……」

デイヴィッドの冷静な声がこの言葉を遮った。

「ジョゼフ、椅子の上に立って、傲慢な者たちと向き合うには、相当な勇気がいるよ」

ジョゼフの顔に何かが浮かび、急に表情が変わったように思えた。

「神が勇気を与えてくださる」と、彼は言った。「神はすべてを与えてくださる。君は傲慢な者たちの一人じゃないし、「詩編」第一章に出てくる椅子に座ったこともないけれど(33)、でもまだぼくを信じてくれてはいない。君は平安のうちに主を愛しているけれど、ぼくは神を狂おしく求めている。ぼくは激しさをもって愛することしかできないんだ、欲望の人間だからね。だからぼくは君よりも恩寵を失う危険にさらされているし、ある意味で、けっして地獄に近づくことがない君よりも地獄の近くにいるんだ。君は地獄がどんなものか知らないだろうけれど、ぼくは知っている。火がどんなものかを知っているから。火はぼくの祖国なんだ。ぼくは一度、子どものころ、神の存在という熱い火の中に投げ込まれたことがある。だからエマオ村に向かう使徒たちの心に燃えあがった火がどんなものか、[34]五月二十四日の夜にウェスレー[35]の心に燃えあがった火がどんなものか、わかるんだ。でも、神の不在によって灯される火もある。だって、神とは火なんだからね、[36]デイヴィッド、神は火そのものなので、それが不在である恐怖もやはり火によって、黒い火によって説明されるんだ……」

「何を言っているの？」と、デイヴィッドは言った。「まるで狂信家みたいなしゃべり方だね」

「あるがままのことを言っているのさ」と、ジョゼフは少ししゃがれた声をなめらかにしようとしながら続けた。「子どものころから、ぼくはほとんど天国と地獄のことばかり考えてきて、神に見放された者たちが怒りと憎しみに燃えているように、選

(33)「幸いな者／悪しき者の謀（はかりごと）に歩まず／罪人（つみびと）の道に立たず／嘲る者の座に着かない人」(「詩編」第一章一節、(旧)八二〇頁)。

(34)「二人は互いに言った。「道々、聖書を説き明かしながら、お話しくださったとき、私たちの心は燃えていたではないか」」(「ルカによる福音書」第二四章三二節、(新)一五八頁)。

(35) ジョン・ウェスレー(一七〇三—九一)は英国国教会の司祭で、メソジスト派の開祖。一七三八年五月二十四日の夜に啓示に打たれ、心が燃えあがるような経験をしたとされる。

(36)「実に、私たちの神は、焼き尽くす火です」(「ヘブライ人への手紙」第一二章二九節、(新)四〇八頁)。

ばれた者たちが愛に燃えていることを知っている。聖書を読んでいると、時々胸が燃えあがるような気がするんだ。それで何よりも心が休まる。ぼくたちは燃えるだろう、デイヴィッド、永遠の喜びのうちに燃えるだろう」

いまはかなり小声でしゃべっていたので、彼の言葉はほとんど静寂を乱すことがなかった。

「ぼくたちが天から隔てられているのは、ただ炎の厚みによってだけなんだ。この生を享けて以来……。このことは言わなくては。人々はわかっていないんだから」

デイヴィッドは返事をせずに彼を見つめた。

「ねえ」と、少しためらってからジョゼフは続けた。「君に告白しておきたいことがあるんだ。途中で言葉をはさまないでほしい。話を遮らないでほしい。君には知っておいてもらいたいんだ、たとえ滑稽だと思われても」

「何かな?」

「このスーツ、日曜日だけ着るはずだったのに平日に着ているけど……」

「うん」

「じつは、ある女に気に入られたくてこれを着たんだ。図書館か教会で会えるんじゃないかと思って。彼女はあまり行かないと思うんだけどね、教会には。どの女のことかわかるよね。ぼくは彼女が欲しいと思ったんだ、デイヴィッド。彼女を見たとき、もう心の中では罪を犯してしまっていた。セーターを取りに彼女の部屋に行った日に」

「そんなことを考えてはいけないよ」

「もう考えていないよ。終わったことさ。ただ、君にはどうしても言っておきたくて」

彼らは黙り込んだ。この告白に、二人とも同じくらい困惑していたのだ。さらに何分かが過ぎ、ジョゼフは立ち去った。

XXI

その晩、夕食を終えると、彼はいつもより少し早くデイヴィッドと別れて自室に戻った。ちょうど九時の鐘が鳴っていた。ブラインドを下ろそうと思って窓のほうへ歩み寄り、通りに面した狭い庭に絶え間なく降りかかる雪をしばらく眺めた。街灯のおかげで、銀色の冠を載せてすでに枝が円くたわんでいる樹々が見分けられた。それらの枝は、黒い空を背景にこの上なく繊細な図柄で重なり合い、神秘的に入り組んだ組み合わせ文字のように注意を引きつける。ジョゼフはもっとよく見ようと窓ガラスに額を押し当てたが、そのとき背後で、ドアの鍵穴に鍵が差し込まれるほんのかすかな音が聞こえた。振り返ってみると、モイラがそこにいた。

彼女は彼から数歩のところに立ち、着ているドレスの胸の切れ込みにゆっくり指を滑らせていた。

「そう、私よ」と、彼女は言った。

少年は動かなかった。まるで霧の中のように、この女が前に進んだり後ろに下がったりしているような気がした。

「悪魔を見るみたいな目で見ないでちょうだい」と、彼女は続けた。

彼女の声は低く、少し歌うような抑揚があった。ジョゼフの沈黙を前にして、彼女は微笑んだ。

「どうして何も言わないの?」と、彼女は尋ねた。

彼女は肩まで隠れる黒いドレスを着ていたが、腕は肘の上まであらわだった。ベッドの枕元の小さなランプが照らすおぼろな光の中で、これまで見たことのない品位をまとっている。一瞬、これが自分の記憶しているあの横柄で冷淡な娘なのだろうかと思ったほどだった。特に声はまったく別人のようで、口調の端々に皮肉っぽさがうかがえはしたものの、ほとんど愛撫するような優しさを帯びているように思われた。それでも赤すぎる口は前の通りで、彼はそれをひそかに盗み見た。

彼女はあたりを見回した。

「おもしろいわね、男の子の部屋って」と、彼女は言った。「何も散らかってないし……」

「出て行ってください!」と、彼は突然叫んだ。

「あら、いやよ、デイさん! 十五分以上待ってたんだから。ほら、コートがベッドの上に広げてあるでしょう。乾かそうと思って」

指差すほうを見ると、確かにマリンブルーのコートが毛布の上に置いてある。身動きしないまま、彼は小声で繰り返した。

「出て行ってください！」

「だめだってば。私に出て行ってほしいのなら、まず、あなたの鍵を私が置いた場所から取り戻さないとね(と、彼女は自分の胸に手をやった)。でもできないでしょ、たぶん」

この最後の言葉を口にした後、彼女は静かに軽く笑った。少しずる賢い小学生のような笑いだった。そして付け加えた。

「この鍵を肌につけていると、変な感じがするわ。火のように熱くて、氷のように冷たいの。ちょっとあなたみたいね、ほら、みんなの話からすると」

彼は赤くなった。

「どうしてぼくの部屋に来たんですか?」と、彼は尋ねた。

「いずれわかるわ。ここで何時間か過ごすと決めてきたの。もちろん、私がここにいるせいで、俗に言う変な考えを起こすようだったら、そんなものは追い払ったほうがいいわよ。私はそんなことのために来たわけじゃ全然ないから。おわかりよね」

彼は怒りがこみあげてくるのを感じ、モイラのほうへ一歩近づいたが、彼女は身動きひとつしなかった。

「座ってもいいかしら?」と、彼女は穏やかに言った。

この質問にうろたえて、彼はぴったり立ち止まった。彼女はまっすぐ彼のほうへ歩いてくると、彼には目もくれず、一メートルほど離れたロッキングチェアに腰を下ろした。

「それなら結構」と、彼は気を取り直そうと努めて言った。「この部屋から出て行く気がないようなので、ぼくが出て行きます」

「でも、鍵は?」と、チェアで体を揺らしながら彼女は尋ねた。「鍵なしで、どうやってドアを開けるつもりなの?」

彼は窓を指差した。

「あら、だめよ」と、彼女は微笑みながら言った。「だって、あなたがこの窓にちょっとでも触ったら、私が大声で叫ぶもの。人殺しかと思われるでしょうね。私、いつでもすごい大声を出せるの。そしたら、デイさん、大変なスキャンダルよね! あなたの部屋に女がいるなんて……」

「ぼくだけじゃなく、あなたにとってもまずいでしょう」

「全然。私にとってはどうでもいいことよ。でもあなたにとっては……そうじゃないわよね、違う?」

彼は我を失ったような目で彼女を見つめた。数分前から、あまりに大きな混乱が頭を占めていて、何と言ったらいいのかもうわからなかった。力ずくでこの女を追い出そうとすれば、きっとスキャンダルになるだろうから、それはできない。しかし彼女に話をして説得することも、同じくらいむずかしいように思われた。何を言ったところで彼女は答えを持っているし、そもそもどう話せばいいのかわからない。不意にひらめいたのは、ひざまずいて出て行くよう懇願することだった。けれどもそんな屈辱的な態度をとることを考えただけで、怒りがこみあげてきた。モイラはきっとあざ笑うにちがいない。彼女はさっき、穏やかな、ほとんど謙虚な様子を見せて彼を驚かせたが、そうしたよそ行きの少女の顔もまた、ひとつの手管なのだ。じっさい彼女は、まるで隣人に挨拶しに来て、何か会話の種を探している人のようにも見える。ジョゼフには特に、さっき耳にしたあの笑いがこわかった。また苛立ちがこみあげてきて、耳元で血がどくどく脈打った。

ふと、彼はキリグルーが言っていたことを思い出した。連中はいたずらを仕掛けようとしている。これがそれなんだ。連中は宗教や道徳についてのぼくの考えを知っていて、女をぼくの部屋に入れればおもしろいだろうと思った、そしてモイラがこの悪い冗談に加担したんだ。だったらほっとした！　ただの悪ふざけなら、まったくたいしたことじゃない。

「いつまでいるつもりですか?」と、彼は尋ねた。

彼女は頭をチェアの背もたれに押しつけた。海のように青い大きな目が、夢見るような表情を帯びた。

「何時間か」と、彼女は言った。「そう言わなかった?」

彼は下を向き、彼女が雪で濡れないように、膝のあたりまで覆う小さなゴム長靴を履いているのに気づいた。そして自分でも理由がわからないまま、その靴が残酷で無作法であるような感じがした。彼は目をそらした。

「お困りかしら?」と、彼女は尋ねた。

「何が?」

「私がいることが」

「いえいえ」と、肩をすくめながら彼は言った。

彼は笑った。

「笑い方がとても下手ね」と、モイラは言った。「笑いたくないんでしょう、私が嫌いなのよね」

「あなたに出て行ってほしいだけです！」と、少し高ぶって彼は言った。

「そのせりふ、何度も繰り返さないでほしいわ。こっちも依怙地になってしまって、けっきょく……。それに、女の人には絶対、自分がその人から手に入れようと思っているものを悟らせてはいけないものよ。知らなかった？」

彼女は偉そうにロッキングチェアを揺らし、その後の数秒間は、前後に揺れて床の張板をきしませるこのチェアの音しか聞こえなかった。立っている場所からは、モイラがほとんど正面に見えた。照明の当たり具合で、顔の半分が暗闇に隠れている。思ったよりも小柄で、脆弱な感じに見えた。髪の毛の黒さ、瞳の輝き、そして体全体に見られる何か繊細な印象は、小鳥をイメージさせる。不意に、彼女がつけている香水が彼のところまで漂ってきた。ほんのかすかなリラのにおいだったが、とても軽くてすぐ空中に消えてしまった。それでも彼はこのにおいを感じ取り、喜びと、この喜びが引き起こす苛立ちの入り混じった、奇妙な感情を覚えた。

「どうして私の目を見ないの？」と、彼女は尋ねた。「何か悪いことをした子どもみたい」

　彼は口をつぐんだ。彼女はチェアを揺らし続け、また尋ねた。

「こわいの、デイさん？」

「こわい？　誰のことが？」

「あなた自身がよ」

　この答えは顔面に平手打ちを食らわせるように襲いかかり、彼は真っ赤になるのを感じた。彼女はほとんど小声で、誰かが暗闇で話しているかのように付け加えた。

「私がじゃないわよ、もちろん」

「ぼくは誰もこわくなんかない」と、身振りを交えて彼は言った。

　またしても彼女は少し陰険な笑い声をあげたが、それはどんな手厳しい言葉よりも気に障るものに思われた。どう見ても、彼女は彼をからかって楽しんでいる、その不器用な振舞いを。しかしおそらく彼女は、ジョゼフにたいする自分のからかいの効果を見届けたのだろう、不意に口を閉じた。

「何か飲むものをいただけないかしら？」と、彼女はようやく、いかにも遠慮深そうな様子を装って言った。

返事をせずに、彼は暖炉の上の水差しを取ると、コップに水を注ぎ、モイラに差し出した。口をぽかんと開けて、彼女は彼をじっと見た。

「お水なの！」と、彼女は呆れ返って言った。

彼は手に握ったコップを差し出して、彼女の前に立っている。

「デイさん」と、モイラは続けた。「あなたの世間知らずぶりときたら……」

彼女は言葉を探していたが、見つからず、けっきょくこう言った。

「……恐ろしいほどね！」

彼女の視線は彼の上に固定された。

「出身はどちらなの？」と、彼女は尋ねた。

彼は生まれ故郷の町の名を言った。

「ああ！」と、彼女は言った。コップの水もほかのことも、それでみんな説明がつくというかのように。「山あいの町ね……」

「そうです、山あいの町」と、彼は身動きせずに答えた。

「ここではね」と、これまでより粗野な、ほとんど男のような声で彼女は言った。

「飲むものといえば、アルコールのことなの」

「アルコール……」

ジョゼフの目に怒りの炎が燃えあがるのを、モイラは見た。彼の握りこぶしが震え出している。何をしようとしているのかを察知して、彼女は突然、コップを持つ彼の手を払った。水がこぼれて二人のあいだの床に広がった。踵(かかと)ではずみをつけて、娘はまたチェアを揺らし始めた。

「ごめんなさいね」と、彼女は言った。「でも、あなたがもう少しで馬鹿なことをするところだったから。（彼女はそっと微笑んだ。）その水、私の顔にかけようとしたでしょう」

彼はコップを暖炉の上に置きに行った。

「自分がいやな性格だってこと、認めなさいよ」と、彼のほうを向きながら彼女は言った。「それから、女性にたいする口のきき方を知らないってことも」

「あなたに話しかけたくなんかありませんよ」と、腕組みしながら彼は言った。

「そんなこともわかっていなかったと思ってるの？　まさにそこがおもしろいのに」

この言葉にはやり返さずに、彼は部屋を横切り、ランプが輝いている小さな机のすぐそばにあるベッドの縁に腰を下ろした。いつもの習慣で聖書を手に取ったが、この女のいる前で聖書を読むことはありえないとでもいうかのように、すぐにまたそれを置いた。本当は、馬鹿にされるのが恥ずかしかったし、こわかったのだ。それで聖書の代わりに、デイヴィッドがくれたシェイクスピアの小型本を開いた。

モイラはさらに数分間、チェアを揺らしていたが、ふと立ち上がると、部屋をひと回りした。ゴム長靴を履いているので、足音はほとんどしない。彼女はまるで自分一人しかいないかのように、壁を飾っている時代遅れの版画を眺めながら、この部屋を歩き回った。少年には一度も視線を向けなかったが、彼女はあぐらをかいて本に読みふけっている彼の熱心な態度を横目で観察していた。彼の喧嘩っ早い横顔は、小さなランプの笠の上にシルエットのように浮かび上がっている。狭い額には金色がかった豊かな髪の毛が束のように垂れかかり、インクのように黒い瞳が低い眉毛の下で輝いていた。彼女はこの学生のそばを通り、ベッドから遠くないところに掛かっている黒い額縁に収められた小さなタピスリーの図案をしげしげと眺めた。アルファベットの一文字があり、その下にはゴシック体の文字でこんな言葉が書かれている。「主がわれらの家庭を祝福されんことを！」ようやく好奇心が満たされたのか、彼女は部屋の真ん中に戻り、不意に言った。

「デイさん、私、手紙を書かなくちゃ。便箋をくださる?」

彼は頭を上げた。

「必要なものは全部そこ、勉強机の抽斗にありますよ」と、彼は静かな声で言った。

彼女は壁に押しつけられた机の前に座った。ベッドからは一メートルも離れていない。

「でも、よく見えないわ」

彼は黙ってランプを動かした。照明の光がいまは娘の手元に当たっている。少しためらってから、モイラは抽斗から便箋を一枚と封筒を一通取り出し、手紙を書き始めた。

親愛なセリーナ
これまでのところ、何もないわ。いつもだったら、男の人と同じ部屋にいれば何か起きるんだけど、今日のお客さんはほかの人と少し違うみたい。笑ってもいいわよ。私は笑わないけど。退屈だわ、早く何もかも終わってほしい。本当のところ、こんな成り行きはあまり好きじゃないの。

彼の部屋には、難なく入り込めたわ。この町では自由に人の家に出入りできるってことを、あなたに教えたいわけじゃないけどね。どちらかというと扱いにくい獲物が相手だとわかったから、ドアに鍵をかけて、その鍵を胸に入れておいたの。じっさい、彼がこの辺をまさぐり始めたら、してやったりなんだけど、彼もそれはわかってるみたい。とにかく、彼は私にひどく腹を立てている。普通だったら、かなりいい兆候なんだけどね。だって、ほら、怒りというのは欲望のひとつの形だし、殴ることほど愛撫に近いことはないんだから。でもいまはうまくいっていないの、彼がすねることにしてしまったから。本を読んでるのよ、ふりをしてるだけかもしれないけど。

頭を動かさずに、彼女はまぶたを上げて、ジョゼフのほうをちらっと見た。そしてまた書き続けた。

本を読んでいるとき、彼がどんなに意地悪そうな顔をしているか想像できないでしょうね。嚙みつきそうと言ってもいいくらいよ。それに、思っていた以上に赤毛なの。赤毛の人は好きじゃないわ。たいていお乳みたいに肌が白いし、この人は特に髭も生えてなくて……。時々、とてもきれいな女の人みたいな感じがする。そう、共和国のマリアンヌ像(37)とか、世界を照らす自由の女神に似ているの。私のタイプじゃないわ。たぶんあなたも、こんなことは馬鹿らしいと私が思っていることはわかってるでしょうけど、よく考えてみると、彼のことをからかおうなんて気は全然ないのよ。彼がお行儀よく告白してくれて、私が彼を振り払ってここから出て行ければそれでいいの。煙草が喫いたくてたまらないのに、マック・アリスター(38)の部屋にシガレットケースを忘れてしまった。それにご想像通り、皆殺しの天使は煙草を喫わないの。さっき、何か飲むものをちょうだいと言ったら、出てきたのは水一杯なのよ。福音の水ってわけ。変人だとは聞いていたけど、まさかこれほどとはね、息が止まったわ。彼が女性に夢中になるようなことがあったとしたら、とても厄介よ。その女性を尊敬するんでしょうからね、最悪だわ。

(37) フランス共和国の象徴とされる女性像。ウジェーヌ・ドラクロワの『民衆を導く自由の女神』で描かれたものが有名で、パリの共和国広場を始めとして各所に彫像がある。
(38) マック・アリスターは第一部でジョゼフのことをこう呼んでいた。一六五頁参照。

一、二時間後にはあなたに会えるはずなんだけど、手紙を書き続けるわね。だって、とにかく何かしてなきゃいけないから。でも、ここを出るときにはこの手紙を投函するつもりよ。明日の午後には、私たち、大笑いね。いまはまだ立ち去るわけにはいかないわ、だってそうしたらこの男性の目には私が滑稽に見えてしまって、たぶん勝負に勝ったと思うにちがいないんだもの。さっきはね、頰を叩かれるんじゃないかと思った。頰を叩く男とは、いつだってわかり合えるものよ。それが議論のきっかけになって、おもしろくなるかもしれないもの。ところがこの人、いつもぎりぎりで思いとどまるの。確かに、私の顔めがけて福音の水を投げつけてやろうという考えが頭をよぎったみたいだけど、私がそれを止めたわ。だって、頭のパーマネントとか、顔の白粉とか、ひどいことになりそうだったから。きっとびしょ濡れのプードル犬みたいになっていたでしょうね。もちろん、彼が私の前にひざまずくのを見たくないわけではないわ。私は男というものを知っているし、彼らが何を考えているかもわかっている。でもそれには時間がかかるし、もう九時半ですもの。いま、彼は私に注意を払っていないように見える。でもこのお馬鹿さん、ページをめくるのを忘れてるわ。本をさかさまに持っていても驚かないわよ、いつかビルが話してくれた、公園の若い男の子みたいにね。

間抜けな人を誘惑するのはとてもむずかしい。やってみて、ちょっと後悔しているの。こういう人には、よく考えてわざと失礼な振舞いをしてみせさえすれば、血管に火を注ぎ込んで、クリスマスプディングみたいにフランベできると思われてるけど、この間抜けは特別種なのよ。全然動かないんですもの、何だかぞっとするくらい。「ジョゼフ!」と叫んで、本の上に身を屈めているこの大柄な男の子を、せめてびくっとさせてやりたいわ。彼のせいで私が困っているなんて、思ってもいないんでしょうね。せりふを忘れた俳優みたい。これじゃお芝居が進まないわ。でも、ひと晩中ここにいて、頭に浮かんだことをあなたに書いているわけにはいかないわね。思っていることをいよいよ言っておくわ! 私の部屋で、セーターを拾うために彼が私の前に身を屈めたとき、とてもいい体つきをしていることに気づいたの。だからといってそこから何も結論づけないでね、もう一行分埋めるために書いただけだから。それに、何を言おうと思っていたのか、もうわからなくなっちゃった。マック・アリスターの馬鹿げた挑発に応じるよう勧めたのはあなたよね。私がとても自信家で、とても横柄だと思ってたんでしょう?

はっきりしておきましょうね。そしてどこかにハンサムな男の子がいたら、いつもまずはモイラにあてがおうって、そうでしょ？　でも皆殺しの天使が相手じゃ、たぶんうまくいかないと思ってたのよね。心の底では、セリーナ、あなたは私のことが好きじゃなかった。単に私のことがこわかったのよ。でも、私はあなたたちみんなが思っているような汚れた娘じゃないわ。人を楽しませる道具でいるのはもううんざりよ。

彼女は書いたばかりの最後の七行を念入りに、読めないように線で消し、こう付け加えた。「私の負けよ、セリーナ。恋をしているのは私なの」

十五分前からジョゼフはまったく身動きせず、右手はしびれが切れていたが、こうして動かずにいることで、かろうじて危険を抑えていると思っているようだった。彼はすでに十回から十二回も、ヴェニスの公爵と元老院議員たちを前にしたオセローの演説を、意味もわからずに繰り返し読み直していた。

敬愛おくあたわざるご一同につつしんで申しあげます……(39)

もしかすると、デイヴィッドがふと思い立ってドアをノックしに来るのではないだろうか。その場合はどうしたらいいだろう？　二、三時間前、二人は天国について話をしていた。それがいまは……これだ！　しかし、デイヴィッドには説明すればいい。自分にたいして仕掛けられようとしているいたずらについて、キリグルーが教えてくれたことを彼に打ち明けておかなかったことが、いまではどれほど悔やまれることか！　女は相変わらず手紙を書いている。あとどれくらいここにいるつもりなのだろう？　わざとペンを休ませながらことさらゆっくり書いているけれど、そのうち飽きる時が来るだろうし、そうすれば立ち去るだろう。本の縁越しに、彼女の頭と、胸元が少しばかり見える。身を屈めているので胸元が見えるのだ。そうなるのは体の姿勢のせいだった。締めつけられた胸がふくらんでいる。おそらくぼくに見えているとは

(39)　シェイクスピア『オセロー』第一幕第三場(『シェイクスピア全集Ⅳ』小田島雄志訳、白水社、一九八六年、二四四頁)。フランス語の引用を直訳すれば「大権を有する、謹厳にして尊敬すべき諸侯の皆様方……」。

思っていないのだろうけれど、キリグルーは言っていた、彼女は娼婦みたいな女で、この種の女は自分をひけらかし、腕や胸元など、体の一部を見せようとするものだと。ぼくの生まれ故郷の町にもそんな女が一人いたが、その女はじろじろ見てはいけないことになっていて、そんなことをするのは神に見放された連中だけとされていた。薬剤師の息子が三ドル渡して彼女とよからぬ行為に及んだことは、誰もが知っている。ほかにもいたらしいけれど、当人たちは口を割らなかった。その女は金髪なのでゴールディと呼ばれていて、やはり胸元をはだけていたが、ぼくは一度も彼女のことを考えたことはない。遠くから見たことはあったけれど、ただ通りを横切ったときに見かけただけで、ぼくにとっては存在しないも同然だった。それなのに今夜、彼女のことを考えているのは、モイラのせいだ。ただしモイラのほうが、口紅は濃いけれど美しかった。目がとても大きい。腕や胸の部分で、肌は絹のように少し光っている。彼女はそこにいる、ぼくのすぐ近くにいて、息遣いが聞こえるほどだ。彼女はいたずらを仕掛けにやってきた。さいわい、ぼくはそのことを知っていた。「もしあなたがいわゆる変な考えを起こすようだったら……」、いや、「俗に言う変な考えを起こすようだったら……」だったか。彼女が何を言いたいのか、はっきりはわからなかった。口にキスすることか、あるいはさらに、彼女とよからぬ行為に及ぶことか。彼女とよからぬ行為に及ぶ。しかしぼくが動かないと決意していることがわかれば、彼女は行ってしまうだろう。薬剤師の息子がゴールディとしたようなことを彼女とする。だからこそ彼女は言ったのだ、「もしあなたが俗に言う変な考えを起こすようだったら……」。彼女はたぶん、芝居の中でのように、ぼくが床にひざまずいて愛の告白をすることを期待しているのだろう、そうすれば目の前であざ笑うことができるから。でも、ぼくは動かないぞ。彼女がそんなぼくを見るのに疲れるまで、彫像のようにこのままじっとしているぞ。そうしたら彼女は出て行くだろう。あの鍵を、置いておいた場所、ドレスの胸の切れ込みの、二つの乳房のあいだから取り出すだろう。そしてドアを開けて立ち去るだろう。ぼくが彼女に告白をしたと言うこともできず、ぼくをからかうこともできないだろう、できるはずがない。

少しずつ、彼は自分が冷静になり、強くなっていくのを感じていた。彼女が欲しくなったとしても、それは彼の過ちではない。男としての彼の肉体が、彼女を欲していたのだ。けれどもそれに負けてしまえば、肉体は地獄に導いてしまう。彼の肉体が欲しているものを、彼の魂は欲していなかった。彼もまた、聖パウロと同じく、肉の内に棘（とげ）を持っていて、サタンから送られた使いに痛めつけられていた(40)。それゆえに、血がこめかみでどくどくと脈を打ち、臓腑がぎゅっと締めつけられるのだ。そしてほかにもまだ耐えがたい屈辱的なことがあって、彼はどうすることもできなかった。どうしてさっきからあんなに急いで書いているのだろう、あの女は？　いま、彼女は自分が書いたことを線で消し、さらに何か書いている。そして今度は封筒を取り出して宛名を書き、封をしている。

「デイさん、切手をくださる？」と、彼女は小声で頼んだ。少しためらってから、彼は目を上げずに言った。「抽斗の中に小さなボール箱があって、その中に切手帳がありますよ」

「ありがとう」

彼女が抽斗から切手を探す音が聞こえ、彼は小型本のページに視線を固定したまま、彼女は次に何をするつもりなのだろうかと思った。もう一通手紙を書くのだろうか？だとするともう我慢できない。便箋をもぎ取ってやらなければ。彼女にはここにいる権利はない。殴ってやりたい気分だったが、本の縁越しに目をさまよわせるたびに、怒りは大きな不安に取って代わられるのだった。ミセス・デアの家に住んでいたころ耳にした言葉の断片が、何度となく頭に浮かんできた。女について学生たちが言っていたあれこれのこと、きわめて鮮明で忘れることのできない言葉の数々が。

彼女は封筒に切手を貼って言った。

「喜んでちょうだい、デイさん。私、もう行くわ」

彼は不意に体を動かしたので、本が手から滑り落ちた。

「行くんですか?」と、びっくりして彼は尋ねた。

「ええ、そうよ。どうしてそんなに驚くの?」

赤くなるのを感じて、彼は屈み込んでシェイクスピアの小型本を拾い上げた。

「驚いてなんかいませんよ」と、彼はつぶやいた。「ただ……何時間もいると言っていたから」

「ええ、でも気が変わったの」と、彼女は手紙を手にして立ち上がりながら言った。

あらためて、彼は彼女のゴム長靴に目をとめ、視線をそらした。身を起こしながら、彼は少しうつむいた。頬と耳がかっと熱くなり、その赤みが抑えきれずに残っていた

(40)「[……]私の体に一つの棘が与えられました。それは、思い上がらないように、私を打つために、サタンから送られた使いです」(「コリントの信徒への手紙 二」第一二章七節、(新)三三三頁)。

のが恥ずかしかったからだ。

「女はしょっちゅう気が変わるものなのよ」と、彼女は続けた。「知らなかった?」

彼のほうも立ち上がり、ランプをいつもの場所に置き直した。

「鍵を返してください」と、彼は言った。

「一人で開けるわ」と、ドアのほうに向かいながらモイラは答えた。「それとも、私がそのまま持って行くのがこわいのかしら、あなたの鍵を」と、彼女は微笑みながら付け加えた。

「ええ」と、彼女のあとを追いながら彼は言った。

驚いて彼女は口を開いた。

「あなた、自分の言っていることがもうわからないみたいね、デイさん」

ジョゼフは唇を噛んだ。確かに、彼女の言う通りだ。彼にはもう自分の言ってることがよくわからなかった。彼は急に悄然とした表情になり、彼女は笑い出した。

「返してあげるわよ、あなたの鍵!」

彼女は胸元に手をやった。

「あら、滑っちゃったわ!」と、彼女は少し当惑した様子で言った。「鍵が滑っちゃった。仕方ないわ……。見ないでね、お願い」

彼は荒々しい動作で壁のほうを向き、彼女がドレスの下を探っているあいだ、腕組みをしていた。少ししてから、鍵が床の上に落ちる音が聞こえた。

「もう振り向いていいわよ」と、モイラは言った。

彼は言われた通りにして、彼女の目を見つめた。

「友だちに何て言うつもりなんですか?」と、彼は尋ねた。

「何も。本当のことよ」

「ぼくが告白したなんて言わないでしょうね?」

彼女は大笑いした。

「告白ですって! あなた、私を追い出したのよ! さあ、鍵を拾いなさい。そうやってこわい目で見つめないでよ、デイさん。鍵を拾って」

彼は彼女の前で身を屈めて鍵をつかんだ。まだなま温かい気がした。その瞬間、彼はモイラの指が自分の髪の毛の中に差し込まれるのを感じた。

「世間知らずな人!」と、ほとんど聞き取れないくらいの声で彼女は言った。

彼ははっと身を起こした。

「どうして触ったんですか?」と、彼は叫んだ。

彼女はドアに背を向けて後ずさりし、顔が真っ青になった。薄暗がりの中で、ジョゼフの目がこれまでどんな男にも見たことのない輝きで燃えあがるのを見て、突然、激しい恐怖が彼女をとらえた。

「このドアを開けて」と、彼女は言った。

彼は彼女のほうへ一歩進んだ。その額と目に、獣のように前進してくる若者の息遣いを彼女は感じた。

「だめ!」と、モイラは小声で言った。「だめ。いやよ! いやよ!」

XXII

息苦しい感覚がして、彼は眠りから覚めた。そして口元まで覆っていた重い毛布をぱっとはねのけた。目は天井に向かった。そこにはほのかな光が見えたが、初めはそれが何だかわからなかった。火事の明るさのようにも思えたので、本能的に暖炉のほうを振り向いたが、火をつけた覚えはない。そういえば揉み合ったさいに小さなランプが落ち、割れずにそのままベッドの下に転がっていったのを思い出した。

体は汗まみれだった。片膝を立てて、重すぎる毛布をもう少し押し上げた。ぼんやりした照明の中に、自分の裸体が見える。いつもの習わしで、彼は目をそらした。脇腹にぴったりくっついて、彼の腕の中に縮こまっている別の体があり、その幸福な息遣いが彼の胸をかすめている。少しずつ、彼の記憶の中でひとつひとつの細部がよみがえってきた。やめてと懇願しながらもがく女、初めは一緒に倒れ込んだ床の上で、次いでこのベッドの上で。そしてあの突然の同意、理解できない無抵抗。彼女は突然、身を委ねたのだった。突然、まるで獣のようになったのだった……。彼は途方もなくなめらかなこの肉体に手を置き、さっと跳び起きた。

冷たい空気の中で、彼の歯はがちがち鳴り、首筋から踵まで、震えが肌を走るのを感じた。キリグルーの言葉が記憶によみがえってきた。ルーパ、雌狼。これだったのだ、モイラは。そして愛の行為とは、これだったのだ。彼は寝巻きを身にまとい、紐を胴の回りに荒々しく結ぶと、ベッドのほうへ戻った。そこではモイラが目を閉じて、空いている場所に片手をぐったり伸ばしていた。

「起きろ！」と、彼は命令した。

彼女は手の甲を顔にやると、まぶたを半分上げた。

「寒いわ！」と、彼女はつぶやいた。

「寒いのか」と、彼はがらっと声を変えて言った。

床の上に滑り落ちていた分厚い灰色の毛布を両手で抱え上げると、彼は不意にそれを娘の頭の上に投げ下ろした。モイラはびくっと震えて、危うくベッドから落ちそうになったが、ジョゼフは全力で彼女をこのウールの大きな塊の下に押し込めた。そこから子どもの泣き声にも似たうめき声が漏れてきた。

「寒いのか！」と、彼は猛り狂って繰り返した。「寒いのか、モイラ！」

小さな体が途方もない激しさで、一方向へ、また反対方向へと回転した。彼女の体が突然すさまじい力で勢いよく動いたので、ジョゼフは逃げられてしまうのではないかという不安に駆られた。彼の両手がぎゅっと深く毛布の中に押し込まれ、布の厚みの下にある彼女の顔立ちが手触りでわかった。

彼は彼女の上に屈み込んで息を切らしていた。脈絡のない言葉が次々に口をついて出てきて、やがて気づかぬうちに泣き出していた。彼女が完全に動かなくなると、深い溜め息をつき、毛布を持ち上げたが、彼を見つめているその顔を前にして、一歩後ずさりし、じっと沈黙していた。

彼女に服を着せた。ドレスを着せるには、まだぬくもりの残る両腕を曲げてやらなければならなかった。そして彼は不器用な手つきで、髪を整えてやろうとした。特に、カーテンみたいに顎まで垂れ下がっている黒髪の房をきちんと分けてやりたいと思った。それから死者の顔の上に清潔なハンカチを広げた。こうすると、彼女はそれほど恐ろしくは見えない。靴を履かせ、さらにその上から小さなゴム長靴を履かせたが、カーペットから拾い上げたストッキングと下着は、とっさにどうするか決めかねて、ひとまとめにして指でつまみ上げた。それはけっきょくマリンブルーのコートのポケットにねじ込み、このコートでモイラの死体を包んだ。

これらの動作はゆっくりと念入りに遂行された。一種の茫然自失状態が仮面のように彼の表情を覆っていて、口は半開きのままだった。すべきことを終えると、彼は死者の傍らで仰向けになり、深い眠りに落ちた。

かなりたってから、彼は肩を揺さぶられて起こされる夢を見て、目を開いた。前と同じ火事のような光が、天井を照らしている。それを見まいとしてまぶたを閉じ、ふたたび眠ろうとしたが、記憶が容赦ない鮮明さで、その夜のできごとの細部をまた描いてみせるのだった。数分間、じっと身動きせず、それから小さな机の抽斗の中にある腕時計を手で探った。二時十五分だった。

彼が見たくないものはすぐ横の、ほとんど触れんばかりのところにあった。あの暗いブルーのコートに包まれて、顔には白いハンカチがかぶせられている。小声で、あたかも誰かの目を覚まさせるのを恐れているかのように、彼はゆっくりと言った。

「二時十五分」

不意に彼は立ち上がって、服を着た。女の気を引くために身に着けていた、あの濃いグレーのスーツだ。そして女はそこにいた、彼のベッドの中に。自分のしていることが何ひとつ、本当のこととは思えなかった。それでも彼は、心を決めていた。ズボンを穿いて上着を着たら、身を屈めて靴紐を結び、ベッドのほうへ戻ってモイラの両腕と両脚を抱え、外に運び出さなければならない。彼女がそこにいたままではいけないのだ。

彼は子どもを抱えるようにして彼女を持ち上げた。分厚いコートに包まれて長靴を履いていたにもかかわらず、彼女は軽かった。しかし突然、ドアに鍵がかかっていることを彼は思い出した。それでベッドにいったん重荷を下ろし、ズボンのポケットから鍵を出してドアを開けなければならなかった。

いま、彼は音をたてないようにして裏口に続く廊下を進み、デイヴィッドの部屋の前を通り過ぎていた。屋敷の中は物音ひとつせず、暗闇の中で聞こえるのは彼自身の息遣いだけだった。モイラの両腕はジョゼフの右肩から垂れ下がり、彼は彼女の体の真ん中あたりをぎゅっと抱えている。部屋の中で、ハンカチは滑り落ちていた。ジョゼフは心ならずも、すっかり陰惨な面相になったこの顔を目にしていた。

裏口のドアにたどり着くと、彼は鍵穴に鍵を突っ込んで回したが、慌てすぎたためにカチッという音がして、それがまるで爆発音のように夜の闇いっぱいに響き渡るような気がした。少し待ってから、彼はドアを開き、外のステップを下って行った。冷気が顔に襲いかかってくる。まだ雪が降っていたが、空は真っ暗でも、地面からのぼってくるほのかな明るみのおかげで、少しはあたりが見えた。すべてが雪の下に埋もれている。それでもジョゼフは、まっすぐに進みさえすればいいということを知っていた。そして数分間、彼はこの白い雪をかき分けながら歩いた。顔にはひらひらと舞う雪片が吹きかかって、そのいくつかは眉毛に張りつき、いくつかは唇をひりひりさせていた。

小さな低い塀のところまで来ると、彼はモイラの死体を雪の上にそっと置き、小屋に入って四方を手探りしながら、デイヴィッドが前に見せてくれた庭仕事用の道具をようやく見つけた。シャベルを手に取ると、それを塀の向こうに投げ落とし、もう一度身を屈めて死体を両腕で抱えた。塀はちょうど、彼がまたぎ越せるくらいの高さだった。少しのあいだ、彼は樹々の中を歩き回ったが、遠くまで行き過ぎてシャベルが見つからなくなるのではないかと、ふと不安になった。それに、いまいるあたりなら、屋敷から音は聞こえないはずだ。だから死体を地面に横たえて引き返し、塀の下に置いてきたシャベルを取ってこなければならない。

こうしたことを実行するにはある程度の時間がかかったが、いまや彼は、かつて野良仕事をしていたころやっていたように、地面に穴を掘っていた。けれどもその夜は寒さで地面が固くなっていて、シャベルで思うように掘り返すことができなかったし、ひどく暗かったので、穴の深さを知ろうと思ったら自分で時々その中に下りてみて、大きな黒い穴を手で探ってみなければならなかった。それでも雪明かりのおかげでかなりきちんとした形の墓ができたので、彼は疲労で手が震えていたにもかかわらず、無理してもっと深く掘ろうとした。もう一度穴に下りてみて、腰のあたりまで掘れたことがわかると、くたくたになって手を休めた。頭上では、樹々の枝のあいだから、何百という雪の粒が彼のほうへ降りかかってくる。彼は思った。〈雪が降り続けば、ぼくは救われる〉

死体の肩と膝を抱えて持ち上げると、墓穴の中に下ろし、コートの裾の一部を頭部にかけた。そのとき、ふと躊躇を覚えた。死者への祈りが断片的に頭に浮かんできたのだ。棺を抱えた男たちを従えて祭壇に向かってゆっくり歩む牧師が唱える、ヨブと聖ヨハネの言葉だった。「女から生まれた人間は、その人生も短く……」(41)。私は復活であり、命である。私を信じる者は……」(42)。しかし彼の口はいかなる音も発することができなかった。彼は穴の外によじ登ると、土で穴を埋め始めた。

庭を横切って戻るとき、雪はまだ降っていて、彼の足跡を、すべてを消し去っていく。

(41)「ヨブ記」第一四章一節、(旧)七七九頁。
(42)「ヨハネによる福音書」第一一章二五節、(新)一八五頁。この後は「……死んでも生きる」と続く。

った。部屋に戻ると、服を脱ぎ、冷え切ったベッドに裸で横たわった。震えが絶え間なく彼を襲った。それでもようやくぬくもりを取り戻し、彼は眠りについた。

XXIII

それでも神はひとことも言われなかった。(43)
ロバート・ブラウニング

七時ごろ、彼は目を覚まし、いつも通りに身づくろいをした。雪はまだ降っている。通りからはスコップで歩道の雪かきをする音が聞こえてきたが、外はまだ夜の闇に包まれていて、窓ガラスに顔を近づけても何も見えなかった。空から地上へふわふわと下りてくる白いカーテンがすべてを隠していた。

部屋の中では、何も移動していなかった。ただ、ベッドの乱れだけは、少し異様な感じがするかもしれない。そこでジョゼフはシーツと毛布を引っ張り、枕をカバーの中で揺さぶって、すべてが普段通りに見えるようにした。ランプも元通り机の上に置いたが、そのとき彼は、封筒に入ったモイラの手紙を見つけた。すぐに開こうとしたが、気がとがめてやめた。自分宛てではない手紙を読んだりしたことは、これまで一度もなかったからだ。長いあいだ、どうすべきか決めかねて指にはさんでいたが、けっきょくポケットに突っ込み、それから何かを探すように周囲をぐるりと見回した。家具の下まで覗いてみた。しかし何もない、何も残っていない。すべてはあそこにある、雪に埋もれた穴の中に。

ベッドに戻ると、彼はシーツの端を折り返し、枕の上に屈み込んだ。なかなか消えないこのにおいだけが不安だった。それはなま温かい体からたちのぼってくるように、寝床全体から漂ってくる。リラの香りに混じった肉体のにおい、なまなましい、抑えようのないにおいだ。ジョゼフは毛布をはがし、部屋を横切って窓を全開にした。外

(43)　イギリスの詩人ロバート・ブラウニング(一八一二—八九)の初期詩編、「ポーフィリアの恋人」(一八三六)より。語り手の「私」が、自分を熱愛するポーフィリアを彼女自身の髪の毛で絞殺し、死体を抱いたまま一夜を明かしたあとの、最後の一行。

気がたちまち、奔流のように室内に流れ込んでくる。少年は明かりを消し、ぶるぶる震えた。雪の帳の向こうでは、灰色に変わりつつある空の彼方に朝陽がのぼってくる。彼は身動きせず、寒さに震えながらじっと見つめていた。お祈りはしなかった。

少ししてから、彼はデイヴィッドと朝食をとった。いつものように、二人きりだった。デイヴィッドは穏やかな声で話しかけ、パンとコーヒーを勧めてくれたが、返事をして食べているのは、自分とは別の人間だった。ジョゼフにはそれが何よりも奇妙なことに思えた。彼はそこにいるのに、別の人間が代わりに振舞っている。言ってみれば、彼自身は存在しないも同然だった。説明のしようがない。ある種のことは、説明しようにも適切な言葉がないのだ、必要な言葉が見つかることはけっしてないのだ。

部屋のにおいは消えただろうかと、彼は思った。デイヴィッドは何も気づいていなかった。ただ「部屋の窓は閉めておいたほうがいいね。ほら、雪が床に降り込んでいる」と言っただけだった。ジョゼフは窓を閉めた。彼とは別の人間がそれを閉めたのだった。

その日の午前中、歴史の授業では、さいわい教室の奥のほうに空いている席があったので、好奇のまなざしを避けようと思ってそこに座った。みんなの注意がなんとなく、普段にも増して自分に向けられているような気がしたのだ。おそらく、髪の毛のせいでいつも人に見られてはいたのだろうが、今日はそれが耐えられなかった。

しかしながら、腕組みをして、黒板にぶら下げられたアメリカ合衆国の地図をじっと見ているうちに、彼はやがて一種の思考停止状態に陥り、頭がぼうっとしてきた。教室は暖かかった。ほとんど暖かすぎるくらいだ。どうしても眠くなる。それに教授の声はあまりに単調で、単語と単語がまるでひとつの単語のようにつながってしまい、意味がよくわからなかった。ジョゼフはできることならまぶたを閉じたかったが、なんとか我慢した。外では、もう雪は降っていない。それは驚くべきことだった。ジョゼフが教室に入ったときはまだ降っていたのに、少し前からもう雪は降っていなかったのだ。ジョゼフの頭の中では、〈雪はやんだ〉という言葉が二回、十回、二十回と、その意味がすっかり明らかになるまで繰り返された。何時間も何時間も降った雪は、もう降りやんだ。凍てつくような青い空には、太陽が輝いている。

何時間も、雪が……。昨夕の四時から、今朝の九時十五分まで。ずいぶん長時間になる。しかし夜中から、真夜中からいままで、何時間たったのだろう？　たぶん七時は何日間、おそらく七時間以上だ。七時間にわたって、いま陽の光を浴びて輝いている雪は降り続けたのだ。街路の雪は取り除かれるだろうが、ほかの場所、森の中では、何日間も、冬の終わりまで残るだろう。冬のあいだじゅう、ずっとあるだろう。そしてこの雪の下には、風があちこちから運んできた枯葉がある、風が巨大な手のように平らにならした、あの分厚い枯葉の層が。それでも雪がもう降っていないことは事実だった。少し前から、ジョゼフは大きく目を見開いて窓を見つめていた。

授業が終わると、彼はほかの学生たちと一緒に立ち上がって外に出た。きらきら輝く一面の雪が眩しく、まばたきしながら階段の途中でじっと立ち尽くしていたので、後ろから少し押された。膝の上まで積もった雪をかき分けて道が作られ、屋根つきの回廊まで行くにはそこを通らなければならなかったが、多くの学生たちは芝生の上を走っていた。インディアンのような叫び声をあげ、両手いっぱいにすくいあげた白い雪を相手の顔に投げつけて雪合戦をしている。誰かがジョゼフの名を呼んだが、彼は返事をしなかった。握りしめた両手を短コートのポケットに突っ込んで歩いていて、歴史の教科書が脇の下から滑り落ちたことにも気がつかなかった。たぶんそれで誰かが声をかけたのだろうが、彼の耳には入らなかった。東回廊まで来ると、彼は少し足を速めて学生たちの一群を追い越して行った。

階段を何段か下り、図書館を回り込んで並木大通りに出た。そのとき赤い市電が通り過ぎて少し先で止まったので、ジョゼフは急に走り出し、ステップに跳び乗った。乗客たちが彼を乗せるために詰めてくれた。まるで雪のおかげで誰もが上機嫌になっているかのようだ。今年の初雪なので、まだ汚れていない。各人の胸の中に残っている子ども心が、あらゆる色彩が雪の白さで魔法のように消え去ってしまったことを喜んでいた。けれども町ではすでに、雪は汚れていた。車道の両側には雪まじりの土が積み上げられ、歩道では通行人たちがぬかるみの中をもたもた歩いていた。

ジョゼフは路線の終点になっている鉄道駅で降りた。駅舎は黄褐色の建物で、屋根の軒下には黒い染みができている。待合室の奥まで行って、彼は体の線に合わせて湾曲したカシの木の長いベンチに腰を下ろし、そこで数分間じっとしていた。何人かの人が彼の髪の毛に目をとめてじろじろ見たので、帽子をかぶってこなかったことを後悔した。一人の水夫がマッチはないかと尋ねてきたが、ジョゼフは返事をせず、ぎこちなく立ち上がって外に出た。見知らぬ人間と話すくらいなら、この場所を立ち去るほうがまだましだ。

駅前に小さなレストランがあったので、コーヒーを一杯飲もうと思って中に入ったが、入口をまたいだかと思うと、すぐにまた出て行った。大勢の人間が彼を見ていたのだ、あの待合室と同じように。

彼はなんとはなしに、メインストリートを戻って行った。いつもならどうでもよかったけれど、今日は違った。両足がひとりでに代わる代わる前に出て、夢の中のように、勝手に彼を導いていくかのようだった。自分を、自分の体をどうすればいいのかわからないのは、妙な気分だ。それでも体はどこかになければいけないし、息をしなければいけないし、動かなければいけない。

壁を赤く塗った大きな店が彼の目を引いた。多くの人々がガラスのドアを押し開け、中に入り、出て行く。彼はその人混みを目で追い、自分の意志がこのとりとめのない集団の意志に呑み込まれていくのを感じて、すっと気が軽くなった。そして小川に浮かんだ藁くずのように、人の流れに運ばれて行った。

店に足を踏み入れると、揚げ物の強烈なにおいが鼻先に漂い、同時に蓄音機のやかましい音が耳に襲いかかってきて、彼は電気照明の下で目をしばたたかせた。どこを見ても、人々はカウンターのあたりを歩き回り、立ち止まり、押し合いへし合いしていた。

彼は外に出た。数分前から、頭蓋骨に鉄の環が打ち込まれたみたいに頭ががんがんしていて、自分はなぜ大学に戻らなかったのだろうと思った。横になりたかった、自分のベッドにではなく、デイヴィッドのベッドに。何も厄介なことが起こりようのない、あの暖かくて静かな部屋で。デイヴィッドは物わかりのいい声で話してくれるだろう、何も聞かずにいてくれるだろう。そしてジョゼフは眠れるだろう。眠ることができさえすれば、すべてはうまくいくはずだ。町には人間が多すぎる、どこもかしこも人間が多すぎる、この顔もあの顔も、目に無言の問いかけを含んで彼のほうを振り向いてくる。

ぬかるみに足を突っ込んで、彼は赤い市電を待った。通りの反対側の正面に、二軒の小さな店がある。一軒はアーモンドグリーン、もう一軒は黒だ。グリーンのほうはワードという名前の店主が営む染物屋、黒のほうは入口ドアの上に、中国人の名前に続けて「クリーニング店」と書かれている。彼の中の何かがこうした細部に興味を引かれ、これらの見知らぬ人たちの生活、容貌、両者の関係などを想像してみようとした。たぶんリン・ホーは幸せなのだろうが、ワードはおそらく彼の人種や肌の色をねちねちとあげつらい、彼の話すおかしな英語を馬鹿にしているのではあるまいか。いやクリーニング屋のほうも、真っ当な人物ではないのかもしれない。なにしろつまるところ、異教徒にすぎないのだから。たぶん妻は完全な黄色人種で、肌が象牙みたいに黄色っぽく、子どもたちはきゃんきゃん叫ぶような言葉をしゃべるにちがいない。

　市電が到着し、これらの夢想をぷっつり断ち切った。ジョゼフは運転手の少し後ろの席に陣取った。じっさい、こうすれば彼を見つめている連中が目に入らない。というのも、人々は彼が通るといつものように彼のほうに視線を上げたからだ。今朝は少なくとも三百人くらいが、自宅に戻る途中でこう思ったことだろう。〈街で赤毛の男を見かけたな、おかしな顔をした赤毛の男を〉。彼に話しかけた水夫も、きっと思い出すことだろう。この市電の中では、それでも歩道を歩いているときよりは守られているように感じた。レールの上を滑る車輪の音を聞いていると安心する。だが、停車場で止まるたびに彼はびくっとした。停車場なんかなければいいのに、市電が街路から街路へと、それから市外に続く道路へ、野原の広がる郊外へと、このまま何時間もずっと走り続け、山あいの小さな町まで連れて行ってくれればいいのに。彼の郷里では、きっと太腿の半ばくらいまで雪が積もり、屋根からは時々、白くて重い塊が雷のような轟音をたてて一気に滑り落ちてくるだろう。ジョゼフは昔、ベッドの中でその音を何度も耳にしたものだった。それはいつも子ども時代を思い出させる音のひとつなのだ、その音と、小さな部屋の天井に雪が投げかける不思議な光が。

彼はふと、降りるはずだった街路を過ぎてしまい、市電がいまはほとんど空になって、体育館を回り込んでいることに気がついた。次の停車場で、彼はきちんとした身なりの男性と一緒に降りた。男性は彼に、法学部長の家はどのあたりかと聞いてきたが、ジョゼフは一瞬考え込んでしまった。その家に行くのにどの道を通ればいいかは完全にわかっていたのだが、ちゃんと言えるような気がしなかったのだ。複雑すぎて、彼は頭を横に振った。

「このあたりの人じゃないんですか？」と、見知らぬ人は尋ねた。

もう一度ジョゼフは頭を横に振り、男性は去って行った。なぜあの人はこんな質問をしたのだろう？　ジョゼフがこのあたりの人間であるのかないのかを知ることに、いったい何の興味があるというのだろう？　人は良さそうだったが、それでも彼はこんな質問をしたのだった。

ジョゼフは体育館につながる歩道を進み、突然、いま何時なのだろうと思った。ポケットから取り出した腕時計は六時で止まっている。昨夜、ネジを巻くのを忘れていた。昨夜の十一時にこの腕時計のネジを巻くのを忘れたまま、いまそれを手のひらに載せて、まるでこれまで一度も見たことがなかったかのように見つめていたのだった。しかしながら、ここにとどまっているわけにはいかない。このまま歩いて行くか、どこかに入って暖まらなければならない。すぐ近くには、体育館の煉瓦壁があった。しかし体育館に入るわけにはいかない。少年たちが裸になって、体を見せているだろうから。少し先には、長い煙突のあるカフェテリアが見える。キッチンのにおいが空中に漂っていた。

踵(きびす)を返して、彼は野原のほうへ向かったが、雪が行く手をはばんでいたので、大学に戻らざるをえなかった。そのとき図書館の大時計が鳴り始め、彼は鐘の音を数えた。まだ十一時だった。もう一度、彼は何をしようかと考えた。十一時には英文学の講義があったが、出席することなどとてもできない。

「どうして?」

声に出して口にしたこの言葉は、あたかも別の人間が言ったかのように耳元で響き、彼は一種の驚愕を覚えた。じっさい、どうしてだろう?　ぼくの人生ではすべてのことが止まってしまうのだろうか?　ぼくはこれからも食べたり、話したり、読んだりし続けるのではないのか？　どうしてぼくはここにいるのだろう、この雪の中に、体育館の壁の下に？　こうした疑問にたいして、彼はいかなる回答も得られなかった。

とにかく、英文学の時間はさぼることにしよう。大学ではあたりまえにおこなわれていることだが、ジョゼフはこれまで一度も授業をさぼったことがなかった。今日は図書館に行き、本を持って勉強用ブースの奥に腰を落ち着けよう。そうすれば時間の無駄にはならないはずだ。

そんなわけで数分後、彼は図書館の階段をのぼり、重い扉を押し開けた。しかしまさにその瞬間、さっきの奇妙な疑問がまた頭によみがえってきた。どうして？　突然、これらのあらゆる行動の背後に、この静かな疑問が横たわっているような気がした。どうしてこの階段をのぼっているのか？　どうしてこの扉を押し開けているのか？　彼は中に入った。円形大ホールの暖かい空気が心地よく彼を包み、彼は二、三秒のあいだ、表情を和らげてじっとしていた。それからやっとコートを脱ぎ、勉強机を探したが、いちばんいい席は埋まっていた。いたるところで、学生たちは本を読んだり、広々した円天井の下を満たしている暖気にぼうっとして居眠りしたりしている。静寂の中で、暖房機のかすかな音が聞こえていた。

ジョゼフは爪先立ちで歩き、ほとんど館内を一周したところで、机を埋め尽くすコートやマフラーの山の向こうに、ちょっとした一角を見つけた。けだるい溜め息をついて、彼は肘掛椅子に身を投げ出した。机の反対側にはジョゼフの知らない少年がいて、いまにも眠りそうな感じでうなだれていた。

ここはなんて気持ちがいいんだろう！　心地よい暖かさが、両手に、両脚に、体全体に流れてくる。肘掛椅子のアームに両肘をついて、彼は腹の上で指を組み、興味津々で窓から外を見た。すべてが雪に埋もれている。かろうじて見えるのは、図書館のすぐ近くの、黒い舌のように伸びているマグノリアの葉先くらいだった。煉瓦の小道は除雪されていた。大学では何も変わらないと言われるのをジョゼフはしばしば耳にしていたが、今朝は初めて、じっと動かずにいるこれらすべてのものに感謝の念を覚えた。何世代にもわたる学生たちが、ここ、この一角に腰を下ろし、彼と同じように煉瓦の小道を眺めてきたのだ。春と秋には、右に見えるアーチの周りにフジの蔓が垂れ下がっている。今朝は、雪のせいで黒く曲がった枝の一部しか見えないが、これからまたフジが伸びるのだろう。雪は解けるだろうが、雪の下にはこうした枯葉がいっぱいあるのだ……。折れそうなほどぎゅっと指を握りしめ、別の方向に目をやると、衣類の山のそばに、一冊の大型本が机上に広げてあるのが目に入った。ブリタニカ百科事典の一冊で、誰かが参照してそのままにしておいたらしい。彼の視線は、ホルベア[(44)]という名前の上にとまった。無意識に、彼は一度も聞いたことのないこの人物の生涯を読み始めた。そしてホルベアは、同時代のあらゆる作家の中でも、ヴォルテールと並び称される第一人者であることを知ったのだが、ジョゼフはヴォルテールをまったく読んだことがなかった。それでもこの事実は記憶に値する。どうして？　またしてもこの疑問が浮かぶ。彼は肩をすくめた。少し身を屈めると、図書館の大時計が見えた。もう十一時二十分だ。正午には昨日のようにカフェテリアに行かなければならないが、やめておこう。一日じゅう歩き続けたように疲れているのを感じ、彼は開いた百科事典の上に両腕を折りたたんで載せると、その上に顔を伏せて眠り込んだ。

正午の鐘が鳴り、彼は目を覚ました。ジョゼフは目をこすり、周りをちらっと見回した。さっきまでいた学生はもういなかったが、その席には小柄なジョン・スチュアートがいる。酒を飲まされて町に連れて行かれた、引っ込み思案な少年だ。彼とジョ

(44)　ルズヴィ・ホルベア（一六八四―一七五四）はデンマーク＝ノルウェーの劇作家・歴史家。特に一連の喜劇作品で有名。

ゼフは微笑みを交わしたが、スチュアートはすぐに本に目を落とした。いたってまじめな顔をしていたので、キリグルーが彼に関して話して聞かせたこと、あの想像を絶する下品な場面が信じられないくらいだった。いかにも勉強家らしく大きな眼鏡をかけているけれど、まるで(あるいはほとんど)子どもみたいに見える。しかも彼はジョゼフに微笑みかけたのだった。数分のあいだ、ジョゼフは戸惑いながらもうれしくなって、いっさいの不安が覆い隠された。彼はずっと顔に微笑みを浮かべたままでいて、それはなかなか消えなかった。

十五分後、多くの学生たちが図書館を出て行くのに気がついて、彼も出て行った。少し心残りだったが、おそらく同じ場所にあまり長くいないほうがいいだろう。とはいえ、どこへ行けばいいのか、あてはなかった。カフェテリアでは、彼が仕事に来ないので驚いているにちがいない。あのぶっきらぼうな女、エプロン姿のボーイたち、彼が言葉を交わした黒い目のボーイ……。彼は議論を断ち切るかのように頭を横に振り、図書館の階段を下りて行った。雪をかき分けてできた道は屋根つきの回廊につながっていたが、どうしてそちらに行く必要があるだろう？　回廊の先には舗装されていない道しかない。そのひとつは文学の授業がおこなわれる建物につながっている。

もうひとつは、雪でほとんど見えなくなっているが、音楽堂に行く道のはずだ。彼は不意に、四方を雪に囲まれているような気がした。じっさい、彼はいわば雪に導かれて並木大通りを進み、赤い市電に乗って町まで行ったようなものだったが、町に戻るつもりはまったくなかった。けれども、ほかの場所では道がふさがっている。

彼は寒くなり、空腹を感じ始めた。いちばん賢明なのはたぶん、さしあたり心が決まるまで歩き続けることだ。彼は図書館の裏に回り込み、積み上げられた二列の雪のあいだを通って体育館のほうへ向かった。黒ずんだ煉瓦の巨大な建物の入口に着くと、歩をゆるめた。ほかの学生たちなら、たぶん入ることができるだろう。でも、彼は入れない。この建物の敷居をまたぐことはけっしてないだろう。彼は樹々のあいだに垣間見えるカフェテリアの長い煙突を見つめた。おそらく並木大通りのほうへ歩き続けたほうがいいのだろう。だが、そこに着いたらどうすればいい？　それでも彼は、コートのポケットに両手を入れ、うつむいてそちらへ向かった。と、突然彼はぴたっと足を止めた。誰かが背後で、そっと口笛を吹いたのだ。

XXIV

彼は振り向かなかった。もう一度、今度はもっと強く口笛が聞こえた。いくつかの想念がジョゼフの脳裏を横切り、心臓が止まってしまったような気がした。走ることはできない。じっとしていることもできない。全身の力を振り絞って、彼は振り向いた。小道の向こうに、プレーローが見えた。

黒い手袋をはめて立っている彼は、耳まである白いウールのセーターを着ていたが、雪のせいでそれは黄色く見えた。ジョゼフと同じく帽子はかぶっておらず、髪の毛が風でもつれている。その場から動かずに、彼はこっちに来いとジョゼフに合図したが、ジョゼフはためらった。するとプレーローは小道から外れ、膝の上まで雪に埋まりながら雪の中を進んで行ったが、そこでもう一度振り向いてジョゼフに手を振り、自分についてくるように伝えた。少年は従った。

前後に連なって、彼らは一歩ごとに脚を雪にとられながら、樹々のあいだを歩いて行った。そして数分後、樹木で覆われた丘の斜面に達すると、無言でのぼり始めた。プレーローは頭をまっすぐに起こし、耳を真っ赤にして、ゆっくりと進んで行く。彼はどうやら土地鑑があるようで、少し斜めに、ゆるぎない足取りでのぼって行ったが、ジョゼフはついて行くのがやっとで、コートの裾が邪魔になってつまずいては、息を切らしていた。

十五分後、二人は雪に埋もれた森の中で、二、三メートル離れて向かい合った。周囲は静寂に包まれ、頭の中で血が脈打つのが聞こえる。

「お昼ごろ、カフェテリアの近くで君を待っていたんだ」と、ようやくプレーローが言った。「どうしても君に会う必要があってね」

ほとんど続けて彼は付け加えた。

「ここなら、邪魔は入らない」

ジョゼフは返事をしなかった。彼のところに届いてくる言葉は、まるで氷を削るようにして空気を切り裂くといった、奇妙な感じがした。プレーローは頬を冷気にさらしながら、ぎらぎら輝く、と同時に深刻そうな目で彼を見つめている。そして自分のほうを見上げて何も言わないジョゼフより少し上の斜面で、彼も大きく息を吐いた。「どうしてしゃべらないんだ?」と、プレーローは尋ねた。「何か馬鹿げたことをしてしまったみたいな顔をしているぞ」

彼は何秒か待ち、ジョゼフが黙っているので続けて言った。

「ここに君を連れてきたのは、助けるためなんだ。そんな馬鹿な、と思うかな? でも、君はぼくについてずっと思い違いをしてきたんだよ。このあいだの九月だったか、池のそばで例の話をしたせいでね」

ジョゼフが動かないのを見て、プレーローは彼のほうへ下りてくると、手袋を外して足元に置いた。それから両手で雪をすくうと、びっくりしている少年の頰になすりつけた。

「目を覚ませ!」と、プレーローは叫んだ。「いまにも屋根から落っこちそうな夢遊病者みたいじゃないか。怒ってみろよ! 陰気な顔をしている君より怒っている君のほうが、ぼくは好きだ。そんなふうにしていたら駄目になってしまうぞ」

「何が言いたいんだ?」と、袖で顔を拭きながらジョゼフは言った。

プレーローはまた手袋をはめた。

「モイラのことさ」と、彼は言った。「いや、動かないで。聞いてくれ。彼女が君の部屋へ行くつもりだということは知っていた。みんな知ってたんだよ、あいにくなことに。君が親しい、あの……牧師君以外はみんながね。あいつは何も知らない」

ジョゼフはぱっと体を動かしたが、プレーローは逃がさないぞというように、彼の腕をつかんだ。

「ぼくはこの馬鹿げた計画をやめさせようとした。ぼくは君の敵じゃないんだよ、ジョゼフ。ところがモイラは、何が何でも君の部屋に行くつもりになっていた。まずいことになるにちがいないと思っていたよ。友だちのセリーナがけしかけたんだ。セリーナはいまミセス・デアのところで、大学をやめた男子学生がいた部屋に住んでいる。モイラが今朝帰ってこないので、彼女は九時ごろ、ミセス・ファーガソンの家に行った。それでモイラを探したんだ」

「探した……」と、ジョゼフは鸚鵡返しに言った。

「そう、探したんだけど見つからなかった。どこかに逃げてしまったのかな？　たぶんこわくなって……。答えてくれ！」

ジョゼフはプレーローを見つめたまま、返事をしなかった。たがいに見つめ合いながら、二人は長いあいだずっと黙っていた。ようやく、プレーローは前より小声でまた話し始めた。

「彼女が逃げたのならいいのにと思っていたよ。まずいのは、そう、セリーナが半狂乱になって警察に通報したことだ。もし、ぼくが心配しているように何か大変なことが昨夜起こったのだったら、部屋に戻ってはいけないよ、ジョゼフ。誰かが待ち受けていていろいろ訊かれるだろうし、尋問するやつのポケットには、たいてい手錠が入っているからね」

この言葉を聞いて、ジョゼフは顔面蒼白になり、何か話そうとするかのように、口が半開きになった。プレーローの目にふと軽蔑の色が走ったが、彼はすぐに目を伏せた。

「君がどうするつもりかはわからない」と、彼は言った。「でも逃走する気がないのなら、今晩にでも自首したほうがいい」

彼は少し待ち、それから尋ねた。

「逃げるのを助けてほしいかい?」

一瞬の沈黙があってから、ジョゼフの少ししゃがれた声が聞こえた。

「どうしてぼくを助けようなんて思うんだ？」

この問いはプレーローをうろたえさせたようだったが、彼は気を取り直した。

「それはぼくだけの問題さ」と、彼は言った。「いずれにせよ、君の頭がおかしくなっていないなら、これから言う通りにするんだ。たぶんもう捜索が始まっているだろうからね。よく聞いて。ぼくたちがいまいる森には、一マイル以上続く街道が一本通っていて、町の外につながっている。この方向にまっすぐ歩いていけば、谷底の道に出る。聞いてるかい？」

ジョゼフはうなずいた。

「夜になるまで森の中で待つんだ。そうしたら谷底に下りて、街道に出る。それからまた待つんだ、一時間くらいかかるかもしれない。すると車が一台やってきて、スピードをゆるめて、谷底のあたりで止まって、君を乗せてくれることになっている。その車はノーフォーク[45]まで君を連れて行くだろう。商船に乗ってこの国を離れるためにどうすればいいかは、教えてもらえるはずだ。むずかしいよ。勇気がいるし、大胆さも必要だし、うまくやってのけなくちゃいけない。でも、これが唯一の機会なんだ。

(45)　アメリカ合衆国、ヴァージニア州の港町。

やってみるかい？」

ジョゼフは返事をしなかった。

「車には男が二人乗っているはずだ」と、プレーローは続けた。「ぼく自身と同じくらい、信頼できる連中だよ。何も心配することはない」

彼は返事を待ち、それから少し厳しい口調ではっきり言った。

「これはぼくの名誉にかけての約束だ」

この言葉を言いながら、彼は赤くなった。

「どうして君がこんなことをしてくれるのかわからない」と、ジョゼフはつぶやいた。

プレーローは彼をじろっと見た。

「返事を聞かせてくれ」と、彼は言った。

彼はいま、ジョゼフの少し上方、数歩のところに立ち、無言で相手を見つめていた。冷気に刺激されて、彼の顔色は薔薇色から赤になり、眉毛の堂々とした曲線の下で光っている黒っぽい瞳に一層の輝きを与えているようだった。ジョゼフは思わず目を伏せ、その目は心ならずも、黒い手袋の中でじっと動かない相手の両手に引きつけられた。理由はわからなかったが、黒い手袋のせいで、それらは拷問吏の手のように見えた。彼自身は、両腕をだらりと下げて木にもたれかかっていた。疲労と激しい不安のせいで、両目の周りには緑色の隈ができ、息をするのも苦しいほどだった。

「わかった」と、彼はようやく言った。

プレーローは明らかにほっとした様子で、彼に歩み寄った。

「ぼくは大学に戻るよ」と、彼は穏やかな声で言った。「一時間以内に、必要な手筈を全部整えておく。言われた通りにしておけば、君は助かるさ。まちがいないよ、ジョゼフ。握手しないか？　今度はぼくがお願いするよ」

彼らは同時に手袋を外し、二人の手が握り合わされた。

「取っ組み合いの喧嘩をした夜のこと、覚えてるかい？」と、ジョゼフは聞いた。

「ああ、もちろん」

「君はあのとき言ってたね、どうして君がぼくと口をききたくないのか、そのうちきっとわかるだろうって」

プレーローは目を伏せた。

「遅すぎるよ、いまとなってはね。ぼくたちの道はもう交わらないだろう」

「知りたいんだ」

「言えないよ、けっして」

彼は丁寧に手を放すと、長いあいだジョゼフを見つめた。

「幸運を祈る！」と、彼はかすかな声で言った。

彼が手袋をはめて、樹々のあいだを遠ざかって行くのを、ジョゼフは見送った。一分後にはもう、プレーローは姿を消していた。

XXV

ジョゼフはしばらく動かずにその場に残り、それからプレーローが示した方向へと歩き出した。ゆっくり進んで行くと、この森の深い静寂の中で、聞こえるものといえば彼の息がたてるざわめきのような音だけだった。しかし彼はやがて、樹々のあいだからちらっと見える車道の上を除雪車が移動しているかすかな音を遠くに聞いた。ジヨゼフの周りでは、太陽の光がこのきらきら輝く白色の中に吸い込まれては、空に投げ返されているかのようだった。一分ごとに、彼は苦痛に顔をしかめながら両手を目に当てた。少ししてから、彼は休もうと思って立ち止まったが、そのとき、二列に積み上げられた眩しい雪のあいだを、ごうごうと鈍い音をたてて進んで行く除雪車が目に入った。

この音は彼を元気づけた。何であれ、静寂よりはましだ。静寂の中で聞こえる、自分自身の息遣いの不安げな音よりはましだ。彼は耳を傾け、黒い大きな機械が遠ざかって行くのを想像で追いかけた。もう聞こえない。まぶたを閉じて、彼はなま温かい雪の上に横たわるように、ベッドの上に横たわる自分を思い描いた。わが家の、自分のベッドのようなベッドの上に。今朝から、子ども時代の思い出がしきりに記憶によみがえってくる。特に、ちょっとした病気で一週間寝込んだときの思い出が。寝室のあのにおい、板張りの壁のにおいと、暖かくしなければと母親が首までかけてくれたウールの毛布のにおいの入り混じった、あのにおいが。

不意に、彼は体を支えていた樹木からやっとのことで身を引き離すと、また歩き始めた。ただし、今度は逆方向に。自分がつけた足跡をたどって行きさえすればいい。

雪に穿たれたこれらの穴が道案内をしてくれ、動きやすくしてくれる。まるでそれらの穴が彼を前に引っ張って行くかのようだ。彼はほとんど眠りながら、前進した。しばらくすると、足跡が二重になった。プレーローが話をしてくれたのはこの場所だとわかった。

数分後、彼はまた体育館の壁に沿って進み、やがて並木大通りに出た。そこからは、足を速めて歩き始めた。さらに二、三百メートル進み、自分の下宿がある通りの入口まで来た。二時ごろのはずで、大半の学生たちは町に向かって走っている。彼を見かけた学生が立ち止まって話しかけることはなかったし、そもそも知っている顔はひとつもなかった。彼自身もほとんど走っていたが、ミセス・ファーガソンの屋敷の前で、念のために立ち止まった。プレーローの警告が突然、大声の警報のように耳元で響いたのだ。〈部屋に戻ってはいけない！〉

彼は一、二秒ためらった後、隣家を迂回する狭い路地に入った。そうやって、鉄道線路まで広がっている、樹々の植わった広い空き地に達した。思わず、彼の目は穴を掘った場所を探したが、何も見分けることができない。見えるのはただ雪だけで、その上には太陽が燃える火のような網目模様を走らせていた。

心臓がどくどくと脈打ち、彼は立ち止まって息を整えずにはいられなかった。それから小さな塀をまたぎ、大急ぎで庭を横切った。デイヴィッドの部屋の前まで来ると、彼は片方の手袋を外し、窓ガラスを叩いた。時間が流れ、いまにも疲労困憊して倒れるかと思ったとき、窓のガラス板が上がり、デイヴィッドの顔が現れた。ジョゼフは口を開いたが、声はまったく出てこない。デイヴィッドはひとことも言わず、ジョゼフの肩をつかむと、彼が室内によじのぼるのを手伝った。そして窓を下ろし、部屋のドアまで行って鍵を回して閉めた。

ジョゼフは膝をがくがくさせながら、片手で椅子の背もたれにつかまり、部屋の真ん中に立っていた。そして疲労で眩暈に襲われた人のように、何度か目をしばたたかせながら、周囲を見回した。それからベッドに連れて行かれ、そこにどかっと倒れ込むと、半分腰掛けた状態で両脚をだらりと垂らした。そのとき彼は、もやを通して見るように、デイヴィッドが彼の前にひざまずいて靴紐をほどくのを目にして、小声で言った。

「いいよ、デイヴィッド、いいから……」

しかしやめさせようにも体を動かすことができず、靴はすぐに床に落ちた。デイヴイッドはジョゼフのコートを脱がせ、彼をベッドに無理やり横たわらせると、大きなウールの毛布を投げかけた。するとジョゼフは寝返りをうって、壁のほうを向いた。白い枕の上で、髪の毛が光っている。

「デイヴィッド、聞いてくれ」

「しゃべらないで。眠るんだ」

「じつは……」と、ジョゼフははっきりしない声で続けた。

「眠ってくれよ。話はまた後で」

一瞬の沈黙があり、それからまたジョゼフが声を出した。ささやくようなしゃがれ声ではあったが、今度は一語一語が異様なまでの明確さで発音された。

「ぼくは、モイラを、殺した……」

彼は少し間を置き、それからまた続けた。

「樹の下に埋めてある、小さな塀の向こう側に」

デイヴィッドは身動きせず、何も言わなかったが、彼の顔には影が差し、それは灰色になった。片手をベッドの枕元に置いて、彼はまったく動かないまま、息を止めているようだった。その目は、毛布の端から耳がのぞいているジョゼフの顔から離れない。ようやく彼は、深く規則的な呼吸の音を耳にした。

〈それであの人たちが来たのか〉と、彼は思った。

ベッドから離れると、彼は椅子を手に取り、誰も入ってこないようにドアの前に置いた。そして両膝に手を載せて座り、毛布の下に横たわっている体のふくらみをじっと見つめた。数分後、ポケットから小型の福音書を取り出し、適当にページを開いたが、震えが激しくて、本は手から落ちてしまった。そこで彼は体を滑らせてひざまずくと、祈りを唱えようとした。そして突然、まるで肩をつかんで押しつけられでもしたかのように、床に顔をつけてぐったり倒れ込んだ。

ようやく立ち上がってから彼が最初にしたのは、タオルの端を水で濡らし、自分の顔を拭って涙の跡を消すことだった。それから彼はドアの前の椅子に座り直し、そのまま待った。ひとすじの陽光が勉強机の上に射し込み、それから物をひとつ、またひとつと指し示すかのように、部屋の中をゆっくりと移動していく。最初は本の小口、それから壁紙に描かれたバラの花、眠っている少年の頭の上、そして枕の端。

不意に、ジョゼフは目を覚ました。

「車だ！」と、彼は叫んだ。

デイヴィッドは立ち上がって歩み寄った。

「夢を見ていたんだね」と、彼はそっと言った。

「そう、夢を見ていた」と、ジョゼフは目を開けて言った。

彼は尋ねた。

「いま何時？」

「四時過ぎだよ」

ジョゼフは片肘をついて立ち上がった。

「もうすぐ日が暮れる」と、自分に言うように彼は言った。

デイヴィッドの手を取り、自分の手で握ると、彼は子どものような目で相手を見上げた。

「どうしてこんなことになったんだろう？」と、彼は尋ねた。

デイヴィッドは頭を横に振った。

「わからない」と、彼はつぶやいた。「神は時々、赦してくださる……」

「神の話はやめよう」と、急に声を変えてジョゼフは言った。

彼はデイヴィッドの手を放し、ベッドから出ると、また靴を履くために椅子に腰を下ろした。体を二つ折りにして、一生懸命に靴紐を引っ張った。髪の毛が前に垂れて耳まで覆っている。

「この先ずっと」と、靴紐を結びながら彼は言った。「こうしたことは全部、胸の中にしまっておくよ」

デイヴィッドは少し近づいて、尋ねた。

「これからどうするんだい？　さっき、君の部屋に人が来た。それから、この屋敷の近くの通りに誰かがいるのを見たよ」

「すべきことはわかっている」と、ジョゼフはコートを着ながら言った。「もうたくさんだ。すべて話すよ」

デイヴィッドのほうを振り向くと、彼は不意に相手の両肩をつかみ、急にかすれ声になって言った。

「デイヴィッド、君もぼくも同じことを信じている。覚えてるよね、キリストは裁きを禁じておられることを？」

「ぼくは君を裁いたりしない、裁いたことなんて一度もない」と、デイヴィッドは感情を高ぶらせ、少しせき込んで言った。「ぼくはずっと、君はぼくより上の人間なんだと思っていた。いまでもそう思っている。ぼくはね、しょせん一介の牧師にしかなれない。でも君は……」

言葉は喉のところで止まり、彼はジョゼフの胸に片手を当てた。あたかもこのしぐさによって、最後まで言い終えることができなかったせりふを完結させるかのように。

「わかったよ」と、ジョゼフは言った。「今晩、プレーローという名前の学生のところに行ってくれないか。東回廊の四十四号室に住んでいる。ぼくからと言って伝えてほしいんだ……」

「いいよ、ジョゼフ。何かな?」

「ただこう言ってくれればいい、できなかったと」

「それでわかるの?」

「いまぼく自身がわかっていることは、彼にもわかるはずだ」

二人は見つめ合い、それからジョゼフはドアを開けて出て行った。

ゆっくりと、彼は屋敷を出て庭を横切り、小さな柵を押し開けた。通りには何人かの通行人がいたが、誰も彼に注意を払う者はいない。彼はスコップで雪かきされた歩道を進みながら、ふと、モイラの手紙のことを思い出した。コートのボタンを外し、片方の手袋を脱いだ。手紙はまだ、上着のポケットに入っている。そうしようと思えば破り捨てることもできるし、郵便ポストに放り込むこともできるだろう。立ち止まって少し考えた結果、そのままにしておくことにした。そこにどんなメッセージが書かれているのかは知らないが、それは自分の運命の一部なのだ。ゆっくりと、彼はコートのボタンをはめ直した。

陽光が樹々の背後でたゆたい、枝の一本一本が、薄い青から灰色に変わっていく空を背景に白く浮き立っていた。図書館の大時計が遠くで鳴った。黄昏の中に、夕刊を呼び売りする少年の爽やかで力強い声が響き渡る。心臓を高鳴らせながら、ジョゼフはそのまま歩いて行った。

通りの向こうから、一人の男が彼のほうに近づいてきた。

パリ、一九四八年九月―一九五〇年二月

ジュリアン・グリーン略年譜

一八九三年　エドワードとメアリーのグリーン夫妻、四人の子どもを連れてアメリカからフランスのル・アーヴルに移住。
一八九八年　グリーン一家、パリに移住。
一九〇〇年　九月六日、パリでジュリアン・グリーン誕生。
一九〇七年　九月、パリ十六区のリセ、ジャンソン＝ド＝サイイ校に入学。
一九一四年　七月、第一次世界大戦勃発。十二月二十七日、母メアリー死去。
一九一六年　四月二十九日、プロテスタントからカトリックに改宗。
一九一七年　バカロレア一次試験合格。アメリカ軍の移動野戦病院の運転手、次いで赤十字の衛生救護隊員として軍務につく。
一九一八年　五月に除隊。九月、フォンテーヌブローの砲兵学校に入学。
一九一九年　三月、軍務を終えてパリに戻る。

一九二〇年　九月、アメリカのヴァージニア大学に留学。
学友マークに同性愛的感情を抱く。

一九二二年　英語の短編小説「見習い精神科医」が「ヴァージニア大学マガジン」に掲載。

一九二三年　七月、パリに帰還。男との出会いを求めて夜の街を彷徨する。
七月、マークがパリを訪れるが、友人と一緒だったため、告白は叶わない。
短編小説「クリスチーヌ」、ウィリアム・ブレイクに関する評論などを執筆。

一九二四年　十月、『フランスのカトリック信者にたいするパンフレット』出版。
十一月、ロベール・ド・サン・ジャンと知り合い、生涯の伴侶となる。

一九二六年　『モン＝シネール』出版。

一九二七年　四月、『アドリエンヌ・ムジュラ』出版、フランソワ・モーリアックらの称賛を受ける。七月、父エドワード死去。
『地上の旅人』出版。

一九二九年　『レヴィアタン』出版。
カトリック教会と絶縁状態となる。

一九三一年　『今ひとつの眠り』出版。

一九三二年　『漂流物』出版。

一九三四年　『幻を追う人』出版。
一九三六年　『真夜中』出版。
一九三九年　四月、カトリック教会に復帰。
九月、第二次世界大戦勃発、旅行中のアメリカより帰国。
一九四〇年　五月、第三共和政崩壊。
スペイン、ポルトガルを経て、七月、ニューヨークへ。ラジオ放送「アメリカの声」を担当。
一九四五年　『ヴァルーナ』出版。
九月、パリに帰還。「ル・フィガロ」紙の文芸記事などを執筆。
一九五〇年　『モイラ』出版。このころエリック・ジュルダンと知り合い、のちに養子とする。
一九五一年　モナコ文芸大賞受賞。ベルギー王立アカデミー会員に選出される。
一九五三年　戯曲『南部』出版。
一九五四年　戯曲『敵』出版。
一九五六年　戯曲『影』、小説『つみびと』出版。
一九六〇年　『人みな夜にあって』出版。
一九六三年　自伝第一巻『夜明け前の出発』出版。

一九六四年　自伝第二巻『開かれた千の道』出版。
一九六六年　自伝第三巻『遠い土地』出版。国民文芸大賞受賞。
一九七〇年　アカデミー・フランセーズ文学大賞受賞。
一九七一年　六月、アカデミー・フランセーズ会員に選出。
一九七四年　自伝第四巻『青春』出版。
一九七六年　子ども向けの『亡霊たちの夜』出版。
一九七七年　一月、プレイヤッド版全集完結。五月、『悪所』出版。
一九八〇年　マルセル・ジュリアンとの対談出版。
一九八三年　『アシジの聖フランチェスコ』出版。
一九八四年　『パリ』出版。
一九八七年　ロベール・ド・サン・ジャン死去。
一九九八年　八月十三日、パリでジュリアン・グリーン死去。享年九十七。
二〇一五年　養子のエリック・グリーン(ジュルダン)死去。
二〇一九年　九月、完全版日記第一巻出版。
二〇二一年　九月、完全版日記第二巻・第三巻出版。

訳者解説

一　ジュリアン・グリーンについて

ジュリアン・グリーン(一九〇〇―一九八)の生涯に関しては、一九六三年から七四年にかけて出版された四巻の自伝が幼年期から一九二四年の秋までをカバーしており、それ以降については膨大な日記が残されている。もちろんこの種の文献に多かれ少なかれ潤色が施されている可能性は排除できないので、書かれていることをすべて事実として受け取るわけにはいかないが、それでも作家自身によるこれらの証言からおおよそのところは知ることができる。

ここでは以上の資料を適宜参照しつつ、本書によって初めてグリーンの作品に触れる読者を念頭に置いて、主要と思われる情報をかいつまんで記しておくことにしたい。

生い立ちと幼年時代

ジュリアン・グリーンは一九世紀がまもなく終わろうとする一九〇〇年の九月六日、パリに生まれた。両親はともにアメリカ人で、ジュリアンも米国籍だが、パリで教育を受けて育ったので、英語とフランス語の完璧なバイリンガルである。

父親のエドワード・グリーンは一八五三年、アメリカのヴァージニア州生まれ。一八八〇年にジョージア州の上院議員の娘、メアリー・アデレード・ハートリッジと結婚したが、やがて事業に失敗して財産を失い、一八九三年にフランスのル・アーヴルに渡って「南部綿油会社」というアメリカの会社の支店で働くようになる。夫婦の間にはアメリカ時代にすでに五人の子ども(娘三人、息子二人)が生まれていたが、次男は二歳にならないうちに死亡したので、フランスに移住したときは四人の子連れであった。そしてル・アーヴルでもさらに二人の娘をもうけている。

その後、一八九八年に夫妻はパリに転居し、二年後に八番目になる末っ子(男子では三番目)のジュリアンが誕生した。彼の名前は母方の祖父であるジュリアン・ハートリッジからもらったもので、英語風に Julian が正式な綴りであるが、のちにフランス語の作家として活動を始めるにあたり、著名な出版者であるガストン・ガリマールの勧めでJulienというフランス語風の綴りを使用するようになったという(ちなみに英語の著作や翻訳ではJulianのほうが用いられている)。

母親のメアリーは敬虔なプロテスタントで、末息子にはことのほか熱心に厳格な宗教教育を施していた。自伝の第一巻『夜明け前の出発』には、物心ついたころから英語の聖書を繰り返し読み聞かされていたこと、そして「おまえが悪いことをするくらいなら死んでもらったほうがいい」と母親に言われたことなどが記されている。

そんな母親にまつわるエピソードで注意を引くのは、幼児期のジュリアンが就寝中にベッドの中でわけもわからず自分の性器に手を当てていたのを見て、彼女がパン切り包丁を手にして「ちょん切るわよ!」と叫んだという話である。のちになって、彼女の弟が十五歳で梅毒に侵されて廃人同様になり、わずか十九歳で死亡したという事情が背景にあったことが明かされるが、それにしても、八人もの子どもを出産している女性としては異常なまでの過剰反応という印象を拭えない。

性的なことがらに関する母親のこうした激しいタブー意識と嫌悪感は、入浴中の幼いジュリアンの局部を見て「ああ、なんて醜いんだろう!」と嘆息したというエピソードからもうかがうことができる。『モイラ』の主人公であるジョゼフ・デイは、大学のホールに置かれている裸の彫像群にたいして強い忌避感を示し、自分の裸体からも習慣的に目をそらさずにいられない少年として描かれているが、こうした特異なキャラクターに作者自身の幼時体験が多かれ少なかれ反映されていることは確かであろう。

それでもジュリアンは母親から惜しみない愛情を注がれて育ち、幸福な幼年時代を送った。そのことは自伝の端々から十分うかがえるし(「母の愛情は私だけに向けられていた」と彼は書いている)、一九四二年に英語で刊行された回想録が『幸せな日々の記憶』と題されていることからも想像がつく。また、日記にも「母は私に情熱的な愛着心を持っていて、私を幸福にすることしか考えていなかった」(一九二四年四月七日)といった記述が見られる。

少年時代からアメリカ留学まで

一九〇七年九月、ジュリアン・グリーンは住居に近いパリ十六区のリセ、ジャンソン＝ド＝サイイ校に入学した。彼は詩人のポール・ヴァレリーもかつて学んだこの名門校で、その後十年間にわたってフランス語で教育を受けることになる。

しかし彼が十四歳になって間もない一九一四年の暮れのこと、母親のメアリーが病魔に侵されてあっけなくこの世を去ってしまった。最愛の人を失った悲しみはこれ以上ないほど深かったようで、「人生で初めて、私は苦しむということがどういうことか学んだ。〔……〕神よ、あなたはあのときどこにいたのか？　あなたの存在も、あなたの優しさも、私には感じられなかった」と、彼は自伝に記している。

父親のエドワードは妻の生前からカトリック信仰に惹かれており、メアリーの死から一年もたたない一九一五年八月、正式に改宗した。また、ジュリアンも父親に紹介された神父の教えに感銘を受け、翌年四月には聖体拝領の儀式を済ませる。そして修道院に入ることを望むのだが、時は第一次世界大戦の真っ最中、そのまま信仰の道に進むのではなく、まずは軍隊に入って奉仕すべきであるというのが、父親の判断であった。

一九一七年、ジュリアンはバカロレアの一次試験に合格した後、アメリカ軍の移動野戦病院の運転手として前線に赴き、次いでアメリカ赤十字の衛生救護隊に参加してイタリアまで足を延ばした。一九一八年五月に除隊となった後は、九月にパリ郊外フォンテーヌブローの砲兵学校に入学。しかしやがて十一月に戦争が終結すると、ドイツでの進駐軍勤務を経て、翌年三月には完全に軍務を終えてパリに戻った。

それからまもなく、彼はベートーヴェンの第九交響曲を聴いたことがきっかけで現実世界の

19歳のジュリアン・グリーン

大きさを実感し、修道院の狭い世界に閉じこもる意思は放棄する。また、この年にはバカロレアの二次試験を受けたが、落ちたと思って合格発表は見なかったという(実際は受かっていた)。

けっきょくジュリアン・グリーンはフランスの大学には行かず、父親の勧めに従ってアメリカのヴァージニア大学で学ぶことになる。この大学は一八一九年、アメリカ独立宣言の起草者の一人で第三代大統領を務めたトマス・ジェファーソンにより、ヴァージニア州中央部のシャーロッツヴィルに創設された全米屈指の名門州立大学で、第二十八代大統領のウッドロウ・ウィルソン、ロバートとエドワードのケネディ兄弟などの政治家を始め、各界の著名人を輩出していることで知られる。建築家でもあっ

たジェファーソンの設計になる建物が計画的に配置された美しいキャンパス（大学では「グラウンズ」と呼ばれる）は、ジェファーソンの邸宅があるモンティチェロと共に、一九八七年には世界遺産に登録された。アメリカの世界遺産は全部で二十三か所あるが、建築物として登録されているのはここ以外に、ニューヨークの自由の女神像とペンシルヴェニア州フィラデルフィアの独立記念館の二つだけである。後述するように、『モイラ』の舞台はヴァージニア大学と大学町のシャーロッツヴィルがモデルになっていると考えて間違いない。

一九一九年九月にマルセイユから船に乗ったジュリアンは、ナポリ経由で大西洋を渡り、初めてアメリカの地を踏んだ。決して自ら望んだ留学ではなかったが、さいわい当地には父方の叔父が住んでいるので、生活面の不安はない。また、ヴァージニア州は合衆国の東部にあって首都ワシントンにも近く、イギリス系白人のプ

ヴァージニア大学のキャンパス
（ジュリアン・グリーン撮影）

ロテスタント、いわゆるWASP（White Anglo-Saxon Protestants）が多数を占める地域であったから、フランス育ちのジュリアンにとっては違和感を覚えることの少ない土地であったと思われる。

とはいえ生まれ育った国への想いはやみがたかったようで、一九二一年一月の日記には「一年前から、私の生活は悪い夢のようだ。ここでは半分しか生きていないような気がする。それほどにもフランスは私の存在にとって必要なのだ」という文章が書きつけられている。彼にとってはやはり、パリで過ごした幼少年期の記憶がアイデンティティの欠かせない部分を形作っていたのだろう。

大学在学中のできごととして特筆すべきことのひとつは、一九二〇年の初めにマークという名前の学友と知り合い、強い恋愛感情を抱くようになったことである。性的な面では「おくて」であったジュリアンにとってはいわば初恋だが、この出会いによって、彼は自分の同性愛傾向をはっきり自覚することになった。しかしついに自分の気持ちを打ち明けることができぬまま、この恋はプラトニックな片想いに終わってしまう。

もうひとつの注目すべきできごとは、教授から出された課題に応えて書いた「見習い精神科医」という英語の短編小説が高い評価を受けて、一九二〇年度の「ヴァージニア大学マガジン」に掲載されたことである。自伝でも繰り返し語られているように、もともとジュリアンは子どものころから絵を描くことが大好きで、漠然と将来は画家になりたいと思っていたくらいなのだが、のちに方針転換して文筆活動で生きることを決意するにあたっては、これがひとつのきっかけになったのかもしれない。

作家への道

一九二二年七月、ジュリアン・グリーンは在学年限を一年残したままパリに戻った。その後しばらくのあいだは、絵筆とペンのどちらで身を立てていくか迷う日々が続いていたようだ。また自伝には、この時期に男との出会いを求めて毎晩のようにパリの街を彷徨していたことが率直につづられている。青年期の真っ只中にあって、同性にたいする欲望の高まりはもはや抑えがたいものとなっていたのだろう。

帰国してから一年後の一九二三年七月には、「初恋」の相手であったマークが彼をパリに訪ねてくるというできごとがあった。今度こそ愛の告白をしようと心躍らせるジュリアンだったが、残念なことにマークは友人と一緒で、モン＝サン＝ミシェルや

『アドリエンヌ・ムジュラ』初版の表紙

ルーアンへの旅行も三人ですることになり、今回もついに想いが成就することはなかった。

やがてグリーンは、自分が本を書くために生まれた人間であるという意識に目覚め、フランス語で本格的に執筆活動を始めた。この時期に書かれたものとしては、短編小説の「クリスチーヌ」や、イギリスの詩人ウィリアム・ブレイクに関する評論などがある。そして一九二四年十月には、最初のまとまった出版物である『フランスのカトリック信者にたいするパンフレット』が刊行の運びとなった(ただしこのときは家族への配慮もあって、テオフィル・ドラポルトという筆名を使用している)。

小説家としてのデビュー作は、一九二六年に発表した長編、『モン゠シネール』である。そして翌二七年四月に刊行された第二長編の『アドリエンヌ・ムジュラ』がフランソワ・モーリアックらに高く評価され、一気に文名が高まることとなった。

長い間、私たちは若い小説家などいないと思ってきた。ラディゲは確かにたぐいまれな神童だったが、一般に若い人たちは自分自身のことしか語れないのだと私たちは思ってきた。他者というものを知らないのだと。ところがここにジュリアン・グリーンが現れ、二十五歳で、自分とは異質な存在を創造したのである。（フランソワ・モーリアック、「NRF」一九二七年七月一日号）

また、ヴァルター・ベンヤミンは一九三〇年に発表された「ジュリアン・グリーン」という文章で、同じ作品に言及しながら次のように述べている。

〔……〕二つの自然主義を区別することがどうしても必要になる。人間たちおよび状況を、その同時代人にだけ見えたようなあり方で描写するゾラの自然主義と、人間たちおよび状況を、その同時代人の眼には決してそう映らなかったであろうようなあり方で現前化するグリーンの自然主義である。（『ベンヤミン・コレクション2』久保哲司訳、ちくま学芸文庫、一九九六年）

どちらかといえば幻想的な雰囲気が濃密に漂っていて、自然主義とは対極にあるようにも思われるグリーンの作品を、ゾラに代表される一九世紀的な自然主義とは異なる意味での自然主義として定義した、ユニークな評言であろう。なお、『アドリエンヌ・ムジュラ』の刊行後まもなく、一九二七年七月には父親のエドワードもこの世を去った。

こうしてフランスの文壇にその存在を知られるようになったジュリアン・グリーンは、四編の中短編小説を収めた『地上の旅人』(一九二七)、長編小説『レヴィアタン』(一九二九)などを出版し、着実に作家としての地歩を固めていく。そのかたわら、哲学者のジャック・マリタン夫妻、作家のジャック・ド・ラクルテル、画家のマリー・ローランサン、さらにはアンドレ・ジッドやジャン・コクトーなど、当代の名だたる名士たちの知遇を得て、パリの知識人や芸術家の世界で次第に人脈を広げていった(さらにこの時期、彼はロベール・ド・サン・ジャンという作家・ジャーナリストとの同性愛関係にのめりこんでいくのだが、これについてはあとで項をあらためて述べる)。

いっぽう二十代の終わりころ、彼はカトリックから遠ざかり、一時的に教会と絶縁状態になっていた。ふたたび信仰を取り戻して教会に復帰するのはほぼ十年後、一九三九年四月のことである。

第二次世界大戦から晩年まで

三十代を迎えたジュリアン・グリーンは、『今ひとつの眠り』(一九三一)、『漂流物』(一九三二)、『幻を追う人』(一九三四)、『真夜中』(一九三六)などの作品をコンスタントに刊行し、作家としての地位を確立していく。アメリカにも三度ばかり旅行していて、一九三九年九月初めのドイツによるポーランド侵攻・英仏両国の対独宣戦布告時にも滞米中であったが、このときはすぐに帰国した。

しかし一九四〇年五月、ナチス・ドイツの侵攻によって第三共和政が崩壊し、六月に休戦協定が結ばれると、グリーンはまもなく刊行予定であった『ヴァルーナ』が書店に並ぶのを見ないまま占領下のパリを脱出し、自治が認められていた南仏のポー、次いでボルドーに移動する。そしてさらにスペイン経由でリスボンまで行き、七月には船でニューヨークに渡った。最初の留学を入れれば五度目の渡米である。もとよりアメリカ国籍だったので「亡命」とは言えないが、今回はほとんどそれに近い形でのアメリカ行きであった。同じ船には、大河小説『善意の人々』を刊行中であった作家

アメリカ時代のジュリアン・グリーンと姉のアンヌ（ジョージ・ホイニンゲン＝ヒューン撮影）

のジュール・ロマン夫妻も乗っていた。
渡米後のジュリアン・グリーンは、姉のアンヌ（彼女も作家になっていた）と一緒にボルティモアに住み、米国情報省に勤務して週五日間、国営ラジオ放送である「アメリカの声（ボイス・オブ・アメリカ）」で、ナチスへの抵抗をニューヨークからフランス人に呼びかけた。このときの協力者に、やはりナチスの支配を逃れてニューヨークに亡命していたシュルレアリスムの領袖、アンドレ・ブルトンがいた。
女子大学で文学を教えたり、各地で講演をおこなったりして滞米生活を送りながら、フランスへのやみがたい郷愁を募らせていたグリーンは、五年後にようやく戦争が終結すると、一九四五年九月にパリに戻った。そして作家生活を再開し、「ル・フィガロ」紙の文芸記事などを執筆するかたわら、一九五〇年には『モイラ』（本書）を刊行し、押しも押されもせぬ一流作家としての評価を獲得する。翌年にはモナコ文芸大賞を受賞し、ベルギー王立アカデミー会員にも選出された。

その後も『つみびと』(一九五六)、『人みな夜にあって』(一九六〇)などの小説、『南部』(一九五三)、『敵』(一九五四)、『影』(一九五六)などの戯曲、そして自伝第一巻の『夜明け前の出発』(一九六三)、同じく第二巻の『開かれた千の道』(一九六四)、第三巻の『遠い土地』(一九六六)などを相次いで発表したジュリアン・グリーンは、一九六六年に国民文芸大賞、一九七〇年にはアカデミー・フランセーズ文学大賞を受賞し、翌年六月三日にはフランソワ・モーリアックの後を襲ってアカデミー・フランセーズの会員に選出された。これは外国籍を持つ作家としては初めての栄誉である。本来はフランス国籍の取得が必要であり、一九七二年には時のジョルジュ・ポンピドゥー大統領がしかるべく措置することを申し出たが、彼はこれを辞退した。

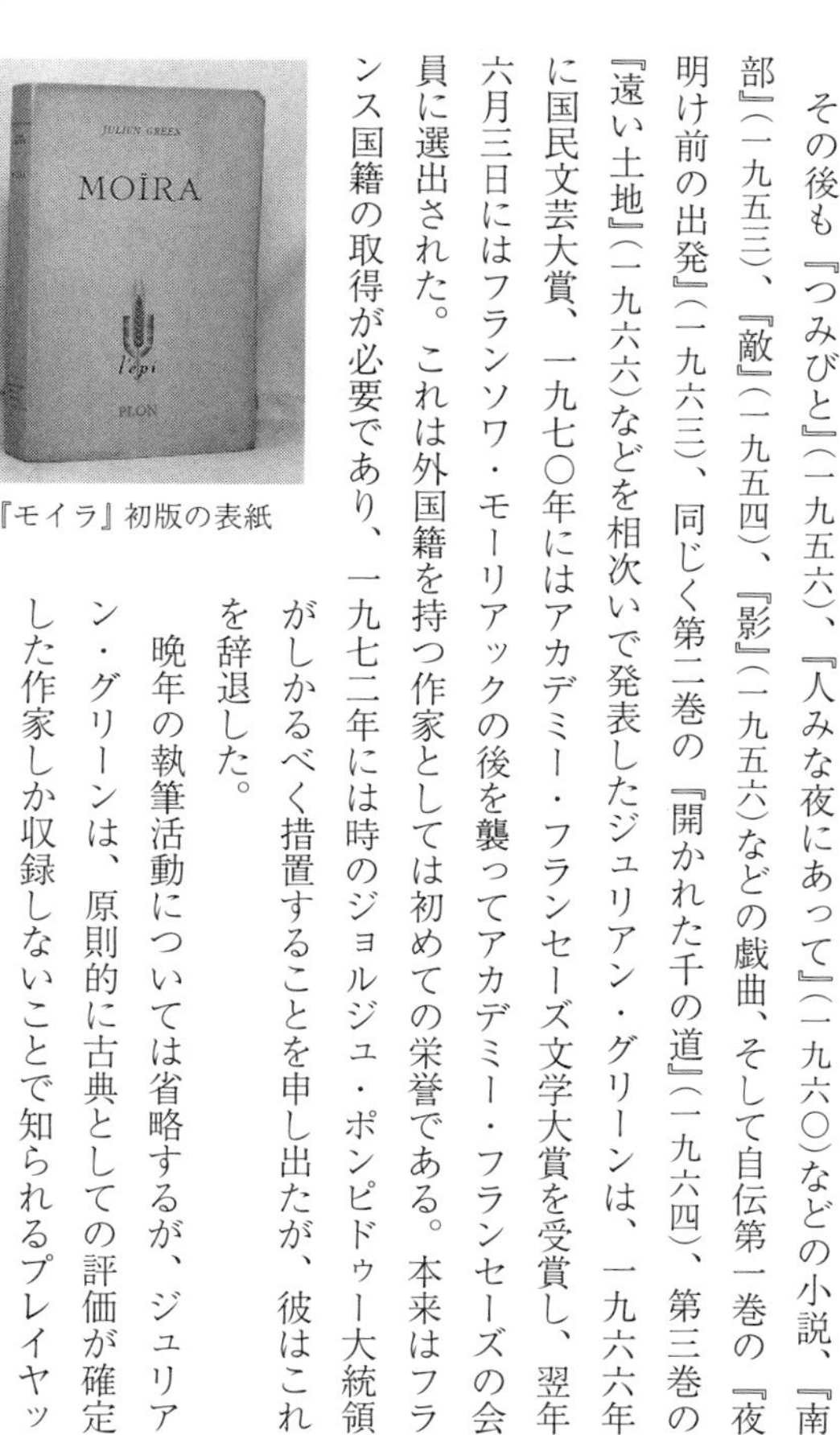

『モイラ』初版の表紙

晩年の執筆活動については省略するが、ジュリアン・グリーンは、原則的に古典としての評価が確定した作家しか収録しないことで知られるプレイヤッド叢書で存命中に全集が刊行された数少ない例の一

最晩年(95歳頃)のジュリアン・グリーン(ジャン＝ジャック・セカリーニ撮影,「ル・フィガロ」紙掲載)

人である(二〇二一年現在、二百五十名を超える収録作家のうち、同じ扱いを受けたのはアンドレ・ジッド、ポール・クローデル、ミラン・クンデラなど、グリーンを含めて十九名のみ)。

二〇世紀をほぼ生き抜いた老作家は、九十八歳を迎える三週間前の一九九八年八月十三日、パリ七区のアパルトマンで息を引き取った。その遺体はフランスでもアメリカでもなく、オーストリアのケルンテン州の町、クラーゲンフルトにある聖エギド教会(聖エギート市教区教会)に葬られている。一九九〇年に当地を訪れたさい、フレスコ画で有名なこの教会の聖母マリア像に深い感動を覚えた作家自身が、ここに葬られることを希望したからであるという。

人生の伴侶、ロベール・ド・サン・ジャン

以上が栄光に彩られたジュリアン・グリーンの「表の生涯」である。だが、彼にはもうひとつの「裏の生涯」があった。それが先にも触れたロベール・ド・サン・ジャンとの関係であり、彼を含めた数々の男たちとの同性愛遍歴である。

サン・ジャンはグリーンより一歳年下の一九〇一年生まれで、「ルヴュ・エブドマデール」という週刊文芸誌の編集室秘書(のちに主筆)であった。二人がこの雑誌の編集長であるフランソワ・ル・グリのアパルトマンで初めて顔を合わせたのは、グリーンが最初の著作を出版して間もない一九二四年十一月二十二日のことである。

その日催されていたのは一種の文学サロンで、同じ場にはやがてグリーンを見出すことになるフランソワ・モーリアックや、詩人のアンナ・ド・ノアイユ、批評家のアンリ・マシスなどがいた。まだ駆け出しであった若き作家はその場の華やかな雰囲気になじめず、パーティ半ばで立ち去りかけたのだが、そのとき自分に近づいてきた美貌の若者に声をかけられ、これが運命的な出会いとなった。

ロベール・ド・サン・ジャン

自伝の第四巻『青春』の掉尾を飾るこのエピソードには「愛はひと目で生まれる」といった言葉が記されているだけで、ロベール・ド・サン・ジャンという名前は明記されていないが、その若者が彼であったことは疑いがない。そして二人は急速に関係を深め、一九四〇年七月から五年間のアメリカ滞在期間も含めて、ロベールがこの世を去る一九八七年まで、以後六十年以上にわたって文字通りの「人生の伴侶」として常に行動を共にし、濃密な関係を続けることになる。

先に名前を挙げたジッドやコクトーをはじめとして、マルセル・プルーストやジャン・ジュネなど、フランス文学の世界にはホモセクシュアルの作家がめずらしくない。ジュリアン・グリーンの場合も生前からその傾向自体は周知の事実であったし、本人もそれを隠そうとはしていなかったが、詳細な事実までは知られていなかった。というのも、彼の日記は一九三八年の『安楽な歳月』を皮切りに、二〇〇六年の『夕べの沖合』まで全十九冊が公刊されていて、それだけでも膨大な量であるが、これは著者自身によって検閲された編集済みの版であり、プライヴァシーに関わる最も内密な部分、すなわち性生活の細部に触れた箇所(および同時代の作家たちについての忌憚のない見解が書かれている箇所)は、ほとんど削除されていたからである。

ただしグリーンは、自分の死後に日記の全文が公開されることは禁じていなかった。そして彼の没後二十年以上を経た二〇一九年九月、一九一九年から四〇年までをカバーする完全版日記の第一巻がロベール・ラフォン社からようやく出版されるに至ったのだが、一三〇〇ページを超える本文の相当部分は未発表の記述で占められており、その少なからぬ箇所にロベール・ド・サン・ジャンへの直截な愛情告白がつづられていたのである。

完全版日記第１巻

一九二八年十月十三日水曜日。ぼくのロベール、ぼくたちにとってこの人生は始まったばかりだ。ぼくたちは常に、もっともっと愛し合うようになるだろう。このところ君がいないのでぼくがどれほど苦しんだか、とてもわかってもらえそうにないくらいだよ。君をとても愛している、それがぼくに言えるすべてなんだ、あまりにわずかなことだけれど。ぼくの心の中に何があるかは知っているね、君の愛が得られるならぼくの命なんか何でもないことはわかっているよね。君が遠くに行くたびに、ぼくは生きている気がしなくなる。君がいるときにしか息ができない気がするんだ、大好きな君、ぼくの可愛い大好きな人。ずっとぼくを愛してくれ、今晩ぼくが君を愛しているように。ぼくの魂はロベールのものだ、ぼくの心はロベールのものだ。(強調原文)

これはほんの一例で、これまで公表されていなかった箇所にはロベールの名前が繰り返し登場し、まるで高校生が書いたラブレターかと思われるような文体でナイーヴな愛の言葉が連ねられている。これでは生前に公開できなかったのも無理はないかもしれない。

完全版日記の衝撃

だが、完全版日記の刊行によって明らかになったのはそれだけではなかった。そこには行きずりの若者と男色行為に及んだ経緯や男の肉体への淫らな妄想が、ここに訳出するのが憚られるような露骨な語彙を用いて包み隠すことなく記されていたのである。

あまりにショッキングな内容にフランスの読書界は驚きと当惑を隠せず、この無削除版は刊行直後からマスコミで大きな反響を呼ぶこととなった。次の書評(抜粋)はその一例である。

これはヴァカンス明けの文学界の、それどころか文学史上の一大事件である。〔……〕もはやジュリアン・グリーンを小説家、劇作家、日記作家として、また生前にプレイヤッド版が刊行され、一九七一年にフランソワ・モーリアックの後を襲ってアカデミー・フランセーズ入りした人物として紹介することはできない。彼は「カトリック作家」あるいは「超自然主義作家」の一人に数えられてきたが、今日の文芸批評は、フレデリック・マルテル(一九六七年生まれの批評家・ジャーナリスト)がラジオのフランス・キュルチュールの時評番組で語っていたように、「ジュリアン・グリーンはもはやカトリック作家ではなく、ついにLGBTとなった」という結論(あるいは判決?)に従わざるをえなくなるだろう。(パスカル・セレリエ、「ブルヴァール・ヴォルテール」二〇一九年九月十五日)

この評言に代表されるように、完全版日記は敬虔なカトリック作家という彼のイメージを一変させるスキャンダラスな資料として、大きな衝撃とともに受けとめられた。確かに男色にまつわることがらを語るグリーンの文章は小説作品のそれとはおよそ異質なもので、ほとんどポルノグラフィーと言っても過言ではないような記述も含まれている。あの格調高い文体をもつ作家が一方でこのように欲望むきだしの描写を残しているという事実には驚きを禁じえないが、ここでは同書の裏表紙に記された刊行者の以下の言葉を共有しておくにとどめておこう。

形而上学的なことがらと創作家としての自分の仕事に関する記述にまじえて、この大カトリック作家は、若さと美への思いに絶えず心ふるわせながら、率直な、しばしばなまなましい真摯さをもって、同性愛者たちとの出会いや遍歴、行きずりの男の恋人たちとの関係、そして当時の伴侶であったロベール・ド・サン・ジャンとの関係を語っている。ジュリアン・グリーンは、長いあいだ秘められてきたこれらのページが公表された暁には人々を驚かせ、眉をひそめさせるであろうことを知らなかったわけではあるまい。しかし彼は、肉の欲求が霊の(精神の)欲求と不可分であると考えていた。それは欲望と情熱を称揚するこのすばらしい日記で彼が絶えず描いているものだ。彼自身が「完全版日記」と呼んでいたものは、かくして、彼の生涯と作品全体への正統的なアプローチをもたらしてくれるのである。

エリック・ジュルダンと日記の刊行

ところで、ジュリアン・グリーンの生涯に深く関わった人物はもう一人いた。一九三〇年生まれの作家、エリック・ジュルダンである。その名前は一九五〇年四月二十三日の日記に初めて現れ(ただしこのときはエリック・Xと記されている)、同年十一月十八日の日記から存在がはっきり確認される。生涯独身であったグリーンは彼を正式に養子にしているので、戸籍上の姓名はジャン＝エリック・グリーンということになる。

エリックは早熟で、十六歳のときすでに『悪い天使たち』という作品を書いていたのだが、これは二人の少年の同性愛を赤裸々に描いた内容で、一九五五年に出版されるや否や、二度にわたって発禁処分の憂き目に遭った。この事実からも推測されるように、彼自身も同性愛者である。

　エリック・ジュルダンは長年自分の生年を明らかにせず、いくつもの偽名を用いて執筆活動をおこなっていた。ジュリアン・グリーンの作品にも複数の名前で協力している。また、彼は実生活でも献身的に養父の面倒を見ており、その死に至るまでパリ七区のアパルトマンで同居しながら付き添っていた。彼自身は二〇一五年二月七日に八十四歳でこの世を去り、クラーゲンフルトの聖エギド教会で養父と並んで眠っている。

　そんな事情もあって、完全版日記の刊行にあたってはエリックの意思が少なからず関わっていたようだ。編者の一人であるトリスタン・ド・ラフォンの「序文」によれば、ジュリアン・グリーンはかねてから、日記で語られていることがらの時点から五十年経過するまでは完全版での刊行を禁じるという意思を明らかにしていた。しかしその一方で、しかるべき時期が来たら相続人によって全体が明らかにされることは構わないという意向も示していた。まさにその唯一の相続人であるエリック・ジュルダンは、グリーンの死後、遺言執行人であるラフォンに宛てた私信（日付は明示されていないが、おそらく二〇一〇年代前半）の中で、「一九五〇年までのジュリアンの日記全体はすぐにでも出版して構わない」と書き送っていたという。一九五〇年というのはちょうど『モイラ』が刊行された年であるが、先に述べたように、初めてエリックの名前が日記に出てくる年でもある。

こうして完全版日記の刊行に至ったわけだが、大きな反響を呼んだ二〇一九年の第一巻に続いて、二〇二一年の九月には一九四〇年から四五年までの日記を収めた第二巻と、一九四六年から五〇年までの日記を収めた第三巻が、いずれも「わが人生のすべて」というタイトル(これはグリーン自身が望んでいたものである)をつけて同時に刊行された。三巻あわせて、三四〇〇ページにも及ぶ膨大な文献が誰でも読める状態になったわけである。

第二巻では、彼にとって「世界の終わり」とも感じられた第二次世界大戦中のアメリカ滞在時代の貴重な経験が語られるとともに、巻末には本来の日記とは別のノートに記されていた *Todo es nada*(スペイン語で「すべては無」の意、一六世紀の神秘家であるアビラの聖テレサの言葉より)と題された未刊のテクスト――グリーンはこれを「精神の日記」と呼んでいた――が収録されている。全体にカトリック信仰の真摯な深まりが随所にうかがえる内容で、刊行者の言葉を借りれば「初期の色情狂状態を知った後でグリーンの「完全版日記」第二巻を読んだ者は、そこに収められている深いキリスト教信仰に満ちた多くの文章の厳粛さと美しさに驚くことだろう」。

また、第三巻ではフランス帰国後数年間の文学活動や作家たちとの交流が語られており、『モイラ』の出版前後の事情が記されているほか、サルトル、カミュ、ジュネといった新世代の作家たちの名前も次々に登場し、瞥見した限りでも興味は尽きない。これらの文献によって、作家のもうひとつの顔がさらに明らかになることは間違いなかろう。

だが、これでもまだジュリアン・グリーンの長い生涯から見ればようやく半分にすぎない。残された日記の最後の日付はじつに死の一か月半前、一九九八年七月一日であるというから、その出版が可能になる五十年後といえば二〇四八年、全貌が明らかになるまでにはまだまだ時間がかかりそうである。

二　『モイラ』について

一人称から三人称へ

一九五〇年に出版された『モイラ』は作者の円熟期に書かれた長編小説で、文字通りにジュリアン・グリーンの代表作と言っていい作品である。

タイトルの「モイラ」は登場人物の少女の名前だが、すでに小説を読了した読者はおわかりの通り、第一部ではその名前が何度か断片的に現れるだけで、彼女自身は後半の第二部にならないと出てこない。その意味ではずいぶんいびつな構成だが、登場場面が先延べされている分、彼女が姿を現したときの印象はひときわ強烈で、これも作者の計算だったのかもしれないという気にさせられる。

『モイラ』の初版には作者自身による短い注記が付されており、そこではこの名前がケルト系の固有名詞で、「マリア」に相当するアイルランド・ゲール語の形であること、また作者が意図したわけではないものの、ギリシア神話では「運命」の意であることが述べられている。つまりこの名前には、期せずして宗教的な堕落と救済というモチーフの二重性が内包されているわけだが、じつは本作には一九四八年から書き始められていた下書き原稿があって、そこで用いられていたのはモイラではなく、セリーナという名前であった(作品のタイトルも『セリーナ』となっていた)。しかし最終的にはモイラが女主人公の名前として採用され、セリーナのほうは彼女の女友達に与えられることになる。

また、この下書き段階のテクストでは、主人公のジョゼフ・デイが一人称で語る形式になっていた。作者自身はその理由を「一人称には三人称よりも説得的な調子を書物に与えるという利点がある」(一九六五年全集版第六巻の序文)からと説明している。

しかしグリーンは「この方法の不便な点は、私と口にする人物はすべての場所に同時にいることはできないので、どうしても筋書きが狭まって限られてしまうということである。本当らしさの点からすれば、作者が自分の立ち会っていない場面を描くということは許容されないからだ」と述べ、「二〇ページほど一人称で書いた後、私はけっきょく、自分が不可能な試みを企てているのだということに気が付いた」と告白している(同前、強調原文)。自分が主人公として設定したジョゼフ・デイがどんどん内省的になっていくために、客観的な語り手としての立場とはどうしても矛盾してしまい、やはり三人称形式の語りにせざるをえなくなったというのである。

『モイラ』が最終的な形をとるまでのこうした経緯を知ってみると、「神の視点」からなされているはずの語りの背後にジョゼフ・デイの視点が常に見え隠れしているという印象を受けるのも、当然のこととして納得がいく。作者自身、「この小説には最初から最後まで一人称のトーンが残っており、主人公が常にそこに登場していて、読者は決して彼自身が見たものしか見えないという特徴をもっている」(同前)と語っている。

作者と主人公

本作の物語の時点は「いまは一九二〇年ですよ、ジョー」というキリグルーのせりふ(第二部XIII章)から特定されるが、これはちょうどジュリアン・グリーン自身のアメリカ留学時期に相当する。また、彼はのちに「二十歳のころ通った大学をもう一度見たいという欲求が、おそらくこの物語の起源にあった」(一九七二年版『モイラ』の序文)とも述懐している。したがって前述した通り、舞台は基本的にヴァージニア大学を想定しているとみなして差支えあるまい。じっさい、小説の中に見られる芝生の広場やそれを取り囲む回廊、ホールに並ぶ彫像群や円形図書館の描写は、現実の大学構内の光景をかなり忠実に写し出しているように思われるし、「大学町」に関するさまざまな記述も、当時のシャーロッツヴィルの状況を色濃く反映しているようだ(たとえば第一部IX章に出てくる「ジェファーソン・シアター」は一九一二年にこの町に創

ヴァージニア大学のホールの彫像群(上)
と円形図書館(下, 1920 年)

設された実在の劇場で、今も存在している)。

となると、登場人物の設定にあたっては当時の実体験の記憶が踏まえられている可能性が高いし、主人公であるジョゼフ・デイという人物像にも、若き日の作者自身が多かれ少なかれ投影されていると考えるのが自然であろう。日記にも「ジョゼフの内面のドラマは、必要な変換を加えてはあるが、私自身のものでもある」(一九四九年六月二十六日)とか「私の本に見られる自伝的な要素、それは心理である」(同十一月八日)といった記述が散見され、この見方を裏付けている。

もちろん、小説の登場人物と現実の作者の人格を混同することは厳に戒めなければならないし、グリーンも「必要な変換を加えてはあるが」という留保をつけている以上、両者を単純に同一視することはできない。しかしもともと本作が一人称で書かれていたという事情も考慮するならば、ジョゼフの経験するさまざまな懊悩や葛藤は、留学時代のグリーンの揺れ動く心象風景をかなり正確に写し出しているものと思われる。

それにしても、この小説を一読して印象に残るのは、主人公の度を越した潔癖症であり、感情の起伏の烈しさであり、言動の異様なまでの荒々しさである。信仰心の篤いジョゼフは、周囲の少年たちの下世話な話を聞き流すことができず、ちょっとした冗談にもすぐに激昂する。先にも触れたように、母親のピューリタニズムの影響下で育ったグリーン自身の幼時体験が多かれ少なかれ反映されているという事情はあるにしても、また現代から見れば一世紀以上も前という時代背景を考慮に入れたとしても、性的なことがらに関する主人公の怖れと嫌悪はほとんど異常なほどで、なかなか理解しがたいものであることは否定できない。ジョゼフにたいしては、おそらく共感よりも当惑、ないし違和感を覚える読者のほうが多いのではあるまいか。

しかしこうした極端な倫理観が同時に、十八歳の少年なら誰でも経験したことがあるにちがいない肉欲の熱い疼きや抑えがたい破壊衝動の裏返しであることは、本書を読み進んでいけば容易に見て取ることができる。そしてじっさい、物語はまさに主人公の防御的な拒否の姿勢が攻撃的な欲望の発露へ、抑圧された怯懦（きょうだ）の身振りが猛々しい暴力の爆発へと反転する瞬間に向かって、少しずつ着実に展開していくのである。

赤と白の相克

運命の女神に導かれるようにして破滅への道をたどっていく主人公の周囲を彩っているのは、それぞれに個性的な何人かの少年たちである。ミセス・デアの下宿で最初に知り合った画家志望のサイモン・デマス、ジョゼフを挑発して取っ組み合いの喧嘩までしながら、最後に救助の手を差し伸べるブルース・プレーロー、そして終始ジョゼフの相談相手となり、敬愛と反発のアンビヴァレントな感情の対象となるデイヴィッド・レアード――これら三人の主要人物に加えて、不良学生のフランク・マック・

アリスターやラテン語の復習教師のエドマンド・キリグルーなどが絡みながら、物語は展開していく。

最も登場頻度が高いのは明らかにデイヴィッドであるが、ジョゼフに切ない思慕の念を示すサイモンには(画家志望という点も含めて)ジュリアン・グリーン自身の姿がある程度投影されているだろうし、いささか謎めいた行動をとるプレーローについても、作者自身が「ジョゼフとプレーローはひと目交わしたときからたがいに恋に落ちる」「プレーローとの喧嘩は肉体的な愛の場面である」と日記に書きつけていることからして(一九五〇年三月二十八日)、やはり同性愛的関係性が想定されていることは疑いえない。また、ジョゼフに格別の関心を寄せるキリグルーのせりふや態度にも、同様の徴候が見え隠れしている。こうしてみると、『モイラ』はそのタイトルにもかかわらず、ホモセクシュアルな傾向をもつ少年・青年群像を描くことにむしろ主軸が置かれていると言っても過言ではないように思われる。

他方、テーマ分析の観点からこの作品を論じようと思えば、抽出できそうな主題には事欠かない。たとえば色彩に注目してみると、主人公のジョゼフは冒頭の登場場面から燃えあがるような「赤毛」(原語の roux は「赤褐色」で、いわゆる「赤」rouge とは若干ニュアンスが異なるが、その色が火事にたとえられたりもすることから、イメージ的に両者は等価と考えられる）であることが強調され、それが原因で同級生たちのからかいの的になったりもするのだが、同時に「乳のように白い顔の色」をしていて、事あるごとに肌の白さが強調されもする。じっさい、サイモンが彼の机の上に置いて行ったマグノリアの花には「君ほどは白からず」という言葉が添えられていた。つまり彼の肉体は最初から、赤と白の両義性をはらんでいたことになる。

ところが彼の目に映る光景には、ミセス・デアの派手な口紅、秋の紅葉、燭台の赤い蠟燭、赤い市電など、「赤」のイメージがあふれており、それはやがてモイラの深紅のドレスと娼婦のように口紅を塗りたくった赤い唇へと収斂し、さらには地獄の業火や裁きの炎へと受け継がれていく。そしてジョゼフ自身も、恥ずかしさや怒りのあまり、たびたび頬を赤く染めるのだ。こうして髪の毛だけでなく、彼の存在そのものが次第に「赤」という色に浸透されていくのだが、この色彩が基本的に誘惑と罪の主題の変奏であることはことさら指摘するまでもあるまい。

いっぽう物語のクライマックスでジョゼフに降りかかるのは、圧倒的な白さで風景を包み込む大量の雪である。「白」は言うまでもなく、熱い欲望の火照りを鎮める浄化の色彩であり、あらゆる汚れを洗い流す救済の表象にほかならない。その意味で、主人公を染め上げた肉欲の罪の赤い痕跡を消し去ろうとするかのように舞い落ちる雪の鮮烈なイメージは、全編を貫く赤と白の相克に終止符を打つものとしてひときわ強く印象に残る。

白と黒の交錯

また色彩という観点から見ると、「白」と「黒」の対比も見逃すことはできない。物語に登場する学生たちはみな白人の少年だが、ジョゼフが身を寄せるミセス・デアの家でもミセス・ファーガソンの家でも、給仕や家事をするのはすべて黒人の家政婦や女中である。そしてほんの束の間しか登場しない人物も含め、少年たちにはそれぞれ固有名詞が与えられているのにたいして、第二部Ⅱ章に登場するジェマイマを除けば、黒人女性には名前も与えられていない。つまりここにはアメリカ社会を象徴する「白人／黒人」「男性／女性」という二重の対立図式を容易に見て取ることができる。

いっぽう、ジョゼフは白い肌とは対照的に「黒い目」の持主であることが何度も強調されている。物語の冒頭ではデア夫人がそのことに「すぐには気づかなかった」と書かれているが、第二部X章ではモイラが初対面の彼にこの事実を指摘した上で、「あなたがこんな色の目をしているとは思っていなかったわ。ふつう、赤毛の人って……」とつぶやく場面がある。赤毛の人間は全体に色素が薄く、目の色も茶色や緑がかった色が多いと言われているので、ジョゼフのような例はめずらしいということだろう。

また身体的特徴とは無関係だが、第一部のXI章で服を新調する場面では、ジョゼフがデイヴィッドの薦めるマリンブルーを拒絶し、「黒でさえあればいいから、既製服の試着をしてみる」と言い張って、異様なまでに「黒い」スーツにこだわっていたことも思い出される。つまりジョゼフという存在においては「白と赤」の相克と同時に、「白と黒」の交錯もまた見られるように思われるのだ。

こうした読み方はいささかこじつけめいた印象を与えるかもしれないが、モイラが白人と黒人の混血娘(フランス語では mulâtresse と言う)として設定されていることを想起してみれば、必ずしも牽強付会とは言い切れまい。この少女がもともとセリーナという名前で呼ばれていたことは先に述べた通りだが、グリーンはこれに関して、作品に着手したばかりの一九四八年八月六日の日記にこう記していた——「この小説は『セリーナ』という題にしようと思う。白人と黒人の混血娘の物語になるだろう」。従って最終的な名前は何であれ、作者は初めから少女を「白」と「黒」の混ざり合った血の持主として描くことを決めていたのである。白人のプロテスタントが多数を占めるヴァージニア州において、黒人との混血児が社会秩序を侵犯するいかがわしい存在とみなされたであろうことは想像に難くない。しかも第一部VI章で明かされるように、モイラは「どこの馬の骨かもわからない」捨て子である。ミセス・デアが彼女への手紙で「お日様の下で両手を人に見せたりなんかしない」よう忠告するのも、こうした背景を踏まえてみれば納得がいく。

とすれば、モイラの血はジョゼフの内に共存する白と黒の構図と響き合い、これを刺激して表面にあぶりだす触媒のような役割を果たしているとも考えられるのではないか。つまり彼女の混血性は、敬虔な信仰者である「白い」ジョゼフを背景に追いやり、衝動的な殺人者である「黒い」ジョゼフを浮上させる契機になっているのではないか。

第一部V章には、彼と格闘していたプレーローがいささか唐突に「君は人殺しだ」「君の中には人殺しがいる」と告知する場面があるが、彼は相手のそうした本質と宿命をいち早く見抜いていたことになるだろう。そしてジョゼフが実際にモイラを殺害するに至った宿命的な夜、彼の部屋に入ってきた少女が身に着けていたのは、初対面のときまとっていた赤いドレスではなく、「肩まで隠れる黒いドレス」であった（第二部XXI章）。

こうした観点から見ると、さまざまな描写やせりふが「白と黒の交錯」という一連のテーマ系で環のようにつながってくるように思われる。たとえば第二部XVIII章では『オセロー』の要約を目にしたジョゼフが「枕で白人女を絞め殺す黒人男なんて……」とつぶやく箇所があるが、ジョゼフはやがて「黒人との混血娘を絞め殺す白人の少年」となるのだから、いわば裏返しのオセローにほかならない。また、第二部のXX章でデイヴィッドと一緒に舞い落ちる雪を目にしたとき、ジョゼフはそれが「訪れつつある夜の手前に、まるでそれを彼の目から隠すためにカーテンが下りてくるかのような気がして」大きな不安を覚えるが、この一節もやはり「雪＝白」と「夜＝黒」の対比を通して、やがて訪れる悲劇を予感させる場面になっている。

以上はほんの一例であって、この作品についてはまだまだいろいろな読み方が可能であろう。けれども読者に特定の解釈を押しつけることは本意ではないので、あとは読者の自由な解釈に委ねたい。

作品の反響

出版直後の本作にたいする文壇の評価は、おおむね好意的であった。その代表的な例は、アカデミー・フランセーズ会員で長年「ル・モンド」の常任書評家を務め、「ヌーヴォー・ロマン」という言葉を初めて用いたことでも知られる作家、エミール・アンリオの書評である。

今日では、あたかも完成された作品より素描や草稿のほうが重要だとでも言わぬばかりに、やっつけ仕事のような印象を受けるにわか仕立ての小説ばかり読まされることが多いが、そのあとでようやくジュリアン・グリーンのようなすぐれた作家の見事な技法を目にする機会を得たのは、大きな喜びである。刮目すべき作品『モイラ』は、彼が一流の作家であることをはっきり示した。この感動的な、密度の高い、欠点ひとつない書物は、まさに本物の小説家の手になるものである。彼が登場人物たちを創造したのではなく、登場人物たちのほうが自ら彼のもとに

立ち現れたかのようだ。(「ル・モンド」一九五〇年七月十二日)

また『ロマン的魂と夢』などの著作で知られるスイスの批評家、アルベール・ベガンは、カトリックへの回心がこれまでジュリアン・グリーンの作家としての想像力を妨げていたのではないかという疑念を縷々述べたあと、次のように書いている。

ところがここに『モイラ』が現れ、以上のような誤った疑念はすべて雲散霧消した。グリーンは一挙にその力を取り戻したのであり、彼が書いたばかりのこの作品は、あれほど称賛された過去の作品群をも凌駕している。彼の最も明らかな美質の数々は以前の作品と共通しているが、この作品は、かつて閉ざされた門のようなものがあったところに新たな地平を開いた点ではっきり異なっている。

(「エスプリ」一九五〇年八月号)

このように、彼は『モイラ』をグリーンの新たなキャリアを開いた作品として高く評価し、別の場所では「今日の三本の指に入る傑作」として称賛している。

他方、否定的な評価もなかったわけではない。その多くは作者が登場人物について明確な説明を示さぬまま読者に判断を委ねていることへの不満を表明するもので、ジャーナリストのモーリス・シャプランがその書評に掲げた見出し、「『モイラ』において、ジュリアン・グリーンは義人の犯罪についてわれわれに審判させる」（「ル・フィガロ」一九五〇年六月二十一日）というフレーズが、この傾向を端的に表している。

確かに読者からすれば、主人公の（そして他の登場人物たちの）言動に腑に落ちないところが多いのは事実であるが、すべてについて納得のいく説明をせよと作者に求めるのはお門違いであろうし、そもそも謎が何らかの整合的な構図に回収されることなく謎のまま投げ出されているところに本作の魅力の一部があるとも言えるので、この種の批判はかならずしも当たっていないように思われる。

なお、日本人作家の中では特に、自らもカトリック作家であった遠藤周作がグリーンに強い関心を抱いていた。彼が『モイラ』について残した文章から――

〔……〕あの真夏のリヨンの下宿の屋根裏部屋で汗まみれになってこの小説を読み終った自分の姿を今でも忘れることはできません。グリーンの他の作品の主人公たちと同じように、このジョゼフ・デイの頭から離れぬ執念は私を次第に悪夢のような世界に引きずりこんでいったからです。グリーンは執拗なまでに、ジョゼフの妄念をたどりますが、この妄念の行きつくところが何処かは、小説の途中で我々読者にもわかってしまうのです。にもかかわらず、本を途中で放り出してしまうわけにいかない。それほどの迫力が一頁、一頁にこもっています。我々は主人公ジョゼフと同じように眼前に瀑布(ばくふ)があるとわかっていながら、そこに押し流されていくのを、どうすることもできない。そこまでの力をこの小説に与えたのは、おそらくグリーン自身がジョゼフの苦しみを味わいつくした時期があったからでしょう。(「キリスト教は肉欲を否定するか――「モイラ」をめぐって」『キリスト教文学の世界1　J・グリーン　ジッド』主婦の友社、一九七七年)

三　主要作品について

以下、ジュリアン・グリーンの主要な著作を刊行年順に挙げておく。特に記載がある場合を除き、刊行地はすべてパリである。邦訳の存在するものは(　)で示す。

Pamphlet contre les catholiques de France (sous le pseudonyme de Théophile Delaporte), impr. de Darantière, Dijon, 1924.（『信仰の卑俗化に抗して フランスのカトリック信者へのパンフレ』原田武訳、青山社、一九九三）

Mont-Cinère, Plon-Nourrit et Cie, 1926.

Adrienne Mesurat, Plon, 1927.（『閉された庭』新庄嘉章訳、第一書房、一九三六。創元文庫、一九五三。角川文庫、一九五五。『アドリエンヌ・ムジュラ』新庄嘉章訳、『ジュリアン・グリーン全集1』人文書院、一九七九）

Le Voyageur sur la terre, éditions de la Nouvelle Revue française, 1927.（『地を旅する者』川村克己訳、『キリスト教文学の世界1』主婦の友社、一九七七）

Léviathan, Plon, 1929.（『四角関係』佐分純一訳、ダヴィッド社、一九五四。『レヴィアタン』工藤進訳、『ジュリアン・グリーン全集8』人文書院、一九八二）

L'Autre sommeil, Gallimard, 1931.（『いま一つの眠り』田中倫郎訳、「文学共和国」連載、一九五六。『今ひとつの眠り』鈴木健郎訳、角川文庫、一九五七）

Épaves, Plon, 1932.（『漂流物』三輪秀彦訳、『ジュリアン・グリーン全集2』人文書

院、一九七九）

Le Visionnaire, Plon, 1934.（『幻を追ふ人』福永武彦・窪田啓作訳、創元社、一九五一。『幻を追う人』福永武彦訳、新潮文庫、一九五四。『幻を追う人』福永武彦訳、『ジュリアン・グリーン全集9』人文書院、一九八一）

Minuit, Plon, 1936.（『真夜中』河合亨訳、岩波書店、一九五三。『真夜中』中島昭和訳、『ジュリアン・グリーン全集10』人文書院、一九八二）

Les Années faciles (1926–1934) (journal I), Plon, 1938.（『日記＊』小佐井伸二訳、『ジュリアン・グリーン全集7』人文書院、一九八〇、抄訳）

Derniers beaux jours (1935–1939) (journal II), Plon, 1939.（同前、および『日記＊＊』小佐井伸二訳、『ジュリアン・グリーン全集14』人文書院、一九八三、抄訳）

Varouna, Plon, 1940.（『ヴァルーナ』原田武訳、青山社、一九七五。『ヴァルーナ』高橋たか子訳、『ジュリアン・グリーン全集3』人文書院、一九七九）

Memories of Happy Days, Harper and Brothers, New York and London, 1942.（英語）

Devant la porte sombre (1940–1943) (journal III), Plon, 1946.（『日記＊＊』小佐井伸二訳、『ジュリアン・グリーン全集14』人文書院、一九八三、抄訳）

Si j'étais vous, Plon, 1947.（『私があなたなら』原田武訳、青山社、一九七九）

L'Œil de l'ouragan (*1943-1945*) (journal IV), Plon, 1949.

Moïra, Plon, 1950.（『運命（モイラ）』福永武彦訳、新潮社、一九五三。『モイラ』福永武彦訳、『キリスト教文学の世界1』主婦の友社、一九七七。『モイラ』福永武彦訳、『ジュリアン・グリーン全集4』人文書院、一九八〇）

Le Revenant (*1946-1950*) (journal V), Plon, 1951.

Sud, théâtre de l'Athénée, 1953.（『南部』大久保輝臣訳、『ジュリアン・グリーン全集5』人文書院、一九八一）

L'Ennemi, théâtre des Bouffes-Parisiens, 1954.（『敵』豊崎光一訳、『ジュリアン・グリーン全集5』人文書院、一九八一）

Le Miroir intérieur (*1950-1954*) (journal VI), Plon, 1955.

L'Ombre, théâtre Antoine, 1956.（『影』渡邊守章訳、『ジュリアン・グリーン全集5』人文書院、一九八一）

Le Malfaiteur, Plon, 1956.（『つみびと』多田智満子・井上三朗訳、『ジュリアン・グリーン全集11』人文書院、一九八三）

Le Bel aujourd'hui (*1955–1958*) (journal VII), Plon, 1958.

Chaque Homme dans sa nuit, Plon, 1960.（『人みな夜にあって』山崎庸一郎訳、『ジュリアン・グリーン全集12』人文書院、一九八一）

Partir avant le jour (autobiographie, 1900–1916), Grasset, 1963.（『夜明け前の出発』品田一良訳、講談社、一九六七）

Mille Chemins ouverts (autobiographie, 1916–1919), Grasset, 1964.

Terre lointaine (autobiographie, 1919–1922), Grasset, 1966.

Vers l'invisible (*1958–1967*) (journal VIII), Plon, 1967.

L'Autre, Plon, 1971.（『他者』山崎庸一郎訳、『ジュリアン・グリーン全集6』人文書院、一九七九）

Ce qui reste de jour (*1966–1972*) (journal IX), Plon, 1972.

Jeunesse (autobiographie, 1922–1924), Plon, 1974.

La Bouteille à la mer (*1972–1976*) (journal X), Plon, 1976.

La Nuit des fantômes (livre pour enfant), Plon, 1976.

Le Mauvais lieu, Plon, 1977.（『悪所』三輪秀彦訳、『ジュリアン・グリーン全集13』

人文書院、一九八一）
La Terre est si belle... (*1976-1978*) (journal XI), Le Seuil, 1982.
La Lumière du monde (*1978-1981*) (journal XII), Le Seuil, 1983.
Frère François, Le Seuil, 1983.（『アシジの聖フランチェスコ』原田武訳、人文書院、一九八四）
Paris, Éditions du Champ Vallon, 1984.（『パリ』田辺保訳、青山社、一九八六）
Jeunes années, reprise des 4 volumes précédents, Plon, 1985.
Les Pays lointains (*Dixie I*), Le Seuil, 1987.
L'Arc-en-ciel (*1981-1984*) (journal XIII), Le Seuil, 1988.
Les Étoiles du sud (*Dixie II*), Le Seuil, 1989.
L'Expatrié (*1984-1990*) (journal XIV), Le Seuil, 1990.
Ralph et la quatrième dimension (livre pour enfant), Flammarion, 1991.
L'Avenir n'est à personne (*1990-1992*) (journal XV), Fayard, 1993.
On est si sérieux quand on a 19 ans (journal 1919-1924), Fayard, 1993.
Dixie (*Dixie III*), Le Seuil, 1994.

Pourquoi suis-je moi? (*1993-1996*) (journal XVI), Fayard, 1996.
En avant par-dessus les tombes (*1996-1997*) (journal XVII), Fayard, 2001.
Le Grand large du soir (*1997-1998*) (journal XVIII), Flammarion, 2006.
Souvenirs des jours heureux, Flammarion, 2007. (*Memories of Happy Days*, 1942 のフランス語訳)
Journal intégral tome 1, 1919-1940, Robert Laffont (Bouquins), 2019.
Toute ma vie, Journal intégral tome 2, 1940-1945, Bouquins éditions, 2021.
Toute ma vie, Journal intégral tome 3, 1946-1950, Bouquins éditions, 2021.

他にも中短編小説、エッセイ、論文など多数の作品があるが、ここでは割愛する。

伝記的情報について日本語で知りたい場合は、自伝の第一巻『夜明け前の出発』の邦訳のほか、人文書院版『ジュリアン・グリーン全集』に収録されている二冊の『日記』、およびそれぞれの巻末に付された「訳者あとがき」が有用である。また日本語で読める関連文献としては、やや古い文献になるが、グリーンの存命中に書かれた、佐分純一『ジュリヤン・グリーン——魂の遍歴』(慶應義塾大學法學研究會、一九六四年)、比較的新しいところでは、井上三朗『ジュリアン・グリーン研究序説――『幻を追う人』『モイラ』の読解』（人文書院、二〇〇二年）という二冊の研究書がある。さらに、一九七七年から七九年にかけてテレビ番組でおこなわれたジャーナリストのマルセル・ジュリアンとの対談、*Julien Green en liberté/avec Marcel Jullian* が、『終末を前にして――ジュリアン・グリーンは語る』（原田武訳、人文書院、一九八一年）というタイトルで邦訳されていることも付け加えておく。

四　翻訳について

『モイラ』には多数の刊本があるが、翻訳の底本としては、Julien Green, *Moïra*, *Œuvres complètes III*, Gallimard, Bibliothèque de la Pléiade, 1973 を使用した。

前掲の主要作品リストにある通り、本作にはすでに福永武彦による翻訳が存在する。フランス文学研究者でもあった作家の手になる訳文はさすがにみごとな出来栄えで、今回の翻訳にあたっても随時参照させていただいた。しかし刊行後半世紀以上の歳月を経て、現代の読者には文体がさすがに古めかしく感じられるであろうことは否めない。また、作中で頻繁に引用される聖書のテクストについては新しい聖書協会共同訳が二〇一八年に出版されているし、何よりも先述したように、完全版日記の刊行開始によって作者のイメージは大きく変わりつつある。こうしたもろもろの事情に鑑みて、今なら新訳を出す意義は十分にあると判断した次第である。

先に引いた「ジュリアン・グリーンはもはやカトリック作家ではなく、ついにＬＧＢＴとなった」という、いかにも大向こう受けしそうなキャッチフレーズに安易に賛同するつもりはないが、性的マイノリティーにたいする認識が変化しつつある今日的文脈の中に置いたとき、ＬＧＢＴという表現自体がまだ存在しなかった時代に同性愛者としての生を貫いたこの作家は、いったいどのように新しく読み直されうるであろうか。また、彼のこうした性的指向はカトリック信仰とどのように関わっていたのだろうか。これは文学研究だけでなく、社会学、心理学、あるいは宗教学の観点から見てもきわめて興味深い問題であるだろう。その意味でも、新資料の丹念な検証に基づいたジュリアン・グリーン研究の今後の進展が大いに期待されるところである。

最後に個人的なことを少し語らせていただけば、もう数十年前のことになるが、フランス留学を終えて帰国した直後、ちょうど刊行が始まったばかりであった人文書院版の『ジュリアン・グリーン全集』に夢中で読みふけっていた時期があり、かねてからこの作家には強く惹かれるものを感じていた。特に『モイラ』の最後近くに出てくる雪の場面の鮮烈なイメージは脳裏に焼き付いて離れず、漠然とではあるが、いつかこの小説を自分で訳せたらと思ったことを覚えている。

岩波書店編集部の清水愛理さんから、フランス文学で何か訳してみたい作品はないかと声をかけていただいたときに、ためらうことなく『モイラ』をリストに入れたのはそんな経緯があってのことである。私はジュリアン・グリーンの専門家ではないし、それればかりか、これまで彼に関して文章を書いたこともまったくないので、その意味ではいささか無謀な選択だったかもしれない。しかし直接の研究対象ではないからこそ、一般読者の視線で虚心坦懐にこの作品に向き合うことができるという利点もあるように思う。そのメリットが訳文に少しでも反映されていれば幸いである。

翻訳の機会を提供してくださっただけでなく、訳稿全体に丁寧に目を通して数々の貴重なご指摘やご提案をいただいた清水愛理さんには、この場を借りて心より御礼申し上げたい。

気軽に手に取れる文庫版という形でこの作品が少しでも多くの人々の手に渡り、読者がジュリアン・グリーンという作家の一面に触れる機会となれば、訳者としては望外の喜びである。

石井洋二郎

二〇二三年春

モ イ ラ　ジュリアン・グリーン作

2023年5月16日　第1刷発行

訳　者　石井洋二郎(いしいようじろう)

発行者　坂本政謙

発行所　株式会社 岩波書店
〒101-8002 東京都千代田区一ツ橋 2-5-5

案内 03-5210-4000　営業部 03-5210-4111
文庫編集部 03-5210-4051
https://www.iwanami.co.jp/

印刷・精興社　製本・中永製本

ISBN 978-4-00-375136-7　Printed in Japan

読書子に寄す

——岩波文庫発刊に際して——

岩波茂雄

真理は万人によって求められることを自ら欲し、芸術は万人によって愛されることを自ら望む。かつては民を愚昧ならしめるために学芸が最も狭き堂宇に閉鎖されたことがあった。今や知識と美とを特権階級の独占より奪い返すことはつねに進取的なる民衆の切実なる要求である。岩波文庫はこの要求に応じそれに励まされて生まれた。それは生命ある不朽の書を少数者の書斎と研究室とより解放して街頭にくまなく立たしめ民衆に伍せしめるであろう。近時大量生産予約出版の流行を見る。その広告宣伝の狂態はしばらくおくも、後代にのこすと誇称する全集がその編集に万全の用意をなしたるか。千古の典籍の翻訳企図に敬虔の態度を欠かざりしか。さらに分売を許さず読者を繋縛して数十冊を強うるがごとき、はたしてその揚言する学芸解放のゆえんなりや。吾人は天下の名士の声に和してこれを推挙するに躊躇するものである。このときにあたって、岩波書店は自己の責務のいよいよ重大なるを思い、従来の方針の徹底を期するため、すでに十数年以前より志して来た計画を慎重審議この際断然実行することにした。吾人は範をかのレクラム文庫にとり、古今東西にわたって文芸・哲学・社会科学・自然科学等種類のいかんを問わず、いやしくも万人の必読すべき真に古典的価値ある書をきわめて簡易なる形式において逐次刊行し、あらゆる人間に須要なる生活向上の資料、生活批判の原理を提供せんと欲する。この文庫は予約出版の方法を排したるがゆえに、読者は自己の欲する時に自己の欲する書物を各個に自由に選択することができる。携帯に便にして価格の低きを最主とするがゆえに、外観を顧みざるも内容に至っては厳選最も力を尽くし、従来の岩波出版物の特色をますます発揮せしめようとする。この計画たるや世間の一時の投機的なるものと異なり、永遠の事業として吾人は微力を傾倒し、あらゆる犠牲を忍んで今後永久に継続発展せしめ、もって文庫の使命を遺憾なく果たさしめることを期する。芸術を愛し知識を求むる士の自ら進んでこの挙に参加し、希望と忠言とを寄せられることは吾人の熱望するところである。その性質上経済的には最も困難多きこの事業にあえて当たらんとする吾人の志を諒として、その達成のため世の読書子とのうるわしき共同を期待する。

昭和二年七月

《ドイツ文学》〔赤〕

- ニーベルンゲンの歌 全二冊　相良守峯訳
- 若きウェルテルの悩み　ゲーテ　竹山道雄訳
- ヴィルヘルム・マイスターの修業時代 全三冊　ゲーテ　山崎章甫訳
- イタリア紀行 全三冊　ゲーテ　相良守峯訳
- ファウスト 全二冊　ゲーテ　相良守峯訳
- ゲーテとの対話 全三冊　エッカーマン　山下肇訳
- スペインの太子 ドン・カルロス　シルレル　佐藤通次訳
- 改訳 オルレアンの少女　シルレル　佐藤通次訳
- ヒュペーリオン ―希臘の世捨人　ヘルデルリーン　渡辺格司訳
- 青い花　ノヴァーリス　青山隆夫訳
- 夜の讃歌・サイスの弟子たち 他一篇　ノヴァーリス　今泉文子訳
- 完訳 グリム童話集 全五冊　金田鬼一訳
- 黄金の壺　ホフマン　神品芳夫訳
- ホフマン短篇集　池内紀編訳
- O侯爵夫人 他六篇　クライスト　相良守峯訳
- 影をなくした男　シャミッソー　池内紀訳
- 流刑の神々・精霊物語　ハイネ　小沢俊夫訳
- 冬物語 ―ドイツ　ハイネ　井汲越次訳
- 芸術と革命 他四篇　ワーグナー　北村義男訳
- ブリギッタ・森の泉 他一篇　シュティフター　宇多五郎・高安国世訳
- みずうみ 他四篇　シュトルム　関泰祐訳
- 村のロメオとユリア　ケラー　草間平作訳
- 沈鐘　ハウプトマン　阿部六郎訳
- 地霊・パンドラの箱 ルル二部作　F・ヴェデキント　岩淵達治訳
- 春のめざめ　F・ヴェデキント　酒寄進一訳
- 花・死人に口なし 他七篇　シュニッツラー　番匠谷英一・山本有三訳
- ゲオルゲ詩集　手塚富雄訳
- リルケ詩集　高安国世訳
- ドゥイノの悲歌　リルケ　手塚富雄訳
- ブッデンブローク家の人びと 全三冊　トーマス・マン　望月市恵訳
- トオマス・マン短篇集　実吉捷郎訳
- 魔の山 全二冊　トーマス・マン　関泰祐・望月市恵訳
- トニオ・クレエゲル　トオマス・マン　実吉捷郎訳
- ヴェニスに死す　トオマス・マン　実吉捷郎訳
- 車輪の下　ヘルマン・ヘッセ　実吉捷郎訳
- 青春はうるわし 他三篇　ヘッセ　関泰祐訳
- 漂泊の魂 クヌルプ　ヘルマン・ヘッセ　相良守峯訳
- デミアン　ヘルマン・ヘッセ　実吉捷郎訳
- シッダルタ　ヘッセ　手塚富雄訳
- ルーマニア日記　カロッサ　高橋健二訳
- 幼年時代　カロッサ　斎藤栄治訳
- 指導と信従　カロッサ　国松孝二訳
- ジョゼフ・フーシェ ―ある政治的人間の肖像　シュテファン・ツワイク　高橋禎二・秋山英夫訳
- 変身・断食芸人　カフカ　山下肇・山下萬里訳
- 審判　カフカ　辻瑆訳
- カフカ短篇集　池内紀編訳
- カフカ寓話集　池内紀編訳
- 三文オペラ　ブレヒト　岩淵達治訳
- ドイツ炉辺ばなし集 ―カレンダーゲシヒテン　ヘーベル　木下康光編訳
- 悪童物語　ルウドキヒ・トオマ　実吉捷郎訳

- ウィーン世紀末文学選　池内紀編訳
- ティル・オイレンシュピーゲルの愉快ないたずら　阿部謹也訳
- チャンドス卿の手紙 他十篇　ホフマンスタール　檜山哲彦訳
- ホフマンスタール詩集　川村二郎訳
- インド紀行 全二冊　ボンゼルス　実吉捷郎訳
- ドイツ名詩選　生野幸吉・檜山哲彦編
- 聖なる酔っぱらいの伝説 他四篇　ヨーゼフ・ロート　池内紀訳
- ラデツキー行進曲 全二冊　ヨーゼフ・ロート　平田達治訳
- 暴力批判論 他十篇 —ベンヤミンの仕事1　ベンヤミン　野村修編訳
- ボードレール 他五篇 —ベンヤミンの仕事2　ベンヤミン　野村修編訳
- パサージュ論 全五冊　ヴァルター・ベンヤミン　今村仁司・三島憲一・大貫敦子・高橋順一・塚原史・細見和之・村岡晋一・山本尤・横張誠・與謝野文子・吉村和明訳
- ジャクリーヌと日本人　ヤーコプ　相良守峯訳
- ヴォイツェク ダントンの死 レンツ　ビューヒナー　岩淵達治訳
- 人生処方詩集　エーリヒ・ケストナー　小松太郎訳
- 第七の十字架 全二冊　アンナ・ゼーガース　山下肇・新村浩訳

《フランス文学》〔赤〕

- ラブレー第一之書 ガルガンチュワ物語　渡辺一夫訳
- ラブレー第二之書 パンタグリュエル物語　渡辺一夫訳
- ラブレー第三之書 パンタグリュエル物語　渡辺一夫訳
- ラブレー第四之書 パンタグリュエル物語　渡辺一夫訳
- ラブレー第五之書 パンタグリュエル物語　渡辺一夫訳
- ピエール・パトラン先生　渡辺一夫訳
- ロンサール詩集　ロンサール　井上究一郎訳
- エセー 全六冊　モンテーニュ　原二郎訳
- ラ・ロシュフコー箴言集　二宮フサ訳
- ブリタニキュス ベレニス　ラシーヌ　渡辺守章訳
- ドン・ジュアン —石像の宴　モリエール　鈴木力衛訳
- いやいやながら医者にされ　モリエール　鈴木力衛訳
- 守銭奴　モリエール　鈴木力衛訳
- 完訳 ペロー童話集　新倉朗子訳
- ラ・フォンテーヌ 寓話 全二冊　ラ・フォンテーヌ　今野一雄訳
- カンディード 他五篇　ヴォルテール　植田祐次訳
- ルイ十四世の世紀 全四冊　ヴォルテール　丸山熊雄訳
- 美味礼讃 全二冊　ブリア-サヴァラン　関根秀雄・戸部松実訳
- アドルフ　コンスタン　大塚幸男訳
- 近代人の自由と古代人の自由・征服の精神と簒奪 他一篇　コンスタン　堤林剣・堤林恵訳
- 恋愛論 全二冊　スタンダール　杉本圭子訳
- 赤と黒 全二冊　スタンダール　桑原武夫・生島遼一訳
- ゴプセック・毬打つ猫の店　バルザック　芳川泰久訳
- 艶笑滑稽譚 全三冊　バルザック　石井晴一訳
- レ・ミゼラブル 全四冊　ユーゴー　豊島与志雄訳
- ライン河幻想紀行　ユーゴー　榊原晃三編訳
- ノートル=ダム・ド・パリ 全二冊　ユーゴー　辻昶・松下和則訳
- モンテ・クリスト伯 全七冊　アレクサンドル・デュマ　山内義雄訳
- 三銃士 全二冊　デュマ　生島遼一訳
- エトルリヤの壺 他五篇　メリメ　杉捷夫訳
- カルメン　メリメ　杉捷夫訳
- 愛の妖精（プチット・ファデット）　ジョルジュ・サンド　宮崎嶺雄訳
- ボオドレール 悪の華　鈴木信太郎訳

ボヴァリー夫人 全二冊 フローベール 伊吹武彦訳
感情教育 全二冊 フローベール 生島遼一訳
紋切型辞典 フローベール 小倉孝誠訳
サラムボー 全二冊 フローベール 中條屋進訳
未来のイヴ 全二冊 ヴィリエ・ド・リラダン 渡辺一夫訳
風車小屋だより ドーデー 桜田佐訳
サフォ パリ風俗 ドーデ 朝倉季雄訳
プチ・ショーズ —ある少年の物語 ドーデ 原千代海訳
少年少女 アナトール・フランス 三好達治訳
テレーズ・ラカン 全二冊 エミール・ゾラ 小林正訳
ジェルミナール 全三冊 エミール・ゾラ 安士正夫訳
獣人 全二冊 エミール・ゾラ 川口篤訳
氷島の漁夫 ピエール・ロチ 吉氷清訳
マラルメ詩集 渡辺守章訳
脂肪のかたまり モーパッサン 高山鉄男訳
メゾンテリエ 他三篇 モーパッサン 河盛好蔵訳
モーパッサン短篇選 高山鉄男編訳

わたしたちの心 モーパッサン 笠間直穂子訳
地獄の季節 ランボオ 小林秀雄訳
対訳 ランボー詩集 —フランス詩人選(1) 中地義和編
にんじん ルナアル 岸田国士訳
ぶどう畑のぶどう作り ルナアル 岸田国士訳
ジャン・クリストフ 全四冊 ロマン・ローラン 豊島与志雄訳
トルストイの生涯 ロマン・ロラン 蛯原徳夫訳
ベートーヴェンの生涯 ロマン・ロラン 片山敏彦訳
フランシス・ジャム詩集 手塚伸一訳
三人の乙女たち フランシス・ジャム 手塚伸一訳
狭き門 アンドレ・ジイド 川口篤訳
法王庁の抜け穴 アンドレ・ジイド 石川淳訳
精神の危機 他十五篇 ポール・ヴァレリー 恒川邦夫訳
ドガ ダンス デッサン ポール・ヴァレリー 塚本昌則訳
シラノ・ド・ベルジュラック ロスタン 辰野隆・鈴木信太郎訳
地底旅行 ジュール・ヴェルヌ 朝比奈弘治訳
八十日間世界一周 ジュール・ヴェルヌ 鈴木啓二訳

海底二万里 全二冊 ジュール・ヴェルヌ 朝比奈美知子訳
死霊の恋・ポンペイ夜話 他三篇 ゴーチエ 田辺貞之助訳
火の娘たち ネルヴァル 野崎歓訳
パリの夜 —革命下の民衆 レチフ・ド・ラ・ブルトンヌ 植田祐次編訳
牝猫(めすねこ) コレット 工藤庸子訳
シェリ コレット 工藤庸子訳
シェリの最後 コレット 工藤庸子訳
生きている過去 レニエ 窪田般彌訳
ノディエ幻想短篇集 ノディエ 篠田知和基編訳
フランス短篇傑作選 山田稔編訳
シュルレアリスム宣言・溶ける魚 アンドレ・ブルトン 巖谷國士訳
ナジャ アンドレ・ブルトン 巖谷國士訳
ジュスチーヌまたは美徳の不幸 サド 植田祐次訳
とどめの一撃 ユルスナール 岩崎力訳
フランス名詩選 安藤元雄・入沢康夫・渋沢孝輔編
繻子の靴 全二冊 ポール・クローデル 渡辺守章訳
A・O・バルナブース全集 全二冊 ヴァレリー・ラルボー 岩崎力訳

心変わり　ミシェル・ビュトール　清水徹訳
悪魔祓い　ル・クレジオ　高山鉄男訳
楽しみと日々　プルースト　岩崎力訳
失われた時を求めて 全十四冊　プルースト　吉川一義訳
子ども 全二冊　ジュール・ヴァレス　朝比奈弘治訳
シルトの岸辺　ジュリアン・グラック　安藤元雄訳
星の王子さま　サン＝テグジュペリ　内藤濯訳
プレヴェール詩集　小笠原豊樹訳
ペスト　カミュ　三野博司訳

《別冊》

増補 フランス文学案内　渡辺一夫　鈴木力衛
増補 ドイツ文学案内　手塚富雄　神品芳夫
ことばの花束 ―岩波文庫の名句365　岩波文庫編集部編
ことばの贈物 ―岩波文庫の名句365　岩波文庫編集部編
愛のことば ―岩波文庫から―　岩波文庫編集部編
世界文学のすすめ　大岡信　奥本大三郎　川村二郎　小池滋　沼野充義編

近代日本文学のすすめ　大岡信　加賀乙彦　菅野昭正　曾根博義　十川信介編
近代日本思想案内　鹿野政直
近代日本文学案内　十川信介
ポケットアンソロジー この愛のゆくえ　中村邦生編
スペイン文学案内　佐竹謙一
一日一文 英知のことば　木田元編
声でたのしむ 美しい日本の詩　大岡信　谷川俊太郎編

岩波文庫の最新刊

三木 清著
構想力の論理 第一
パトスとロゴスの統一を試みるも未完に終わった、三木清の主著。〈第一〉には、「神話」「制度」「技術」を収録。注解＝藤田正勝。（全二冊）
〔青一四九-二〕 定価一〇七八円

ジュリアン・グリーン作／石井洋二郎訳
モ イ ラ
極度に潔癖で信仰深い赤毛の美少年ジョゼフが、運命の少女モイラに魅入られ……。一九二〇年のヴァージニアを舞台に、端正な文章で綴られたグリーンの代表作。
〔赤N五二〇-一〕 定価一二七六円

バジョット著／遠山隆淑訳
イギリス国制論（下）
イギリスの議会政治の動きを分析した古典的名著。下巻では、政権交代や議院内閣制の成立条件について考察を進めていく。第二版の序文を収録。（全二冊）
〔白一二二-三〕 定価一一五五円

大泉黒石著
俺の自叙伝
ロシア人を父に持ち、虚言の作家と貶められた大正期のコスモポリタン作家、大泉黒石。その生誕からデビューまでの数奇な半生を綴った代表作。解説＝四方田犬彦。
〔緑二二九-一〕 定価一一五五円

……今月の重版再開……

川合康三選訳
李商隠詩選
定価一一〇〇円
〔赤四二-一〕

鈴木範久編
新渡戸稲造論集
定価一一五五円
〔青一一八-二〕

定価は消費税 10％ 込です　　2023. 5